# HEDWIG COURTHS MAHLER

# *Opfer der Liebe*

WELTBILD VERLAG

Genehmigte Lizenzausgabe für
Weltbild Verlag GmbH, Augsburg 1997

Einbandgestaltung: Peter Engel, München
Titelbild: Eric Bach, München
Gesamtherstellung: Presse-Druck Augsburg
Printed in Germany
ISBN 3-89604-181-9

# 1

Bettina Gerold stand am Eckfenster des schönen, vornehmen Speisezimmers. Die hübsche Frau, eine angehende Vierzigerin, schaute mit lebhafter Spannung über die weiten Rasenflächen des Gartens hinüber nach dem Fabrikgebäude der Firma Fritz Herbig.

Es war Mittagszeit. Vor wenigen Minuten hatte anhaltendes Pfeifen in der Fabrik den Beginn der Mittagspause angekündigt. Nun quoll ein Menschenstrom aus dem breiten Tor. Die Arbeiter und Arbeiterinnen hasteten den Weg hinab, der am Gartenzaun des Hauses Herbig vorbeiführte. Dieses Haus bewohnte der Besitzer der Fabrik, Fritz Herbig, mit seiner verwitweten Schwester Bettina Gerold und deren einzigem Sohn Bernhard. Fritz Herbig war Junggeselle. Seine Schwester führte ihm seit acht Jahren – so lange war sie Witwe – den Haushalt. Er war achtunddreißig Jahre alt und hatte, wie er seinen Bekannten lächelnd versicherte, bisher noch keine Zeit gehabt, sich eine Lebensgefährtin zu suchen.

Zum Teil entsprach das der Wahrheit. Herbig hatte vor zehn Jahren von seinem Vater die Fabrik übernommen. Damals bestand sie aus einem niedrigen Haus, in dem schlecht und recht auf einigen Webstühlen billige Möbelstoffe gewebt wurden. Fritz Herbig besaß Unternehmungsgeist, Schaffenskraft und einen klaren, weiten Blick. Er faßte die Sache besser an als sein kränklicher, überängstlicher Vater. Und der Erfolg heftete sich an seine Arbeit. Fünf Jahre nach dem Tod seines Vaters wurde bereits das große, neue Fabrikgebäude aufgeführt, und das Jahr darauf ließ er das kleine, altersschwache Wohnhaus zu einem hübschen, vornehmen Landhaus umbauen.

Statt der vierzig Arbeiter schafften jetzt vierhundert in den großen, luftigen Fabriksälen, und in einem mit Oberlicht versehenen Zeichensaal saßen mehrere Künstler und Künstlerinnen, die mit dem Entwerfen neuer Muster beschäftigt waren. Der Betrieb florierte nun außerordentlich und zählte zu den ersten im Lande. Herbig sorgte immer wieder für besonders gewählte Neuheiten und stilgerechte Muster, und seine zahlreichen Kunden wußten, daß die Firma Herbig in dieser Beziehung die leistungsfähigste war.

Bei Herbigs rastlosem Schaffen war ihm tatsächlich nicht viel Zeit für die holde Weiblichkeit geblieben. Da ihm seine Schwester in geradezu musterhafter Weise den Haushalt führte, entbehrte er auch eine Frau bisher nicht. Bettina Gerold bemühte sich, ihrem Bruder alle Wünsche von den Augen abzulesen. Freilich nicht ohne egoistische Beweggründe. Sie war arm. Ihr kleines Vermögen, welches ihr bei ihrer Verheiratung ausgezahlt worden war, reichte gerade bis zum frühen Tod ihres Mannes, der in seiner Stellung als Regierungsbeamter nur sehr geringes Gehalt bezog. Sie wäre mit ihrem sehr kleinen Ruhegehalt in große Not geraten, hätte sie der Bruder nicht zu sich genommen. Und nun hatte sie sich an das gute Leben im Hause gewöhnt und wünschte durchaus nicht, daß er eine junge Frau heimführte. Zu diesem Wunsch hatte sie auch noch eine viel größere Veranlassung. Sie liebte ihren Sohn grenzenlos; war er doch das einzige, was ihr aus ihrer kurzen, sehr glücklichen Ehe geblieben war. Und sie wollte diesem Sohn das Erbe seines Oheims sichern. Herbig sollte sich als Junggeselle so wohl fühlen, daß er gar nicht auf den Gedanken kam, sich eine Frau zu suchen.

Bisher hatte ihr der Bruder auch keinerlei Veranlassung zur Besorgnis gegeben. Fand er einmal flüchtiges Wohlgefallen an einer jungen Dame, dann verstand es Bettina, ihm dieselbe schnell aus den Augen zu rücken oder ihm gesprächsweise so viele schlechte Eigenschaften der Betreffenden aufzuzählen, daß sie allen Reiz für ihn verlor.

Fritz Herbig lächelte darüber im stillen. Da sein Interesse nie groß genug war, gab er sich den Anschein, als sei er von ihr überzeugt worden.

Nun war aber seit einigen Monaten eine begabte Zeichnerin angestellt worden, die Bettina einige Unruhe verursachte. Nach ihrer Ansicht beschäftigte sich ihr Bruder zu viel mit der jungen Dame. Zunächst war das freilich eine ganz harmlose Veranlassung. Ohne selbst zeichnen zu können, ersann Herbig die eigenartigsten Entwürfe. Er gab seinen Zeichnern mit etwas ungelenken Strichen die Einzelheiten eines Entwurfs an, und diese führten dann die Zeichnungen aus.

Seit nun die junge Dame, Fräulein Maria Rottmann, im Zeichensaal der Firma angestellt war, hielt sich Herbig meist an diese mit seinen Aufträgen. Sie verstand es besonders gut, auf seine Gedanken einzugehen, und traf fast immer das Richtige. Herbig war sehr erfreut darüber. Es war für ihn eine große Erleichterung und Zeitersparnis. Manchmal bat er sie sogar sonntags vormittags zu sich. Sie erschien dann genauso pünktlich in der Villa wie drüben in der Fabrik. Sie nahm seinen Auftrag entgegen, führte ihn aus und legte ihm die Zeichnung vor. Dabei wurde nie ein Wort zwischen den beiden gesprochen, das nicht auf die Zeichnungen oder die Fabrik Bezug hatte.

War Maria Rottmann fertig, dann entfernte sie sich ebenso ruhig und mit höflichem Gruß, wie sie gekommen. Sie zeigte sich nicht unterwürfig, sondern benahm sich wie ein Mensch, der sich seines Könnens und seines ehrlichen Schaffens ohne Überheblichkeit bewußt ist. Und Herbig verkehrte mit ihr durchaus nicht anders, als er es mit einem männlichen Angestellten getan hätte.

Aber Bettina Gerold war trotzdem voll Unruhe und sah mit wenig freundlichen Augen auf das häufige Beisammensein der beiden. –

Auch jetzt galt ihr forschender Blick Maria Rottmann. Seit das Mittagszeichen ertönte, stand sie am Fenster und spähte mit scharfen Augen nach dem Fabriktor hinüber.

Und plötzlich grub sich eine Unmutsfalte in ihre Stirn. Ihr Bruder war eben aus der Fabrik getreten, der letzten einer, und neben ihm schritt eine schlanke, jugendlich kräftige Mädchengestalt. Sie trug einen schlichten grauen Lodenrock und eine glatte weiße Hemdbluse mit einem kleinen schwarzen Schleifchen am Kragenschluß; dazu ein rundes Strohhütchen mit schwarzem Band.

Bettina wandte ihre unruhig flackernden Augen nicht von ihr ab.

Wie selbstverständlich sie neben ihrem Arbeitsherrn dahinschritt – als sei er ganz ihresgleichen! Sie sah zu ihm empor und schien aufmerksam seinen Worten zu lauschen, während er eifrig auf sie einsprach.

Bettinas Finger trommelten unmutig auf dem Fensterbrett. Wahrhaftig, da ging er achtlos an der Gittertür vorbei, die zur Villa führte, und schritt noch bis zur Straßenecke. Erst dort blieb er stehen, zog den Hut und kam langsam zurück.

Ärgerlich wandte sie sich vom Fenster ab und trat zu der gedeckten Tafel. Mit einem prüfenden Blick überflog sie noch einmal die drei Gedecke. Sie rückte gedankenverloren an den schön geschliffenen Kelchgläsern, fuhr glättend mit der Hand über das blütenweiße Tischtuch und ging dann mit einem tiefen Seufzer hinüber in den Vorsaal, um ihren Bruder zu begrüßen. Sobald er eintrat, zwang sie einen heiteren, unbefangenen Ausdruck in ihr Gesicht.

»Tag, Bettina! Komm' ich zu spät? Oder ist Bernhard auch noch nicht zu Haus?«

»Bernhard ist auch noch nicht hier, Fritz.«

»Schön, dann krieg' ich keine Schelte«, sagte er lachend, Bettina umfassend und neben ihr ins Zimmer tretend. Sie lachte auch.

»Ach – darin hast du es gut, Fritz. Schelte bekommst du nie. Den Vorzug hast du als Junggeselle, daß du kommen und gehen kannst, wann du willst. Als Ehemann würde für dich wohl manches anders sein.«

Fritz wußte, weshalb sie ihm bei jeder Gelegenheit die Vorzüge seines Junggesellentums ins günstige Licht rückte. Er hatte sie trotzdem herzlich lieb. Noch mehr liebte er seinen Neffen, einen prächtigen, lebensfrischen Primaner, den er wie seinen eigenen Sohn hielt. Herbig besaß ausgeprägten Familiensinn, und es war für ihn selbstverständlich, daß er für seinen Neffen sorgte wie ein Vater. Daß er aber deshalb auf die Gründung einer eigenen Familie verzichten sollte, das ging ihm doch etwas zu weit. Obwohl er bis jetzt ledig geblieben war, wußte er doch, daß er eines Tages heiraten würde. Vorläufig war ihm nur noch nicht das weibliche Wesen begegnet, welches er für eine Ergänzung seines eigenen Ichs hätte halten können. Und je älter er wurde, desto wählerischer wurde sein Sinn. Übrigens fühlte er sich in der Schwester Obhut sehr wohl.

Sie entfaltete aber auch bemerkenswerte Talente, um Fritz seine Häuslichkeit angenehm zu machen. Seine Mahlzeiten waren vorzüglich zubereitet und jedes Gericht seinem Geschmack angepaßt. Wäsche und Kleidung wurden in tadelloser Ordnung gehalten. Wollte er sich unterhalten – Bettina verstand es, in anmutiger und nicht geistloser Art jeden Gegenstand zu behandeln. Hatte er Lust, Musik zu hören – sie spielte sehr gut Klavier und sang ihm mit ihrem weichen Alt einfache Lieder, die er sehr liebte. Wollte er Ruhe haben – sie verstand sehr wirkungsvoll zu schweigen. Sie suchte ihm in den Zeitungen die Aufsätze aus, die ihn besonders fesseln mußten. Auf all seine Stimmungen ging sie verständnisvoll ein. Da er eine ungezwungene, anspruchslose Geselligkeit liebte, sorgte sie für reizende gesellige Abende. Kurzum, sie schaffte ihm eine beneidenswerte Häuslichkeit.

Auch das Verhältnis des Bruders zu ihrem Sohn beeinflußte sie in kluger Weise, obschon sie sich da jede Mühe hätte sparen können. Onkel und Neffe waren sich ohnedies in herzlicher Liebe zugetan. Bernhard Gerold schwärmte in jugendlicher Begeisterung für Onkel Fritz. Er erschien ihm als das Vorbild eines Mannes. So wie dieser zu werden war sein eifriges Streben, so gut und so klug, so tatkräftig und zielbewußt.

Fritz liebte den frischen, aufgeweckten Jungen wahrhaft väterlich. Sein offenes, ehrliches Wesen erfüllte ihn mit Freude. Er beeinflußte seinen Werdegang mit liebevollem Verständnis, zog ihm die Zügel nicht zu straff und ließ ihn sich entfalten ohne kleinlichen Zwang. Schon frühzeitig weckte er in ihm das Bewußtsein der eigenen Verantwortlichkeit und stärkte so seine Willenskraft. Trotz des Altersunterschieds verkehrte er mit ihm wie ein Freund, lenkte ihn dabei aber mit weiser Vorsicht unmerklich dahin, daß er selbst immer den rechten Weg fand.

Bettina wünschte, daß Bernhard in die Fabrik des Oheims eintreten sollte.

»Ich weiß, Onkel Fritz erwartet das als selbstverständlich, Bernhard«, hatte sie ihm gesagt. Daß sie in ihm schon den künftigen Chef der Firma

Herbig sah, verschwieg sie ihm wohlweislich, denn ihr Sohn hätte für ihre Wünsche und Hoffnungen kein Verständnis gehabt.

Da er zum Kaufmannsstand keine Lust hatte, sondern eine starke Neigung für das Maschinenbaufach besaß, ging er eines Tages zu seinem Oheim. Dieser lag nach Tisch immer ein halbes Stündchen lesend auf dem Sofa in seinem Zimmer. Und Bernhard ging mit all seinen kleinen und großen Anliegen stets um diese Zeit zu ihm. Er setzte sich dann neben ihn und wippte so lange ruhelos auf und ab, bis Onkel Fritz lachend seine Zeitung weglegte – so auch an jenem Tag. Er sah seinen Neffen einen Augenblick prüfend an. Dann sagte er lächelnd:

»Na, Junge, nun schieß mal los! Was hast du auf dem Herzen?«

Bernhard hörte auf zu wippen und sah mit seinen offenen, klaren Augen in die des Onkels.

»Du – ist es wahr, daß dir so sehr viel daran liegt, daß ich Kaufmann werde?«

»Wer hat dir gesagt, daß mir so viel daran liegt?«

»Mama natürlich. Sie will, daß ich in deine Fabrik eintrete. Ist dir wirklich so viel daran gelegen?«

Herbig lächelte.

»Mir scheint, du hast diesen Gedanken nicht gerade mit Entzücken aufgegriffen, hm?«

Bernhard wippte weiter.

»Erst sollst du meine Frage beantworten; ich habe zuerst gefragt.«

Herbig lachte herzlich.

»Du – dann sitz erst mal still! Wenn du so weiter turnst, krieg' ich die Seekrankheit. So! Nun also meine Antwort: Meinetwegen werde Schuster, Schneider oder Handschuhmacher! Werde, was du willst – aber werde es ganz! Wähle deinen Beruf so, daß du ihn als ganzer Mann ausfüllen kannst und Lust und Liebe dazu mitbringst – dann wählst du recht und nach meinem Wunsch.« Bernhard war aufgesprungen und hatte sich mit ernster Miene vor den Oheim hingestellt.

»Ich möchte Maschinen bauen, Ingenieur werden. Neulich hab' ich auf dem Bahnhof eine Lokomotive gesehen – ach, Onkel Fritz, du glaubst nicht, wie herrlich die aussah! Wie die einzelnen Teile sich so leicht und schnell bewegten und ineinander fügten – ich war ganz begeistert und konnte nicht fortsehen. Siehst du, so etwas möcht' ich bauen, aber noch schöner, noch besser. Kannst du mich verstehen?«

Herbig hatte wohlgefällig an dem schlanken Jungen emporgesehen und sich an seinen begeistert blitzenden Augen gefreut.

»Es wäre doch das erste Mal, daß wir uns nicht verstünden, Junge.«

»Und du hast nichts dagegen?«

»Nein, im Gegenteil!«

Bernhard hatte tief Atem geholt.

»Gott sei Dank!« Aber dann machte er ein betrübtes Gesicht.

»Ach – was wird nun Mama sagen? Sollst sehen, Onkel Fritz, sie weint und denkt, ich habe dich gekränkt.«

Herbig legte seine Hand auf den Arm des Jungen.

»Laß gut sein, Bernhard! Mit der Mutter bring' ich das selbst in Ordnung, wenn es soweit ist. Vorläufig werde erst mal auf dem Realgymnasium fertig! Eher brauchen wir gar nicht darüber zu reden. Hauptsache, wenn wir ›Männer‹ uns einig darüber sind!«

Seit jenem Tag verstanden sich Onkel und Neffe noch besser als sonst. Und Bettina freute sich darüber, ohne zu ahnen, daß man ihren Wünschen entgegenarbeitete.

Kurze Zeit nachdem Herbig mit seiner Schwester in das Wohnzimmer getreten war, kam auch Bernhard Gerold nach Hause. Er stürmte mit weiten Sätzen die breite Steintreppe empor ins Haus. Sein hübsches, gebräuntes Gesicht, welches schon jetzt ausdrucksvolle und intelligente Züge hatte, strahlte vor Vergnügen beim Anblick der beiden geliebten Menschen. Wenige Minuten später saßen sich die drei bei Tisch gegenüber.

»Da hab' ich übrigens auch eine Neuigkeit für euch. Morgen in vierzehn Tagen ist es zehn Jahre her, daß ich die Fabrik übernommen habe. Ich gedenke zur Feier des Tages meinen Leuten ein Fest zu geben und rechne dabei stark auf deine Hilfe, Bettina. Du hast ja ein großartiges Geschick für derartige Feierlichkeiten.«

»Du kannst auf mich rechnen, Fritz«, erwiderte die Schwester. »Sag mir nur kurz, wie du dir das Fest denkst! Alles andere besorge ich dir.«

»Du bist eine treffliche Frau, Bettina, eine wahre Perle. Also, ich dachte es mir so: Wir veranstalten nachmittags in einem großen Wirtshausgarten vor der Stadt ein Fest mit Schießbuden, Karussell und Preisspielen. An großen Tafeln soll dann reichlich Kaffee und Kuchen gereicht werden. Abends erhalten die Leute ein Festessen, und daran kann sich zur Erhöhung der Lustbarkeit auch ein Tänzchen anschließen. Zu sparen brauchst du nicht, Bettina. Ich habe in diesem Jahre einen glänzenden Abschluß gemacht und kann mir etwas leisten. Die Preisspiele sollst du so einrichten, daß jeder der Leute ein hübsches Andenken an die Feier mit nach Hause nimmt. Dabei kann dir Bernhard an die Hand gehen. Und die Damen aus dem Zeichensaal übernehmen die Spielaufsicht über die Kinder. Ich habe mit Fräulein Rottmann schon darüber gesprochen; sie ist ja doch entschieden die klügste von allen.«

Bettina empfand einen eifersüchtigen Groll auf Maria Rottmann, weil Fritz mit dieser früher über die Sache gesprochen hatte als mir ihr selbst.

Bernhard aber war begeistert. »Du, Mama, dann stell' ich mich nur da an, wo ich mit Fräulein Rottmann zusammenwirken kann. Das ist ein prachtvolles Mädel – und bildhübsch.«

»Junge, du wirst doch nicht den Schwerenöter spielen wollen?«

Bettina zitterte innerlich vor Unmut. »Bernhard, unterlaß doch solche Witze! Fräulein Rottmann ist übrigens nicht einmal hübsch zu nennen.«

»Doch, Mama – da muß ich ganz entschieden widersprechen. Sag selbst, Onkel Fritz, ist sie nicht ein sehr hübsches Mädel mit ihren großen, klugen Augen und dem wundervollen Haar?«

»Aber Bernhard!« rief Bettina ärgerlich und einen Augenblick die Herrschaft über sich verlierend.

Herbig sah lächelnd in ihr gerötetes Gesicht. »Bettina – wir Männer haben unsere eigene Ansicht über Frauenschönheit. Zwar muß ich gestehen, daß ich Fräulein Rottmann daraufhin noch nicht angesehen habe, aber das läßt sich nachholen.«

Bettina war außer sich über die Wendung, die das Gespräch genommen hatte. Aber sie durfte sich das nicht anmerken lassen.

»Man muß solchen Mädchen gegenüber immer einige Zurückhaltung bewahren. Sie werden sonst leicht zu aufdringlich.«

»Das hat man wohl bei Fräulein Rottmann nicht zu fürchten. Sie ist sehr taktvoll und aus guter Familie. Ihre Mutter ist eine stille, feine Frau.«

»Du kennst ihre Mutter?«

Ein Lächeln huschte bei dieser erschrocken klingenden Frage um seinen Mund.

»Gewiß, sie begleitete ihre Tochter, als ich diese anstellte.«

Bettinas Augenlider zuckten nervös.

»Das ist doch sonst nicht üblich.«

»Allerdings nicht. Aber die Damen wohnten auswärts, und daher war Frau Rottmann mitgekommen, um gleichzeitig hier eine Wohnung zu suchen. Mutter und Tochter leben seitdem zusammen in unserer guten Stadt, und soviel ich weiß, trägt Fräulein Rottmann den größten Teil zum Unterhalt bei, da ihre Mutter als Witwe nur eine sehr geringe Pension bezieht. So – das ist alles, was ich außergeschäftlich von der jungen Dame weiß.

Willst du mehr wissen, dann kann ich mich ja danach erkundigen.«

Bettina wehrte hastig ab.

»O nein, ich danke! Wir wollen dieses Gespräch fallenlassen! Sag mir lieber, um welche Zeit das Fest beginnen soll und welche Gartenwirtschaft dir am liebsten ist.«

Damit mündete das Gespräch in andere Bahnen.

Als aber Fritz Herbig am Nachmittag desselben Tages oben im Zeichensaal neben Fräulein Rottmann stand, fiel ihm das Gespräch wieder ein. Und zum ersten Mal betrachtete er Maria Rottmann als Frau. Dabei mußte er ehrlich gestehen, daß sein Neffe entschieden nicht zuviel gesagt hatte, wenn er sie ›bildhübsch‹ nannte. Ja, er fand, daß sie viel beachtenswerter war als die jungen Damen seiner Gesellschaftskreise, daß sie sehr lieb lächeln konnte, daß sie die schlanken, edelgerundeten Glieder in schlichter Anmut bewegte und wirklich schöne Augen und herrliche Haare besaß.

•

Einige Tage später lag Herbig wieder mittags mit seiner Zeitung auf dem Sofa, als Bernhard bei ihm eintrat und sich nach alter Angewohnheit zu ihm setzte.

Herbig legte die Zeitung fort und sah ihn erwartungsvoll an.

»Nun, Junge, du siehst aus, als wolltest du mir etwas furchtbar Nettes beichten.«

Bernhard nickte energisch.

»Will ich auch, was sehr Nettes. Das heißt – eigentlich nur für mich!«

»Na, dann schieß los – es ist ja ohnedies deine Beichtstunde.«

»Hm. Denk mal, meine Klasse will in den großen Ferien eine Rheinreise machen. Bis Montag soll sich jeder entscheiden, ob er mitfährt.«

»Und du möchtest natürlich gern mitfahren, nicht wahr?«

Bernhard stieß heraus: »Brennend gern – natürlich nur, wenn ich dich nicht wie jedes Jahr auf deiner Sommerreise begleiten soll.«

Herbig sah mit Wohlbehagen in das lebensprühende Gesicht seines Neffen.

»Also du willst mich diesmal treulos im Stich lassen?« fragte er scheinbar beleidigt.

Bernhard sah auf seine Stiefelspitzen herab.

»Natürlich nicht ohne deinen Willen. Mama hat ja recht, ich bin schrecklich undankbar, daß ich überhaupt an so was denke! Sie hat mir auch streng verboten, dir damit zu kommen.«

»Und dennoch hast du es getan?«

»Ja – eigentlich ist es schändlich. Aber weißt du – sie hat mir in ihrer Angst, ich könnte dich erzürnen, schon manchmal was verboten, was du mir dann doch erlaubt hast. Und ich kenne dich doch wirklich besser als Mama. Kleinlich bist du sonst gar nicht.«

»Damit willst du sagen, daß ich diesmal kleinlich bin?« meine Herbig lachend.

»Nein – das bist du nie.«

»Schön, also muß ich mich auch diesmal mit Größe aus der Angelegenheit ziehen! Also, du möchtest lieber mit deinen Kameraden eine Rheinreise machen als mit mir wieder nach Tirol fahren? Gut, melde dich Montag zur Teilnahme an der Rheinfahrt! Das nötige Geld erhältst du von mir. Mach aber keine zu innige Bekanntschaft mit dem Rheinwein!«

Bernhard drückte ihm die Hände.

»Bist du auch wirklich nicht böse?«

»Böse bin ich nicht. Ich kann es dir ja nicht verdenken, wenn dir so eine freie, fröhliche Fahrt mit Altersgenossen lieber ist, als mit deinem alten, langweiligen Onkel Fritz in den Bergen rumzukraxeln.«

»Du – laß meinen Onkel Fritz in Ruhe! Langweilig und alt ist der nicht. – Und schön, wunderschön ist es immer mit dir in den Bergen. Aber diese Fahrt möchte ich doch zu gerne mitmachen.«

»Also abgemacht – du fährst an den Rhein!«

Bernhard schob nachdenklich die Brauen empor.

»So klar ist das nun auch wieder nicht. Was wird Mama dazu sagen? Ich wage gar nicht, es ihr zu beichten.«

»Was – du wagst es nicht? Schlingel – wenn du zum Ungehorsam Mut hast, mußt du auch die Folgen auf dich nehmen.«

Bernhard bekam einen roten Kopf. »Wenn sie nur nicht immer gleich weinte vor Angst, daß ich dich gekränkt haben könnte. Du glaubst nicht, wie besorgt sie ist; und wenn sie weint, ist's aus mit meinem Mut. Warum sie nur so ängstlich ist? Ich hab' dich doch gewiß furchtbar lieb und möchte dich um keinen Preis kränken. Aber sie zankt immer mit mir, daß ich es dir nicht genug zeige, wie lieb du mir bist, und denkt, du entziehst mir deine Liebe. Dabei büffle ich doch, bis mir der Kopf brummt, um dir meine Dankbarkeit zu beweisen.«

Herbig strich liebevoll über den dunklen Jünglingskopf.

»Von Dankbarkeit rede mir lieber nicht! Ich kann das Wort nicht ausstehen. Ein bißchen Liebe ist mir mehr als ein Berg Dankbarkeit. Da steckt immer so ein heimlicher Zwang dahinter.«

Bernhard sah ihn offen und ehrlich an.

»Bei mir nicht, da kommt es ganz von selbst.«

Fritz Herbig betrat kurze Zeit darauf das Fabrikgebäude. Zuerst begab er sich in sein Arbeitszimmer, um einige wichtige Briefe zu schreiben. Dann unternahm er einen Rundgang durch die Fabrik, und schließlich stieg er hinauf in den Zeichensaal.

In der Mitte des großen Raumes standen riesige Zeichentafeln, an denen die Einzelzeichnungen ausgeführt wurden. Ringsum waren durch Holzverschläge Abteilungen geschaffen worden, in denen die ersten Zeichner und Zeichnerinnen an Skizzen und Entwürfen arbeiteten.

In einer dieser Abteilungen saß auch Maria Rottmann. Herbig blieb hinter jedem Zeichner eine Weile stehen und sah zu, wie er arbeitete. Zuletzt kam er zu Maria. Sie trug denselben grauen Lodenrock wie neulich und eine ebenso schlichte weiße Batistbluse. Als Herbig zu ihr trat, hob sie einen Augenblick den Kopf und sah zu ihm auf. Mit ruhiger Höflichkeit wechselten sie einen Gruß. Dann arbeitete sie ungestört weiter. Sie wußte, wenn er einen besonderen Auftrag für sie hatte, sprach er sie an. Er sah heute aber nur zerstreut auf ihre Zeichnung herab; viel mehr fesselten ihn die schlanken, edelgeformten Hände. Und von den Händen glitt sein Blick unbewußt über die runden Arme und Schultern, die sich durch die leichte Bluse abzeichneten. Ein schmales Streifchen Nackens, darüber der schöne Ansatz des braunen Haares, ein kleines, rosiges Ohr und das hübsche, blühende Gesicht – Herbig ertappte sich plötzlich dabei, daß er das alles mit innigem Wohlgefallen betrachtete.

Und Maria Rottmann mußte seine Blicke fühlen. Sie sah unruhig empor und begegnete ihnen. Es lag ein Ausdruck darin, der sie befangen machte. Sie zeichnete sofort weiter, aber die Hände verloren die ruhige Festigkeit, und ein verräterisches Rot stieg in ihre Wangen empor. Sie fühlte das und ärgerte sich darüber, ohne es verhindern zu können. Ein ganz eigenartiges Wonnegefühl stieg in ihm auf. Ihre Unruhe teilte sich ihm mit. Wie ein heimlicher, süßer Zauber umwob es die zwei Menschen.

Maria Rottmann zeichnete recht unsichere, schwankende Striche. Entschlossen schüttelte sie den Bann ab, der sie gefangengenommen hatte, und den Stift aus der Hand legend, fragte sie: »Haben Sie etwas Besonderes für mich, Herr Herbig?«

Er antwortete jedoch nicht sogleich. Seine Augen sahen aber so sonderbar forschend und prüfend in die ihren, daß sie von neuem erglühte. Herbig kam nun ihre peinvolle Befangenheit zum Bewußtsein.

»Nein – ich habe nichts Besonderes, Fräulein«, sagte er scheinbar ruhig und ging dann in sein Arbeitszimmer hinunter. Seit dieser Stunde war aber die Unbefangenheit aus ihrem Umgang verschwunden.

Das Gefühl, welches Herbig beherrschte, war ihm so neu und ungewohnt, daß er es sich zunächst nicht recht erklären konnte. Gewiß war ihm nur, daß ihm noch kein weibliches Wesen ein ähnliches Empfinden eingeflößt hatte. Und dieses Empfinden war ein so durchaus angenehmes, daß er sich gar nicht dagegen wehrte. Im Gegenteil – mit träumerischem Behagen versenkte er sich mehr und mehr hinein.

Die Arbeit lockte heute den sonst so tätigen Mann überhaupt nicht. Er warf sich in einen Sessel und sah vor sich hin. Wie war das nur gekommen? Er hatte doch sonst im Verkehr mit ihr nicht einen Augenblick seine Ruhe verloren.

Freilich, er hatte sie immer gern gehabt, hatte immer ein gewisses Wohlwollen für sie empfunden, aber die sehnsüchtige, zärtliche Unruhe, die ihn jetzt beherrschte, hatte gar nichts mit diesem ruhigen Wohlwollen gemein. Sollte er wohl auf dem Wege sein, das Herz an sie zu verlieren?

Er sprang wieder auf und lief unruhig auf und ab.

»Unsinn!« rief er halblaut in seine Gedanken hinein und trat ans Fenster, um auf den Scheiben herumzutrommeln.

Es war gerade Vesperpause. Die Leute gingen, ihr Vesperbrot verzehrend, in dem großen Hofraum auf und ab und unterhielten sich dabei. Einige der jüngeren Arbeiter bildeten mit mehreren jungen Arbeiterinnen in der einen Ecke, gerade unter seinem Fenster, eine Gruppe. Ein Bursche und ein Mädchen hielten sich absichtlich etwas zurück, als die Glocke das Ende der Vesperpause verkündete. Sie traten als letzte in das Gebäude, und unter der Tür küßten sie sich schnell und verstohlen.

Herbig seufzte auf.

Das fand sich alles in Liebe zueinander. Und er mit seinen achtunddreißig Jahren war noch immer allein. Ein ungestürmes Sehnen wallte empor in seinem Innern. Warum sollte er diesem Alleinsein kein Ende machen? Er brauchte doch auf niemand Rücksicht nehmen! Auf Bettina etwa?

Die konnte doch nicht von ihm verlangen, daß er ihretwegen auf Liebe und Ehe verzichten sollte.

Oder auf Bernhard?

Der würde, auch wenn er heiratete, seiner väterlichen Fürsorge sicher sein. Und der prächtige Bursche würde ein tüchtiger Mann werden und sich selbst im Leben eine Stellung erkämpfen, auch ohne des Onkels Erbe zu werden.

Bettina würde natürlich ziemlich grollen und schmollen; damit mußte er rechnen. Aber schließlich mußte sie sich fügen. Er war sich schließlich selbst der Nächste und hatte auch Pflichten gegen sich selbst. Alt genug war er ja nun geworden, Zeit hatte er wirklich nicht mehr viel zu verlieren. Er hatte sich wahrlich das Recht verdient, eine eigene Familie zu gründen – ja, es war geradezu seine Pflicht, sich nicht auszuschließen aus der Reihe der Familienväter.

So verteidigte er sich vor sich selbst, und dabei sah er im Geiste schon ein liebes Wesen an seiner Seite schreiten, das mit klaren Augen verständnisvoll und innig zu ihm aufsah.

Und diese Augen glichen denen der jungen Zeichnerin aufs Haar.

# 2

Das Fest, das Fritz Herbig seinen Angestellten gab, war vom herrlichsten Wetter begünstigt. Nur bis mittags war in der Fabrik gearbeitet worden. Sie stellten sich alle pünktlich ein. Die Verheirateten brachten Frau und Kind mit, und alle trugen den besten Sonntagsstaat. Auch die Zeichner und Zeichnerinnen und die Vorsteher der einzelnen Abteilungen waren gekommen.

Der große Wirtshausgarten war festlich geschmückt; zwischen den Bäumen hingen farbige Lampen.

Herbig war mit Bettina und seinem Neffen zuerst am Platz. Er widmete sich seinen Gästen mit großer Liebenswürdigkeit und Bereitwilligkeit. Jeder wollte durch ein paar Worte vom Chef ausgezeichnet werden. Bettina stand ihm wacker zur Seite, obwohl ihre Seele mit Unruhe und Unbehagen zu kämpfen hatte. Sie ließ ihren Bruder nicht aus den Augen. Gegen halb vier Uhr wurde an den großen Tafeln der Kaffee eingenommen. Wahre Berge von Kuchen wurden aufgestellt, und die riesigen Kaffeekannen kreisten unaufhörlich.

Herbig hatte ohne Umstände zwischen einigen alten Arbeitern und ihren Frauen Platz genommen und beteiligte sich herzhaft an dem Schmaus. Erst wirkte seine Gegenwart etwas lähmend auf die Zunächstsitzenden, aber als er lustig und gemütlich plauderte und den Frauen lachend die Teller mit Kuchen belud, taute man auf. Bettina hatte erst überall nachgesehen, daß alle zu ihrem Recht kamen. Dann ging sie langsam die Reihen entlang, den Leuten freundlich zunickend und sie zum Zulangen auffordernd. So kam sie auch an den Tisch, an welchem die Damen aus dem Zeichensaal saßen. Liebenswürdig trat sie heran und bat, neben Fräulein Rottmann Platz nehmen zu dürfen. Sie hatte beschlossen, die junge Dame möglichst in ihrer Nähe zu behalten. Die jungen Mädchen rückten höflich zur Seite und bedienten Bettina eifrig mit Kaffee und Kuchen.

Am meisten beschäftigte Bettina sich mit Maria Rottmann.

»Ist Ihre Frau Mutter nicht mitgekommen?« fragte sie freundlich.

»Nein, gnädige Frau! Mama ist schon seit einiger Zeit unpäßlich.«

»Oh, wie schade! Das tut mir sehr leid. Ich hoffe, es ist keine ernste Krankheit?«

»Das zum Glück nicht. Mama ist nur leicht ermüdet und bekommt sofort Kopfweh, wenn sie sprechen muß.«

»Dann sind Sie sicher nur ungern von ihr gegangen?«

»Ach, Mama ist ja sonst auch allein, wenn ich beschäftigt bin. Vollständige Ruhe tut ihr am wohlsten.«

»Nun, sie wird sich hoffentlich bald erholen.

Übrigens rechne ich nachher stark auf Ihre Hilfe bei den Preisspielen, zumal bei den Kindern.«

»Ich stehe gern zur Verfügung, gnädige Frau!«

Bettina nickte dankend und wandte sich an die anderen Zeichnerinnen.

»Auch für Sie gibt es an den anderen Spielplätzen reichlich zu tun, meine Damen. Ich hoffe, ich kann auf Ihre Hilfe zählen.«

Die jungen Mädchen beeilten sich, ihre Zustimmung zu geben. Maria Rottmanns ruhige Höflichkeit stach sehr ab gegen die Unterwürfigkeit der anderen.

Sie ist entschieden stolz und hochmütig, dachte Bettina, der das nicht entging.

Herbig hatte schon einige Male seinen Platz gewechselt. An jeder Tafel hielt er sich eine Weile auf und unterhielt sich fröhlich mit seinen Leuten. Dabei hatte er jedoch heimlich ein Ziel im Auge, ohne es sich einzugestehen. Aber, ob mit oder ohne Eingeständnis, schließlich saß er doch Maria gegenüber und war darüber so vergnügt, daß ihm die helle Freude aus den Augen lachte.

Bettina blieb nicht verborgen, wie er wohlgefällig sein Auge auf seinem Gegenüber ruhen ließ, und fing seine Blicke voll Unruhe auf. Ihr Bruder sah heute so gar nicht aus, als hätte er Lust, seine Tage als Junggeselle zu beschließen. Was konnte sie tun, um Maria Rottmann ungefährlich zu machen?

Sie sann und grübelte uind rückte unbehaglich auf ihrem Platz hin und her. Wenn doch wenigstens diese Kaffeetafel ein Ende hätte! Aber die Leute stippten ohne Unterlaß immer neue Kuchenstücke in ihren Kaffee.

Endlich aber nahm ihre Qual ein Ende. Die letzten Reste wurden für die Kinder zum Mitnehmen eingepackt, und man erhob sich, um mit den Spielen zu beginnen.

Bettina schob ihren Arm liebenswürdig lächelnd in den Fräulein Rottmanns und zog sie mit sich fort.

»Kommen Sie schnell, liebes Fräulein, die Kinder stehen schon erwartungsvoll um den Gabentisch!« sagte sie lebhaft, und ehe Herbig noch zur Besinnung kam, waren die beiden seinen Blicken entschwunden. Vorläufig mußte er sich nun erst einmal um seine Arbeiter kümmern, damit auch sie an den Schießbuden zu ihrem Recht kamen. Einige Herren aus dem Kontor halfen ihm dabei.

Die Musik spielte auf, alle vergnügten sich. Es war ein Leben wie auf dem Jahrmarkt. Bettina überwachte, neben Fräulein Rottmann stehend, die Spiele der Kinder, während das junge Mädchen die Preise verteilte.

Einige der Herren aus dem Kontor kamen herüber und stellten sich Bettina zur Verfügung. Sie aber wehrte lachend ab.

»Danke sehr, meine Herren, aber hier kann ich nur weibliche Hilfe gebrauchen. Sie würden höchstens nur Verwirrung stiften. Drüben bei meinem Bruder können Sie sich nützlicher machen.«

Als sich die jungen Leute entfernt hatten, sah Bettina lächelnd in Marias Gesicht.

»Da hab' ich wohl nicht in Ihrem Sinne gehandelt, Fräulein Rottmann?«

Diese sah erstaunt auf.

»Warum nicht, gnädige Frau?«

»Nun, mir schien, als habe die Herren mehr der Wunsch, Ihnen nahe zu sein, als der zur helfen, hierhergetrieben.«

»Das ist sicher ein Irrtum, gnädige Frau.«

Bettina drohte lächelnd mit dem Finger. »Seien Sie nur ehrlich! Sie plauderten gewiß viel lieber mit den jungen Herren, als sich hier mit den Kindern herumzuplagen.«

»Wirklich nicht. Ich habe Kinder sehr gern.«

»Nun, Sie können sich ja auch heute abend schadlos halten. Sie freuen sich gewiß auf das Tanzen.«

»Ich habe noch gar nicht daran gedacht.« Bettina sah sie mit lächelndem Zweifel an. »Eine junge Dame, die nicht an das Tanzen denkt? Das ist doch kaum glaublich. Sollte sich unter unseren jungen Herren nicht einer befinden, mit dem Sie gern tanzen möchten?«

Maria Rottmann errötete vor heimlichem Unmut.

Bettina legte dieses Erröten anders aus. Sollte sie da auf einer Spur sein, die ihr von Nutzen sein konnte?

»Ich kann Ihnen diese Frage nicht beantworten«, erwiderte Maria mit leiser Abwehr in der Stimme.

Bettina merkte das sehr wohl. Also, die junge Dame wünschte nicht, auf ihre Herzensangelegenheiten geprüft zu werden. Das war immerhin etwas. Vielleicht hatte sie eine heimliche Neigung zu einem der Angestellten. Man konnte da vielleicht vermitteln.

»Verzeihen Sie, ich erscheine Ihnen wohl ein wenig neugierig, liebes Kind. Aber Sie sind mir außerordentlich angenehm. Ich hege eine große Vorliebe für Sie und erwärme mich schon lange für Ihr Schicksal. Mein Bruder erzählte mir von Ihrer Familie. Sie tragen wohl schwer an Ihrer abhängigen Stellung, und ich glaube ganz sicher, lange werden Sie dieselbe nicht zu bekleiden brauchen. Eine so hübsche und liebenswürdige junge Dame bleibt nicht lange unbeachtet. Aber es liegt mir fern, mich in Ihr Vertrauen zu drängen. Trotzdem möchte ich wetten, daß es manchen jungen Mann gibt, der Sie gern zur Lebensgefährtin wählte.«

Maria teilte ruhig die Gaben an die Kinder aus. Aber ihre Lippen zuckten unruhig. Das Gespräch war ihr in hohem Grade unangenehm.

»Zu dieser Annahme liegt wohl kaum Veranlassung vor. Vorläufig fühle ich mich sehr wohl in meiner Stellung und sehne mich nicht nach Veränderung.«

Das klang wieder nicht sehr ermutigend für Bettina. Aber sie ließ sich nicht abschrecken.

»Das freut mich für uns – unserem Betrieb wird so eine schätzenswerte Kraft erhalten – aber nicht für Sie. Der schönste Beruf der Frau bleibt doch die Ehe. Und Sie sind auch nicht mehr die Jüngste.«

»Dreiundzwanzig Jahre, gnädige Frau.«

»Nun sehen Sie wohl, das ist das beste Alter zum Heiraten.«

»Trotzdem eilt es mir nicht damit«, suchte Maria das Gespräch mit einem Scherz zu beenden.

Bettina aber war hartnäckig.

»Am Ende gehören Sie gar zu den freisinnigen Frauen, zu den Ehefeindinnen?«

Also gedrängt, richtete sich Maria empor und sah Bettina mit großen, ernsten Augen an.

»Nein – keines von beidem. Ich schätze jede Frau glücklich, die einen guten Mann, ein sicheres Heim ihr eigen nennt, die in ihrer Familie einen Pflichtenkreis findet, groß genug, ihr Leben auszufüllen. Aber allen kann ja solches Glück nicht zuteil werden. Zumal arme Mädchen wie ich gehen oft leer aus. Und da meine ich, von denen, die leer ausgehen müssen, sind die am besten dran, die einen Beruf haben, der sie befriedigt und ihnen die Mittel zu einem gesicherten, wenn auch schlichten Leben verschafft.«

Bettina hatte aufmerksam zugehört. Leider fand sich in Marias Worten kein Anhalt für sie. Da kam ihr jedoch ein Zufall zu Hilfe. Einer der zu dem Fest herbeigeeilten Reisenden, ein hübscher, stattlicher Mensch, ging eben vorbei. Als er Maria erblickte, blieb er einen Augenblick stehen und kam dann schnell auf sie zu.

»Liebes Fräulein Rottmann – ich habe noch gar nicht Gelegenheit gehabt, Sie zu begrüßen. Gesucht habe ich Sie schon überall, aber nicht gefunden.«

Maria erwiderte seine Begrüßung sehr erfreut, einmal, weil sie froh war, das peinliche Gespräch abbrechen zu können, dann aber auch, weil sie Kurt Lebbeck – so hieß der Reisende – schon länger kannte und eigentlich durch ihn auf die Stellung bei Herbig aufmerksam gemacht worden war. Lebbeck war außerdem schon lange mit einer Jugendfreundin Marias verlobt und stand ihr so näher als die übrigen Angestellten des Geschäftes.

Während die beiden jungen Leute angeregt miteinander plauderten, lauschte Bettina aufmerksam ihrem Gespräch. Es klang sehr vertraulich, und Fräulein Rottmann gab ihm gegenüber augenscheinlich ihre Zurückhaltung auf. Ehe sich Lebbeck verabschiedete, bat er Maria, sie zu Tisch führen zu dürfen, und sie sagte freundlich zu. Als er gegangen war, fragte Bettina scheinbar harmlos:

»Sie kennen Herrn Lebbeck schon von früher?«

»Ja, gnädige Frau, er besuchte uns zuweilen. Auch traf ich in einer befreundeten Familie oft mit ihm zusammen. Ihm habe ich's zu verdanken, daß ich bei der Firma Herbig angestellt bin.«

»Dann ist ihm mein Bruder eigentlich zu Dank verpflichtet, denn er ist außerordentlich zufrieden mit Ihren Leistungen. Weiß er, daß Sie durch Lebbeck zu uns gekommen sind?«

Marie bemerkte nicht die heimliche Unruhe, die Bettina beherrschte.

»Ich glaube kaum, gnädige Frau, denn ich habe mich nicht auf Herrn Lebbeck berufen. Ich wollte meine Anstellung nur meinem Können zu danken haben.«

Bettina atmete befriedigt auf.

»Ei, wie stolz, liebes Fräulein – aber das gefällt mir an Ihnen.«

In diesem Augenblick kam Bernhard über den Rasenplatz zwischen den Kindern herangestürmt.

»Mama, du hattest mir doch versprochen, daß ich dir und Fräulein Rottmann helfen darf. Mich darfst du nicht fortschicken.«

»Will ich auch gar nicht, wenn das Fräulein dich gebrauchen kann.«

Bernhard machte seine schönsten Augen, als er sich zu Maria wandte.

»Nicht wahr, Sie haben für mich zu tun?«

Maria lächelte dem Jungen herzlich zu. »Arbeit gibt es genug für Sie, Herr Gerold. Bleiben Sie ruhig hier!«

Als er eine Stunde später seinem Onkel begegnete, sagte er strahlend:

»Du – es ist riesig nett hier.«

»So, wo hast du denn bis jetzt gesteckt?« fragte Fritz Herbig lachend.

»Drüben bei den Kindern!«

»Und da war es so nett?«

»Aber sehr. Fräulein Rottmann war doch dort. Wir haben uns prachtvoll unterhalten. Du – lachen kann die – ganz warm wird einem dabei ums Herz.«

Herbig sah fast neidisch auf seinen Neffen, der so lange Maria Rottmanns Gesellschaft genossen hatte.

»Schlingel – du wirst dich doch nicht in die junge Dame verlieben?«

Bernhard zuckte beinahe verächtlich die Schultern.

»Pah – verlieben gibt's nicht bei mir. Ich mache es so wie du, Onkel Fritz, und bleibe Junggeselle.«

»Wer sagt dir denn, daß ich's bleiben will?« fragte Herbig.

Der machte erst ein verdutztes Gesicht, dann lachte er.

»Mama sagt doch immer: Onkel Fritz ist Junggeselle und wird es immer bleiben, deshalb müssen wir ihm eine Familie ersetzen. Du – am Ende heiratest du aber doch noch? Das wäre fein. Dann heirate ich natürlich auch.«

»Na, na – warum nicht gleich? Aber sag mal – meinst du, daß ich nicht zu alt und zu häßlich zum Heiraten bin?«

»Ein forscher, schneidiger Mensch bist du, Onkel Fritz, und zu alt bist du gewiß nicht. Aber – aber ich habe andere Bedenken.«

Er zog die Stirn in schwere Falten.

»So – was sind denn das für Bedenken?«

Bernhard nahm seine Mütze ab und schlug damit nach einer Mücke.

»Weißt du, ich glaube, es gibt gar keine Frau, die lieb und gut genug für dich ist. Eine ganz besondere müßte es sein, der ich dich gönnte.«

»Aber sonst hätte ich deinen Segen?«

»Na, feste!«

»Schön, mein Junge, das ist die Hauptsache. Und nun lauf mal hinüber zu den Musikern! Sie sollen jetzt aufhören und danach im Saal zum Tanz aufspielen.«

»Wird gemacht, Onkel Fritz.«

Sie trennten sich.

Herbig ging langsam hinüber zu dem Platz, wo die Kinder spielten. Hinter einem Busch verborgen, saß er lange am Wiesenrand und schaute hinüber zu der schlanken, weißgekleideten Mädchengestalt, die anmutig zwischen den Kindern stand und ihres Amtes waltete. Dann rauschten Walzerklänge in die warme Sommerluft. Sie tönten gedämpft herüber zu dem Einsamen, aber gerade in dieser leisen Musik lag etwas Aufreizendes.

Es stieg heiß und leidenschaftlich in ihm empor.

Warum ging er nicht hinüber zu dem Mädchen und sagte ihr: »Ich hab' dich lieb, werde meine Frau!« Warum quälte er sich nun schon tagelang mit dieser stetig wachsenden Sehnsucht herum? Was kümmerte es ihn, was die Gesellschaft dazu sagte! Er war niemand Rechenschaft schuldig als sich selbst. Und Maria war des besten Mannes würdig. Worauf wartete er also noch?

Erst bei der Festtafel traf Bettina wieder mit ihrem Bruder zusammen, nachdem sie mit inniger Genugtuung gesehen hatte, daß Lebbeck Maria Rottmann zu Tisch führte. Sie saß nun mit ihm an der anderen Seite der Tafel, gerade weit genug entfernt, daß Fritz nicht mit ihr sprechen konnte.

Bettina saß neben ihrem Bruder.

»Gottlob, daß die Kinder nun versorgt und aufgehoben sind! Es war eine aufreibende Arbeit, und das arme Fräulein Rottmann hatte eine große Geduldsprobe zu bestehen, zumal sie ihr Herz nach einer anderen Richtung zog.«

Fritz wandte sein Gesicht fragend der Schwester zu.

»Wie ist das zu verstehen, Bettina?« Sie lächelte liebenswürdig, obwohl ihr das Herz unruhig klopfte.

»Nun, junge Leute haben noch andere Neigungen. Schau mal dahinüber! Wenn du verschwiegen bist, verrate ich dir, daß da ein heimliches Brautpaar zusammensitzt.«

Ein Schatten flog über Herbigs Gesicht.

»Meinst du damit Fräulein Rottmann?«

»Und Lebbeck, ganz richtig. Denk nur, die beiden kennen sich schon lange, und Lebbeck hat das Fräulein bewogen, sich um die Stellung bei uns zu bewerben.«

Herbig zerkrümelte mit nervösen Fingern ein Brötchen.

»Sie hat es mir heute nachmittag selbst anvertraut. Du brauchst dich aber, wie ich bestimmt glaube, noch nicht zu sorgen, daß sie ihre Stellung aufgibt. Anscheinend können die jungen Leute noch nicht ans Heiraten denken. Ich weiß ja, wie wertvoll dir diese Kraft ist, und habe sie gleich ein bißchen ausgefragt.«

»Dann kann ich ja beruhigt sein«, sagte Herbig. Er trank schnell nacheinander einige Glas Wein, um das würgende Gefühl, das ihm im Halse saß, loszuwerden.

Sein Blick flog hinüber zu der jungen Zeichnerin. Sie unterhielt sich sehr angeregt mit Lebbeck, und er hörte ihr warmes, herzliches Lachen herüberklingen. Es war das erste Mal, daß er sie so fröhlich lachen hörte. Sie unterhielt sich so eifrig mit Lebbeck, daß sie für nichts weiter Sinn zu haben schien. Herbig biß die Zähne zusammen. Ein bitteres, elendes Gefühl packte ihn. Er kam sich mit einem Mal so schrecklich einsam und verlassen vor. Und zwischendurch sagte er sich wieder und wieder: »Wenn du nun um sie angehalten hättest – du hättest dich grenzenlos lächerlich gemacht.« Während er mühsam gegen den Schmerz in seinem Innern ankämpfte, saß Bettina voll heimlicher Genugtuung neben ihm. Aus seiner

Verstimmung hatte sie gemerkt, daß es höchste Zeit gewesen war, seiner Neigung einen Riegel vorzuschieben. Daß er zu ehrenhaft war, um die Braut eines andern mit begehrlichen Gedanken zu streifen, wußte sie. Er würde sich soviel wie möglich von ihr zurückziehen und bald über diese Neigung hinwegkommen. Inzwischen konnte man vielleicht heimlich ein bißchen nachhelfen, um Fräulein Rottmann und Lebbeck zusammenzubringen. Sie schienen sich ja auch gern zu haben.

Herbig seinerseits kam nicht darauf, daß seine Schwester ihm die glatte Unwahrheit gesagt hatte. Sah er doch auch selbst, daß das sonst so stille, ernste, junge Mädchen sich Lebbeck gegenüber ganz anders gab.

Er bemerkte später auch, daß Maria einige Male mit dem Reisenden tanzte. Es war ihm unmöglich, es länger im Saal auszuhalten. Er ging hinaus in den Garten und setzte sich auf eine Bank. Dort blieb er lange und hing seinen Gedanken nach. Erst jetzt empfand er so recht, was ihm Maria bedeutet hatte. Zu tief saß ihm die Liebe zu ihr schon im Herzen. Er konnte sie nicht mehr ohne Schmerzen herausreißen.

Endlich ging er wieder in den Saal zurück. Er hatte noch Pflichten gegenüber seinen Leuten zu erfüllen, und Fritz Herbig hatte sich noch nie einer Pflicht entzogen. Auch jetzt hielt er aus, bis zuletzt. Nur Maria Rottmann und Lebbeck ging er aus dem Weg. Sah er sie zusammenstehen, dann wandte er sich ab, um nicht mit ansehen zu müssen, wie sie so vertraut miteinander verkehrten. Frau Bettina konnte sehr zufrieden mit sich sein.

Fritz Herbig war in seinem Wesen sehr verändert, soviel Mühe er sich auch gab, mit seiner Enttäuschung fertig zu werden. In den Zeichensaal ging er zunächst nur wenig und vermied es dann soviel wie möglich, mit Maria zu sprechen. Neue Gedanken auszuarbeiten war er ohnedies nicht in der Stimmung, und mußte er eine besondere Zeichnung anfertigen lassen, so wandte er sich an einen der anderen Zeichner. Er bestellte sie auch sonntags nicht mehr in seine Wohnung.

Sowohl Maria, die sehr feinfühlig war, als auch die andern merkten Herbigs verändertes Verhalten. Die Mitarbeiter der bisher so Begünstigten, die mit mehr oder weniger neiderfüllten Blicken Marias Bevorzugung bemerkt hatten, freuten sich heimlich, daß diese anscheinend in Ungnade gefallen war.

Maria selbst mußte es auch fühlen, daß Herbig ihr auswich, daß sein Gruß kühler und gezwungener war als sonst und daß er mit Absicht vermied, ihr wie früher besondere Aufträge zu erteilen. Und sein Verhalten tat ihr weh.

Aber sie kam und ging wie sonst, arbeitete unermüdlich und gewissenhaft und gab sich den Anschein der Unbefangenheit. Dabei grübelte sie jedoch unablässig darüber nach, wodurch sie sich Herbigs Wohlwollen verscherzt haben mochte. Und eines Tages schoß ihr ein Gedanke durch den Kopf, der sie vor Schrecken fast lähmte.

Wie wenn er gemerkt hätte, daß sie schon seit langem eine große und – wie sie meinte – hoffnungslose Liebe zu ihm empfand. Hatte sie vielleicht ihre Blicke, den Ton ihrer Stimme nicht in der Gewalt gehabt? Konnte sie sich sonst irgendwie verraten haben, und wollte er ihr nun zeigen, welche Kluft zwischen ihnen bestand?

Maria stieg das Blut mit siedender Angst ins Gesicht, als sie sich nun mit peinlicher Genauigkeit ihr Verhalten ins Gedächtnis zurückrief. Nun war es vollends um ihre Ruhe geschehen; sie wurde an sich selbst irre und glaubte nun den Grund gefunden zu haben für sein Verhalten.

Wenn sie doch gleich jetzt in diesem Augenblick hätte fortgehen können – irgendwohin, nur um nicht mehr hierzubleiben, unter seinen Augen. Aber das ging ja nicht. Sie dachte an ihre Mutter, die so froh war, daß sie eine gutbezahlte Stellung gefunden hatte. Jedenfalls würde sie sich erst einen anderen Platz suchen müssen. Die Mutter war obendrein jetzt sehr leidend. Ihr Unwohlsein hatte sich zu einer ernsten Erkrankung verschlimmert, und Maria war in großer Sorge.

Es waren trübe und schwere Tage für sie, und ihre Augen verloren den Glanz und zeugten von heimlich vergossenen Tränen. Fritz Herbig bemerkte es sehr wohl. Er glaubte jedoch, die Trennung von Lebbeck sei der Grund dafür.

Inzwischen waren die Sommerferien nähergerückt, und Bernhard drängte seinen Onkel, die Angelegenheit mit der Rheinreise bei der Mutter durchzusetzen.

Bettina war in der letzten Zeit ihrem Bruder gegenüber so voll Liebe und Freundlichkeit, daß er ganz gerührt war. Es war wohl das beste, er gab seine Heiratspläne ganz auf und änderte nichts an seinem Leben.

Eines Tages brachte er Bernhards Wunsch zur Sprache.

Bettina fuhr ärgerlich zu Bernhard herum.

»Du bist trotz meines Verbotes Onkel Fritz mit dieser Reise gekommen?«

»Ja, Mama. Und Onkel Fritz war überhaupt nicht böse; du brauchst dich nicht zu sorgen.«

»Trotzdem ist es unverantwortlich von dir und undankbar.« Und, zu Fritz gewandt, fuhr sie fort: »Du bist zu gut mit ihm, Fritz. Er glaubt, alles bei dir durchsetzen zu können, und überlegt sich nicht, ob er dich mit seinem Wunsch kränken könnte.«

»Hat er auch nicht getan, Bettina. Ich verstehe nicht, daß du dich darüber so aufregst. Brauchst nicht zu denken, daß ich gleich an Bernhards Liebe zweifle, wenn der Junge mal lieber mit seinen Freunden reisen will als mit mir.«

Bettina strich nervös an der Tischkante hin und her.

»Ja, lieb hat er dich ganz gewiß. Daran zweifle ich ja nicht, lieber Bruder!«

Herbig lachte gutmütig.

»Fällt mir auch gar nicht ein, Bettina. Nicht wahr, mein Junge – wir beide wissen, wie wir miteinander dran sind. Mach keine Geschichten,

Schwester, und verdirb dem Jungen die Freude nicht! Er hat mein Wort, daß ich ihm deine Erlaubnis erwirke. Du willst mich doch nicht wortbrüchig machen?«

Bettina gab nur zu gern nach, da sie sah, daß Fritz nicht gekränkt war.

Bernhard war überglücklich. In seinem frohen Übermut umarmte er die Mutter und den Onkel und erdrückte beide fast mit seinen jungen, starken Armen.

»Aber nun laß mich schnell mal zu Hans Malzahn hinüberlaufen; der hat schon mit mir um die Wette geschwitzt, daß du doch noch nein sagst.«

»So? Na, dann lauf nur zu deinem Freund und befreie ihn von der Angst!«

# 3

Bernhard Gerold war voll fröhlicher Erinnerungen von seiner Reise wieder heimgekehrt. Es war recht still im Hause Herbig gewesen, solange er fort war. Onkel und Mutter waren froh, daß sie ihn wieder hatten. Und er erzählte mit blitzenden Augen von seinen Reiseerlebnissen. Auch eine Heldentat hatte er vollbracht. Von einem Rheindampfer war im dichten Gedränge ein kleines Mädchen ins Wasser gestoßen worden, als neue Fahrgäste aufgenommen wurden. Er, der es zuerst bemerkt hatte und ein guter Schwimmer war, hatte sich nicht lange besonnen, sondern war schnell hinterhergesprungen und hatte das kleine Mädchen gerettet. Er war mit ihr zum Ufer geschwommen, und das nasse Bad hatte weder ihm noch dem Kind geschadet. Nur die Mutter des kleinen Mädchens war in Ohnmacht gefallen vor Schrecken.

Sie und ihr Mann hatten Bernhard für den kleinen Dienst mit Dankesbezeigungen überschüttet, was ihm sehr unangenehm gewesen war. Als er sich jedoch umgekleidet hatte und wieder zu seinen Kameraden heraufkam, stand der Vater des kleinen Mädchens mitten unter ihnen. Er hatte sie alle zusammen eingeladen, in Aßmannshausen seine Gäste zu sein. Dort hatte er dann im Gasthof auch wirklich den fünfzehn Primanern ein großartiges Festessen gegeben. Dabei hatte er sich sehr eingehend mit Bernhard unterhalten, sich seinen Namen und seine Wohnung aufgeschrieben und ihm am nächsten Morgen, als die Primaner weitergezogen, sein Töchterchen gebracht, damit sich dieses bei ihm bedanke. Daß bei der Familie sich noch ein etwa zwölfjähriges Mädchen, eine Verwandte, befunden hatte, erzählte Bernhard nicht. Er verriet nicht, daß ihn die große Schönheit dieses Kindes veranlaßt hatte, so nahe zu stehen, daß er den Unfall zuerst bemerkte, verriet nicht, daß dieses schöne Kind in wilder Angst nach seinem Arm gegriffen hatte, als das einige Jahre jüngere Cousinchen ins Wasser stürzte, und daß ihn die schönen, golden schimmernden Augen um Rettung angefleht hatten. Diese Augen hatten am andern Morgen, als er vor dem Gasthof in Aßmannshausen zum Abschied bereit stand, aus dem Fenster zu ihm niedergeblickt; und während die kleine, gerettete Gabriele ihm dankte, hatte er emporgesehen.

Bernhard konnte diese Augen nicht vergessen, auch nicht die dichten, nußbraunen Locken, auf welche die Sonne goldene Lichter zauberte. Und er wußte, daß das kleine, schöne Mädchen Eva hieß.

Bernhard Gerold mochte mit niemandem über diese für ihn schönste Reiseerinnerung sprechen, auch nicht mit dem Onkel.

Aber etwas anderes vertraute er ihm an, als er nach Tisch zur ›Beichtstunde‹ bei ihm auf dem Sofa saß. »Weißt du, wer der Vater des kleinen Mädchens war, Onkel Fritz?«

»Nein, mein Junge, das hast du uns nicht verraten.«

»Mit Absicht nicht in Mamas Gegenwart. Ich hab' dir auch noch etwas anderes anzuvertrauen.«

»Donnerwetter, Junge, du machst mich neugierig!«

Bernhard holte tief Atem.

»Es war Horst Wendenburg, der Besitzer der großen Maschinenwerke in Hattenfelde. Die sind berühmt, nicht wahr? Und ich hab' ihm erzählt, daß ich Ingenieur werden will und für Maschinenbau das größte Interesse habe. Was meinst du wohl, was er sagte, nachdem er mir aufmerksam zugehört hatte? Ich solle meine Lehrzeit in Hattenfelde auf seinen Werken durchmachen, und wenn ich mit meinem Studium fertig bin, ist mir eine Anstellung so gut wie sicher. Was sagst du nun?«

Herbig schüttelte ihm die Hand.

»Junge – du hast einen glücklichen Griff getan, als du die kleine Gabriele aus dem Wasser zogst.«

Bernhard zog die Stirn kraus.

»Weißt du, wenn ich es bloß diesem Umstand zu verdanken hätte, wäre mir das unangenehm.«

Herbig sah nachdenklich in seines Neffen Gesicht.

»Angenehm oder nicht, mein Junge – mir scheint, das Schicksal will uns jeden Zweifel nehmen, ob du gut daran tust, Ingenieur zu werden.«

»Hattest du noch einen Zweifel, Onkel?«

Herbig antwortete nicht gleich. In den letzten Wochen hatte es sich in seinem Innern festgesetzt, daß er nicht heiraten werde, da ihm Maria Rottmann verloren war. Und da hatte er erwogen, ob es nicht doch besser sei, wenn Bernhard in die Fabrik einträte. Er fand es bedauerlich, wenn sie einst in fremde Hände kam. Aber nun schob er diesen Gedanken wieder von sich. Bernhard hatte nun einmal keine Lust zu diesem Beruf, und gezwungen würde er nur Halbes leisten. Halbheiten waren aber der Anfang zum Niedergang. Nein – Bernhard sollte als ganzer Mann seinen Beruf ausfüllen. »Nein, Junge – ich hab' keinen Zweifel. Und ich wünsche dir von Herzen Glück zu dem günstigen Anfang deiner Laufbahn!«

Sie schüttelten sich die Hände. Dann sagte Herbig bestimmt:

»In den nächsten Wochen spreche ich auch mit deiner Mutter über diese Angelegenheit. Jetzt hab' ich zuviel anderes im Kopf.«

Zwischen Maria Rottmann und Herbig herrschte noch immer die kühle Zurückhaltung, unter der beide schmerzlich litten. Maria sah blaß und niedergeschlagen aus, denn die Krankheit ihrer Mutter hatte sich verschlimmert. Schließlich sah sich das junge Mädchen gezwungen, einige Tage aus dem Zeichensaal fortzubleiben. Herbig sah ihren leeren Platz, fragte aber nicht nach ihr.

Am Tag bevor Maria ausblieb, war Lebbeck für einige Tage zurückgekehrt. Herbig hatte ihn mit der jungen Zeichnerin in der Mittagspause zusammen gesehen.

Am übernächsten Tag brachte ein Dienstmann zwei Briefe von Maria Rottmann in die Fabrik.

Der eine war an Herbig, der andere an Lebbeck gerichtet. Es war morgens gegen neun Uhr. Herbig kam gerade über den Hof, um sich in sein Arbeitszimmer zu begeben, als er den Dienstmann unschlüssig dastehen sah.

Er fragte, was er suche, und der Dienstmann überreichte ihm den einen Brief. Dann erkundigte er sich, wo er Herrn Lebbeck finden könne, weil er diesem ebenfalls einen Brief abzugeben habe. Herbig schickte ihn zu dem Pförtner, der ihm Lebbeck herbeirufen würde. Dann ging er in sein Arbeitszimmer. Wie er bereits vermutet hatte, war der Brief von Maria. Sie entschuldigte mit kurzen höflichen Worten, daß sie ohne seine Erlaubnis ferngeblieben sei. Ihrer Mutter Zustand habe es nötig gemacht, daß sie zu Hause blieb. »Heute morgen um sieben Uhr ist meine Mutter gestorben. Ich bitte, mich deshalb noch zu beurlauben, bis ich sie beerdigt habe.«

So schloß der Brief.

Herbig lehnte mit zusammengezogenen Brauen am Schreibtisch. Ihre Mutter war tot. Sie war in schweren Stunden mit ihr allein gewesen und hatte noch schwere Stunden vor sich. Ob er ihr seine Hilfe anbieten sollte? Aber da fiel ihm Lebbeck ein. Natürlich sollte ihn ihr Schreiben zu Hilfe herbeirufen. Ein bitterer Groll stieg in ihm auf.

Unzufrieden mit sich selbst, ging er auf und ab, bis ein Klopfen an seiner Tür ihn aufschreckte. Auf seinen Zuruf trat Lebbeck ein. Er bat um Urlaub für einige Stunden. Ohne eine Frage an ihn zu richten, nickte Herbig Gewähr. Er wußte ja ohnedies, was der Reisende vorhatte.

Hätte er lesen können, was Maria an Lebbeck geschrieben hatte, dann hätte er ihm schwerlich so finster nachgeblickt. Der Brief lautete folgendermaßen:

»Geehrter Herr Lebbeck!

Heute morgen ist meine liebe, gute Mutter entschlafen. Sie wissen, was sie mir war. Ich bin fassungslos und vor Schmerz unfähig zu handeln. Sie sind der einzige Mensch, an den ich mich in meiner Not wenden kann. Bitte machen Sie sich für einige Stunden frei – es wird ja ohne Schwierigkeiten gehen –, und kommen Sie zu mir, damit Sie mir einige notwendige Gänge abnehmen! Zu Ihrer demnächst stattfindenden Verlobung mit Helene, von welcher ich eben Nachricht erhielt, will ich Ihnen jetzt nicht Glück wünschen. Aus einem Trauerhaus soll Ihnen nicht der erste Glückwunsch zugehen. Ich behalte ihn mir vor bis später. Hoffentlich können Sie mir meine Bitte erfüllen.

Mit herzlichem Gruß

Ihre
Maria Rottmann«

In trübes Sinnen verloren, saß Herbig an seinem Schreibtisch. Nun würde Maria Rottmann wohl bald Lebbecks Frau werden. Sie konnte doch nicht lange schutzlos in der Welt stehen. Vielleicht würden sie nicht einmal das Trauerjahr abwarten; in solchen Fällen war das zu entschuldigen. Und oben im Zeichensaal würde dann ihr Platz leer sein; sie würde ganz aus seinem Leben verschwinden, als habe sie nie eine Rolle darin gespielt. Gottlob wußte sie wenigstens nichts davon.

Als er mittags nach Hause kam, gab er seiner

Schwester den Auftrag, eine Blumenspende für das Grab der Verstorbenen zu Fräulein Rottmann zu schicken. Er tat es in so ruhigem, kühlem Ton, daß Bettina glaubte, er sei bereits geheilt von einer Neigung, wenn überhaupt eine solche bestanden hatte. Sie führte seinen Auftrag aus und bestellte in ihrer Dankbarkeit gegen das Schicksal noch für sich selbst ein sehr schönes, geschmackvolles Blumengebinde.

Maria wich nicht vom Sterbelager ihrer Mutter, bis diese der Erde übergeben war. Lebbeck hatte bereitwilligst alles geordnet, damit sie nicht gezwungen war, die Tote allein zu lassen.

Das junge Mädchen empfand den Tod der geliebten Mutter um so schmerzlicher, als sie der einzige Mensch gewesen war, der ihr angehörte. Sie stand nun ganz allein in der Welt. Und in den trüben, trostlosen Stunden am Totenbett flogen ihre Gedanken immer wieder schmerzlich grübelnd zu Fritz Herbig. Keinesfalls wollte sie nun länger in ihrer Stellung bleiben. Für sich allein fand sie schon anderweitig Unterkunft. Sie beschloß, den nächsten Kündigungstag zu nutzen, um Herbig mitzuteilen, daß sie ihre Stelle aufgeben wolle.

Am Morgen nach dem Begräbnis ihrer Mutter saß sie wieder an ihrem Zeichentisch. Als Herbig heraufkam, zuckte er beim Anblick des blassen, schwarzgekleideten Mädchens zusammen. Er bezwang sich und trat zu ihr, um ihr einige höfliche, aber kühle Beileidsworte zu sagen. Sie dankte ihm ebenso ruhig und kühl und wandte sich ihrer Arbeit wieder zu. Aber sie zitterte heimlich vor Aufregung.

Fort – nur so schnell wie möglich fort, dachte sie schmerzvoll. Sie mußte noch über acht Tage warten, bis sie kündigen konnte. Lebbeck war längst wieder auf Reise, und Herbig fühlte sich sonderbarerweise darüber wie von einem Zwang befreit.

Am Morgen des Kündigungstages klopfte es an seine Tür. Auf seinen Ruf trat Maria Rottmann ein. Er stand überrascht auf und sah sie fragend an. Der Gang war ihr nicht leicht geworden. Da er mit seiner eigenen Erregung zu tun hatte, merkte er nichts von ihrer Unruhe. Endlich trat er einen Schritt auf sie zu.

»Sie wünschen, Fräulein Rottmann?« fragte er so ruhig wie möglich und sah sie an. Da merkte er, wie elend sie aussah, und daß sie sich kaum auf den Füßen halten konnte. In einer ritterlichen Aufwallung stellte er ihr schnell einen Stuhl bereit.

»Sie fühlen sich durch Ihren schweren Verlust sehr erschöpft. Bitte, nehmen Sie Platz!« sagte er, einen Augenblick in seinen alten, wohlwollenden Ton verfallend.

Sie setzte sich, weil ihr die Knie den Dienst versagten. Ohne den Blick zu ihm zu heben, sagte sie dann leise:

»Ich möchte um meine Entlassung bitten, Herr Herbig.«

Er biß sich auf die Lippen und wollte erst kurz und kühl darauf antworten. Aber ein Blick in ihr blasses Gesicht machte ihm das unmöglich. Heiß und stark empfand er in diesem Augenblick wieder, was sie ihm gewesen war.

»Sie wollen fort? Und darf ich wissen, weshalb?«

»Ich – es ist – ich möchte fort von hier.« Die Bitterkeit nahm in ihm überhand.

»Das heißt – Sie wollen sich verheiraten, nicht wahr?«

Sie sah nun doch zu ihm auf in sein erregtes Gesicht. In ihren Augen lag ehrliches Erstaunen.

»Ich wüßte nicht, wie ich dazu kommen sollte.«

Da lächelte er überlegen.

»Ich weiß, daß Sie mit Lebbeck heimlich verlobt sind. Sie dürfen sich immerhin schon jetzt meinen Glückwunsch gefallen lassen.«

Dunkle Röte schoß ihr ins Gesicht. Sie erhob sich schnell.

»Das ist ein Irrtum, Herr Herbig. Ich bin nicht mit Herrn Lebbeck verlobt. Er wird sich jedoch in den nächsten Tagen mit einer Freundin von mir verloben.«

Er glaubte, sein Herz müsse stillstehen, und sah sie mit brennenden Augen an.

»Nicht verlobt? – Sie haben aber doch zu meiner Schwester neulich bei unserem Fest eine diesbezügliche Äußerung getan.«

Maria schüttelte verständnislos den Kopf.

»Nein«, sagte sie bestimmt. »Ich habe Ihrer Frau Schwester nur mitgeteilt, daß ich Herrn Lebbeck von früher kenne und daß er es war, der mich auf die offene Stelle in Ihrem Haus aufmerksam machte.«

Herbig zog die Stirn zusammen und legte die Hand vor die Augen. Plötzlich war ihm alles klar. Bettina hatte ihn mit Absicht belogen, weil sie seine Neigung für Maria erkannt hatte. Sie hatte sich mit schlauer Berechnung zwischen ihn und sein

Glück gestellt. Aber diese Erkenntnis beschäftigte ihn nur eine Weile. Hell und verlockend stieg die Hoffnung in ihm empor. Seine Augen hefteten sich auf ihr Antlitz.

»Warum wollen Sie denn fort? Bitte sagen Sie mir ehrlich den Grund!« bat er, heiser vor Erregung. Sie sann einen Augenblick nach. Aus seinen Worten war ihr die Beruhigung gekommen, daß er nichts von ihrem Seelenzustand ahnte. Das gab ihr die Haltung zurück. Sie hob den Kopf und sah ihn ruhig an.

»Weil ich deutlich empfinde, daß Sie nicht mehr zufrieden sind mit meinen Leistungen. Sie haben mir Ihr Wohlwollen entzogen, und deshalb ist es besser, ich gehe.«

Da stand er plötzlich dicht vor ihr und faßte ihre Hände.

»Wirklich nur deshalb?« Er fragte es mit so freudigem Ausdruck, daß sie ihm scheu und verwundert ins Gesicht sah.

»Gewiß, nur deshalb!«

»Liegt Ihnen denn so viel an meiner Zufriedenheit, an meinem Wohlwollen?« fragte er weich, ihre Hände noch immer fest in den seinen haltend. Er fühlte, wie diese Hände zitterten – er sah, wie dunkle Flammen ihr bleiches Gesicht durchglühten, und eine beseligende Ahnung stieg in ihm empor.

Maria kämpfte mit einer lähmenden Befangenheit. In seiner Stimme lag ein so verstrickender, sinnverwirrender Klang. Und dabei erfaßte sie eine namenlose Angst, sich zu verraten. Mit dem letzten Rest ihrer Kraft riß sie sich plötzlich von ihm los und rief wie ein furchtsames Kind, das sich nicht zu helfen wußte:

»Ich will fort!«

Ganz trotzig klang es in all ihrer Angst, und sie schritt schnell zur Tür. Ehe sie dieselbe jedoch erreicht hatte, war er an ihrer Seite und hielt sie an beiden Armen fest.

»Maria – willst du wirklich gehen? Es hilft dir nichts – ich weiß nun doch, daß du mich liebst.«

Sie zitterte am ganzen Körper.

»Nein, nein!« rief sie mit einem letzten Versuch, ihm ihr Empfinden zu verbergen.

Da drehte er sie langsam zu sich herum.

»Nicht, wirklich nicht? Aber ich liebe dich, Maria, und wenn ich in der letzten Zeit anders zu dir war, so war mein heißer Schmerz um dich schuld. Ich glaubte, du seiest Lebbecks Braut, und wollte dir nicht zeigen, wie weh mir das tat. So – und nun sag mir noch einmal, daß du mich nicht liebst, dann will ich es glauben – sonst nicht!«

Er ließ sie los und sah mit heißen, sehnsüchtigen Blicken auf ihr gebeugtes Haupt herab. Sie schlug plötzlich die Hände vors Gesicht und weinte fassungslos. Zu schnell brach nach aller Qual das Glück über sie herein.

Er zog sie fest in seine Arme und streichelte ihr Haar.

»Nicht wahr, du kannst es nicht, mein liebes, törichtes Mädchen?! Nun, weine doch nicht, Maria! Ist es denn so schlimm, daß du meine inniggeliebte Frau werden sollst?«

Sie sah unter Tränen lächelnd zu ihm auf und atmete tief und schwer.

»Es ist wie ein schöner Traum – ich glaube nicht, daß es Wirklichkeit ist.«

Da drückte er fest und warm seine Lippen auf ihren zuckenden Mund.

»Glaubst du nun noch immer, daß du träumst?«

Endlich richtete sich Maria, wie aus einem Traum erwachend, empor und strich die wirren Haare aus dem erhitzten Gesicht.

»Ich muß doch wieder an meine Arbeit. Was sollen die oben denken, wenn ich so lange ausbleibe?!«

Er lachte glücklich.

»Und das ist alles, was du mir zu sagen hast?«

Sie sah ihn an, und die zärtlich schimmernden blauen Augen mußten wohl eine deutliche Sprache reden. Jedenfalls umfaßte er sie von neuem. »Überhaupt bist du entlassen, du Bösewicht – zur Strafe, daß du mich so gequält hast.«

»Ich habe Sie nicht gequält!«

»Was war das? Sie? Wer ist das?«

Nun lachte sie leise, und das Lachen klang ihm so wohltuend.

»Du bist das. Es ist so sehr schwer, seinen gestrengen Chef zu duzen«, sagte sie.

Er mußte sie wieder küssen. Wie ein Rausch war es über den sonst so ruhigen, vernünftigen Mann gekommen.

Aber dann mußte er doch sein neu gewonnenes Glück aus den Armen lassen. Jeden Augenblick konnte jemand von seinen Angestellten eintreten, und es hätte ein falsches Licht auf Maria geworfen, wenn man sie in zärtlicher Vertrautheit überraschte.

»So«, sagte er aufatmend, »jetzt setz dich da auf deinen Stuhl! Ich nehme an meinem Schreibtisch Platz. Und nun wollen wir mal vernünftig miteinander reden.«

Sie tat, wie er geheißen.

»Du sitzt jetzt auf der Anklagebank, Maria Rottmann. Du hast mir mein Herz gestohlen!«

Sie lächelte.

»Ich denke, wir wollen vernünftig reden.«

Er seufzte tief und schwer.

»Ja, richtig. Also, was soll nun werden, Liebling? Du sollst so schnell wie möglich meine liebe Frau werden. Der Punkt ist ja klar.«

»Du vergißt, daß ich in Trauer bin.«

»Nein, das vergess' ich nicht. Aber sag mal selbst, würde es deine Mutter nicht mehr beruhigen, dich in sicherem Schutz zu wissen?«

Ihre Augen feuchteten sich.

»Oh, meine Mutter, wenn sie doch nur eine Stunde mein Glück hätte erleben dürfen!«

»Also, nicht wahr, deiner Mutter Andenken kannst du auch als meine Frau ehren?«

»Ja, gewiß. Aber die Leute...«

»Laß die Leute! Sie werden sich ohnedies liebevoll unserer annehmen, weil wir sie nicht um ihre Zustimmung gefragt haben.«

»Und deine Schwester?«

Ein Schatten flog über sein Gesicht. Erst jetzt dachte er wieder an Bettinas Lüge, die ihn fast sein Lebensglück gekostet hätte. Aber er wollte sich jetzt die glückliche Stimmung nicht trüben lassen.

»Die überlaß mir, Maria! Sie wird nichts an meinem Entschluß ändern.«

»Ich habe das Gefühl, als könne sie es mir nicht gönnen, daß ich deine Frau werde.«

»Kehr dich nicht daran! Wenn sie nicht in Frieden bei uns bleiben will, soll sie sich ihr Leben anders einrichten. Aber davon später, Liebling. Jetzt will ich erst mit dir im klaren sein: Hast du niemand, der zu dir kommen und bei dir wohnen könnte bis zu deiner Verheiratung?«

»Nein, ich stehe ganz allein. Ich könnte höchstens in der Familie meiner Freundin, Lebbecks Braut, Aufnahme finden. Aber da muß ich fort von hier.«

Er seufzte.

»Es wird uns jedoch nichts anderes übrigbleiben, denn du sollst jetzt nicht soviel allein sein. Aber weißt du, einige Tage muß ich dich jetzt unbedingt noch behalten – sonst halte ich's vor Sehnsucht nicht aus. Wir wollen unsere Verlobung noch acht oder vierzehn Tage geheimhalten. So lange bleibst du noch hier im Haus. Ich kann dich wenigstens sehen und sprechen, und wir können alles noch überlegen.«

»Wie du willst, so ist es mir recht. – Aber nun muß ich wirklich wieder hinauf.«

Er stand auf und trat zu ihr.

»Muß es wirklich sein?«

Sie sah voll zärtlicher Hingabe zu ihm auf.

»Ich bliebe ja tausendmal lieber bei dir, lieber, lieber Fritz«, sagte sie weich und innig.

Er küßte sie wieder.

»Mädelchen, süßes, liebes, wie zärtlich du sein kannst, und wie wunderbar deine Augen strahlen! Weißt du, wie lieb ich dich habe?«

»Nicht mehr als ich dich.«

»Und bist du glücklich?«

»Unaussprechlich!«

»Und wer macht nun meine Entwürfe fertig? Wer versteht mich so gut wie du?«

»Ich kann doch auch als deine Frau noch mit dir arbeiten.«

»So soll es sein, Maria!«

Er küßte ihr noch einmal den Mund und beide Hände, dann schob er sie sanft zur Tür hinaus.

Wie im Traum stieg sie die Treppe empor. Oben saß sie dann äußerlich ruhig an ihrem Zeichentisch. Aber ihr Herz zitterte vor Glück.

Kaum eine Stunde später tauchte Herbig im Zeichensaal auf. Es war ihm, als müsse er sich überzeugen, daß sie noch da war, und daß ihre Augen ihm jetzt anders entgegenstrahlten als bisher.

Ohne sich bei den anderen aufzuhalten, steuerte er auf Marias Tisch zu.

»Ich habe eine neue Idee, die Sie mir ausführen können, Fräulein Rottmann. Bitte, geben Sie mir Stift und Papier herüber!« sagte er so laut, daß es die andern hörten. In seinem Ton lag so viel Liebenswürdigkeit, daß alle lauschend die Köpfe hoben und sich vielsagend ansahen. Fräulein Rottmann schien wieder in Gnaden aufgenommen zu sein.

Maria hatte heiß erglühend Zeichenblock und Bleistift vor Herbig hingelegt. Er zog sich einen Stuhl heran und setzte sich neben sie. Dann schrieb er auf den Block, indem er oft zu ihr aufsah: »Ich hielt es nicht aus, mußte dich sehen und sprechen. Ich werde jetzt sehr viele solche neuen Ideen haben, mein süßes Mädelchen, aber wenn du so glühendrot und verlegen aussiehst, wird man unser Geheimnis früher entdecken, als uns lieb ist. Ich möchte dich furchtbar gern küssen! Du mich auch?«

Er schob ihr den Block hin.

»Wie finden Sie dies, Fräulein?« fragte er laut.

Der Schelm zuckte um ihren Mund.

»Sehr hübsch«, antwortete sie, so ruhig sie konnte.

»Man könnte auch eine andere Auflösung der Linie wählen. Bitte, geben Sie mir das Blatt noch einmal her!«

Sie reichte es ihm, und er schrieb wieder: »Hast du mich lieb?«

Darauf sie:

»Von ganzem Herzen, von ganzer Seele.«

So ging die Unterhaltung eine Weile fort. Dazwischen wechselten sie laut einige Worte über die vermeintliche Zeichnung, damit die andern nicht argwöhnisch werden sollten. So verstrichen die ersten Stunden von Marias Brautzeit.

Sosehr Herbig auch von seinem Glück erfüllt war, der Gedanke an Bettina verursachte ihm doch großes Unbehagen. Und er beschloß, sie für ihre Lüge zu bestrafen. Am Abend desselben Tages, als er mit ihr bei Tische saß, sagte er plötzlich:

»Übrigens hat mir heute Fräulein Rottmann gekündigt.«

»Fräulein Rottmann?« fragte sie verwundert und sah ihn erwartungsvoll an.

»Ja«, erwiderte Herbig ruhig. »Ich verliere dadurch für mein Geschäft eine sehr schätzenswerte Kraft.«

»Das tut mir sehr leid für dich, Fritz. Du wirst hoffentlich Ersatz für sie finden. Weshalb will sie denn so plötzlich fort?« fragte Bettina mit einem Gemisch von Unruhe und Triumph. Fritz zerkleinerte umständlich ein Stück Fleisch.

»Sie will heiraten«, sagte er ruhig.

»Heiraten?« rief Bettina erstaunt.

Fritz blickte eigentümlich zu seiner Schwester hinüber.

»Du scheinst erstaunt zu sein. Sagtest du mir doch selbst, daß sie mit Lebbeck verlobt wäre. War es nicht so?«

»Ja, gewiß – also Lebbeck heiratet sie?«

Nun mußte Fritz trotz allem lachen.

»Jedenfalls heiratet sie, und zwar sehr bald.«

Bettina war anfangs verlegen, fand sich aber bald geschickt in alles. Jedenfalls war es eine große Beruhigung, daß das junge Mädchen fortging.

Die nächsten Tage vergingen dem heimlichen Brautpaar nur zu schnell. Die wenigen, jeder günstigen Gelegenheit abgerungenen Minuten des Alleinseins, die Stunden, in denen sie scheinbar miteinander arbeiteten und doch nur tausend süße Torheiten trieben, schienen ihnen das Schönste, das sie je erlebt hatten.

Maria hatte inzwischen den Eltern ihrer Freundin ihren Wunsch um Aufnahme offen dargelegt. Die Antwort traf umgehend ein. Man erwartete Maria schon am nächsten Tag.

Im Zeichensaal hatte niemand eine Ahnung, daß Maria Rottmann nicht wiederkommen wollte. Still und höflich wie immer verabschiedete sie sich von ihren Mitarbeitern und ging. Herbig erwartete sie schon und zog sie schnell in seine Arme.

»Mein geliebtes Mädchen – morgen bist du nun fort. Wie soll ich nur über dieses schreckliche Vierteljahr hinwegkommen!«

»Du hast ja nur eine kurze Eisenbahnfahrt, wenn du mich sehen willst!«

»Und das werde ich öfter wollen, als ich es ausführen kann. Aber sieh, hier liegen unsere Verlobungsanzeigen. Morgen, wenn du fort bist, gebe ich sie zur Post.«

»Und willst du wirklich deiner Schwester nicht vorher Mitteilung davon machen?«

»Nein, ich will sie überraschen.«

»Mir ist so bange, Fritz. Ich fürchte, deine Schwester wird mich nicht sehr freudig aufnehmen.«

»Du sollst gar nichts fürchten, mein Liebes. Laß alles meine Sorge sein! Wer nicht für dich ist, ist auch gegen mich.«

Noch ein tiefer Blick, ein Kuß, ein Händedruck, und sie schieden.

# 4

Am nächsten Abend kam Herbig zeitiger als sonst aus der Fabrik herüber. Am Morgen hatte er die Verlobungsanzeigen zur Post gegeben. Er wollte daheim sein, wenn der Briefträger kam und seiner Schwester die für sie bestimmte brachte. Und vorher wollte er noch mit Bernhard sprechen; er sollte von ihm selbst erfahren, daß Maria seine Braut war.

Langsam schlenderte er durch den Garten zur Laube, in der Bernhard meistens seine Aufgaben machte. Er fand ihn auch heute dort. Als er am Eingang der Laube erschien, blickte Bernhard freudig überrascht auf.

»Du schon, Onkel Fritz? Ist es denn schon sieben Uhr?«

»Nein, ich hab' mir heut etwas früher Feierabend gegeben. Eigentlich habe ich dich mit Absicht aufgesucht. Ich habe dir etwas zu sagen.«

Bernhard sah seinen Onkel fragend an.

»Du – das klingt furchtbar feierlich. Ist es etwas Nettes?«

Herbig lachte.

»Etwas sehr Nettes, diesmal in erster Linie für mich. Also kurz und bündig, Junge, ich habe mich verlobt.«

Bernhard fuhr kerzengerade empor. Auf seinem Gesicht kämpften Freude und Erstaunen.

»Du – verkohl mich doch nicht – es ist doch nicht April!«

Herbig sah ihn ernst an.

»Es ist kein Scherz, mein Junge!«

»Wirklich Ernst? Nun sag mir aber schnell, mit wem?«

»Mit Maria Rottmann.«

»Mit Fräulein Rottmann? Du – das ist doch – ich denke, die heiratet Lebbeck?«

»Nein, sie will lieber mich. Hast du nun an mir auch etwas auszusetzen?«

»Ich, Onkel? Ich freu' mich ja diebisch. Herrgott – da gibt es wohl nun bald Hochzeit?«

»In drei Monaten!«

»Reizend! – Ach, ich freue mich ja so sehr, daß du glücklich bist! Aber schon lange ist mir was in deinen Augen aufgefallen, schon seit einigen Tagen. So ein heller, froher Glanz. Ich dachte aber nur, du hast gute Erfolge im Geschäft. Das war dir doch bisher das Höchste, nicht wahr? Und schön muß das sein, wenn man so schafft und arbeitet und sieht, wie man vorwärtskommt. Ach, ich kann die Zeit nicht mehr erwarten, bis ich von der Schulbank los bin. Du – da fällt mir aber wieder Mama ein. Weiß sie schon von deiner Verlobung?«

»Nein! Nachher gehe ich zu ihr. Und weißt du was – du läßt uns eine Stunde ungestört! Ich will mit deiner Mutter gleich noch über deine Zukunftspläne sprechen, und da ist es besser, ich halte den ersten Sturm allein aus«, sagte Herbig.

Er wollte nicht, daß sein Neffe Zeuge davon wurde, wie seine Mutter die Verlobung aufnahm.

»Dann werde ich hier bleiben, bis du mich rufst, Onkel Fritz. Weißt du, ein wenig bange ist mir auch. Mama glaubt so fest daran, daß ich zu Ostern in die Fabrik eintrete.«

»Laß das nur meine Sorge sein, Bernhard! Ich setze es schon durch.«

Da sah er eben den Postboten durch den Garten gehen und erhob sich. Es war doch besser, er war zugegen, wenn seine Schwester die Anzeige erhielt. Mit einem festen Händedruck verabschiedete er sich von seinem Neffen und ging ins Haus.

Als er ins Wohnzimmer trat, saß seine Schwester am Fensterplatz, wo ihr Nähtisch stand. Sie hatte eine Stickerei im Schoß liegen und zog gerade die steife, elfenbeinfarbene Karte aus dem Briefumschlag.

Er sah, wie sie las, wie sie fassungslos noch einmal die Buchstaben überflog. Dann schoß sie empor, umklammerte mit bebender Hand den Stuhl und streckte ihm mit der andern zitternd die Karte entgegen. Ihr sonst so blühendes Gesicht war fahl. Sie sah Fritz entgeistert an.

»Das – nein, das ist doch nicht wahr! – Was ist das?«

Er lehnte mit untergeschlagenen Armen am Kamin und sah sie ernst an.

»Meine Verlobungsanzeige, Bettina.«

»Nein – nein – das – das ist doch ein schlechter Scherz!« rang es sich mühsam über ihre Lippen.

»Mit solchen Sachen treibt man keinen Scherz!«

Sie sank kraftlos in ihren Stuhl zurück und mühte sich vergebens, Haltung zu gewinnen. In ihren dunklen Augen zuckten böse Lichter. Die Hände umschlossen krampfhaft die Karte, als wolle sie dieselbe vernichten. Endlich stieß sie ein prononciertes Lachen aus.

»Wirklich – eine reizende Posse hast du mir da mit – mit deiner Braut vorgespielt«, rief sie nervös und mit höhnischem Ausdruck. »Sehr taktvoll finde ich dein Benehmen nicht. Deine Schwester hätte wohl verdient, diese Nachricht in anderer Weise zu erhalten.«

Herbig blieb ruhig in derselben Haltung stehen.

»Hast du es wirklich anders verdient, Bettina? War es recht von dir, daß du mich ohne weiteres zur Ehelosigkeit verdammtest? Du hattest mit scharfen Augen meine Neigung zu Maria erkannt. Um sie mir zu entrücken, ersannst du das Märchen ihrer Verlobung mit Lebbeck. So stelltest du in kluger Berechnung eine Scheidewand zwischen mich und mein Glück, denn ich liebe Maria wie mein Leben. Ich frage dich nicht: Warum hast du das getan? – Ich weiß, du hast aus übergroßer Mutterliebe gefrevelt. Glaubst du nicht, daß ich auch so für Bernhard sorge, daß er an mir immer eine tatkräftige Hilfe haben wird, wenn er mich braucht? Und er wird bestimmt als tüchtiger Mensch den Weg durchs Leben finden.«

Sie schluchzte auf.

»Ja, als armer Schlucker, in ewiger Abhängigkeit von anderen Menschen, gezwungen, jeden Pfennig umzudrehen. Oh, ich weiß aus Erfahrung, welch beneidenswertes Los das ist!«

Herbig kam von seinem Platz herüber und stellte sich vor sie hin.

»Du vergißt, daß ich auch nicht viel mehr besaß

wie Bernhard – damals, als ich vom Vater die Fabrik übernahm. Und hab' ich es nicht zu Wohlstand und Reichtum gebracht?«

»Du hattest aber eine Grundlage, auf der du aufbauen konntest. Und jedem glückt es nicht wie dir.«

»Man kann auch ohne großen Reichtum glücklich sein.«

Sie trocknete ihre Tränen.

»Das ist eine sehr bequeme Auffassung für dich. Solche weisen Reden sind in diesem Falle wohlfeil wie Brombeeren.«

Er verlor nun doch etwas die Ruhe.

»Du bist unvernünftig, Bettina! Du tust, als ständest du plötzlich dem Nichts gegenüber.«

»So ist es ja auch. Du weißt, daß ich arm bin und völlig auf dich angewiesen war mitsamt meinem Sohn.«

»Und du meinst, ich vergesse einen Augenblick, daß ich euer Versorger bin? Bettina, komm doch zu dir, verlier doch im blinden Groll nicht den klaren Blick! Gönne mir doch mein bißchen Glück! Es braucht sich gar nichts zu ändern. Du bleibst mit Bernhard in meinem Haus; du tust mir und Maria einen Gefallen, wenn du weiter den Haushalt führst. Für Bernhard sorge ich, bis er auf eigenen Füßen stehen kann, und – noch ist ja nicht entschieden, ob er nicht trotz meiner Heirat mein Erbe wird. Unsere Ehe kann kinderlos bleiben.«

Das sagte er freilich nur, um Bettina aufzurichten, um ihr für den Augenblick über den Zusammenbruch ihrer Hoffnungen hinwegzuhelfen. Aber gerade diese letzten Worte bohrten sich in Bettinas Gehirn, und heiße, wilde Wünsche wurden in ihr wach. In ihrer Seele ging in diesem Augenblick eine Veränderung vor, die ihr selbst nicht klar zum Bewußtsein kam. Dunkle Schatten stiegen vor ihr auf. Und in ihr erwachte ein wilder Haß gegen Maria. Sie war schuld, daß ihr und ihres Sohnes Leben in andere Bahnen gelenkt wurde. Schlau hatte sie es verstanden, sich den reichen Mann zu kapern. Das vergaß sie ihr nie. Aber die Klugheit gebot ihr, zu retten, was noch zu retten war. Ihr Bruder durfte nicht ahnen, was in ihrem Herzen vorging. Sie mußte einlenken, ehe es zu spät war. Aufatmend strich sie sich mit dem Tuch über die Augen und richtete sich auf.

»Verzeih mir – ich war vor Schrecken von Sinnen. Sah ich mich doch mit Bernhard schon verloren und verlassen draußen auf der Straße.«

Er war sofort besänftigt und versöhnt. Warmes Bedauern erfüllte ihn.

»Aber Bettina – so weit müßtest du mich doch kennen, um das für unmöglich zu halten.«

»Dich – ja! Aber wenn nun deine zukünftige Frau verlangt hätte, daß wir gehen sollen?«

Heimlicher Groll klang durch ihre Worte. Ganz zu beherrschen vermochte sie sich nicht. Er bemerkte es nicht, war viel zu froh, daß sie zur Ruhe kam.

»Wenn Maria das verlangt hätte, wäre sie nicht, wie sie ist. Doch nun zu etwas anderem: Es handelt sich um Bernhard. Er hat nämlich andere Absichten, als du denkst. Er will nicht in meine Fabrik eintreten.«

Sie fuhr auf.

»Ach – ist er dir auch mit seinen törichten Wünschen gekommen? Ich sehe schon lange, wie er heimlich allerlei Zeichnungen von Maschinen und dergleichen Kram versteckt. Er ist ja wie toll hinter allen Lokomotiven her und schmökert solche Bücher zuhauf. Das sind so Dummejungenreden, denen ich kein Gewicht beilege.«

»Du irrst, es ist mehr. Bernhard ist fest entschlossen, Ingenieur zu werden. Und meine Einwilligung dazu hat er.«

»Aber nicht meine! Und ich hab' da doch auch ein Wörtchen mitzureden.«

»Gewiß – und du wirst sie ihm geben! Und zwischen uns bleibt alles, wie es ist, nur muß für Maria ein Zimmer neu hergerichtet werden. Und eine kleine Kunstwerkstatt, wo sie arbeiten kann, lass' ich ihr aus dem Eckzimmer im ersten Stock einrichten. Doch das besprechen wir später. Jetzt rufe ich den Jungen!« Bettina sah ihm starr nach. In ihren dunklen Augen funkelte Haß. Sie ballte die Hände.

»Ich will diese Demütigung nicht umsonst getragen haben«, sagte sie plötzlich halblaut vor sich hin.

Die nächsten Monate vergingen scheinbar im alten Gleichmaß. Bettina schaffte und arbeitete wie sonst. Aber die Freudigkeit fehlte ihr. Wohl bereitete sie alles zum Empfang der jungen Herrin des Hauses vor. Ihr Bruder fand für all seine Wünsche auch jetzt verständnisvolle Aufmerksamkeit. Er glaubte, die Schwester habe sich mit der veränderten Lage abgefunden, und besprach heiter alle Zukunftspläne mit ihr, und wie er mit Maria gemeinsam schaffen und arbeiten wollte. Es würde ein schönes Leben werden. Bettina würde seiner Frau bald eine treue Freundin sein, und wenn Bernhard erst fort wäre, dann wollten sie sich noch inniger einander anschließen.

Bettina hörte solche Reden scheinbar freundlich an. Sie hatte aber kein Empfinden für des Bruders gütiges Bemühen, sie zu entschädigen für ihren Verlust. Es war allem Schein zum Trotz eine große Veränderung mit ihr vorgegangen. Stundenlang konnte die sonst so rastlos schaffende Frau untätig sitzen und vor sich hinbrüten. Wurde sie gestört, dann fuhr sie gereizt empor und gab verworrene Antworten auf Fragen, die man an sie richtete. Dabei sah sie sehr schlecht aus, schlief schlecht und aß wenig.

Ihrem Sohn gegenüber war sie von einer wehmütigen Zärtlichkeit erfüllt, und wenn sie ihn unbemerkt beobachtete, traten ihr Tränen in die Augen. Für sie war er ein Enterbter des Glücks.

Und nun rüstete man zur Hochzeit. Fritz Herbig reiste in Gemeinschaft mit seiner Schwester und seinem Neffen in das kleine Städtchen, wo die Trauung stattfinden sollte.

Die Begegnung Bettinas mit Maria verlief scheinbar friedlich. Maria zog Bettinas Hand an die Lippen:

»Schenken Sie mir ein wenig Zuneigung, gnädige Frau, und erlauben Sie mir, Sie zu lieben!« sagte sie mit warmem Ausdruck.

Bettina hätte sie am liebsten voll Haß von sich gestoßen, aber sie bezwang sich. Die Klugheit siegte. Sie zog Maria flüchtig in ihre Arme und berührte die klare Mädchenstirn mit den kalten Lippen.

Maria ahnte nicht, wie es im Herzen ihrer Schwägerin aussah. Sie war dankbar und glücklich, daß sie und Bernhard zur Hochzeit gekommen waren. Und in der Unruhe der nächsten beiden Tage kam man sich nicht näher. Obwohl man die Hochzeit nur im engsten Kreis feierte, blieb doch keine Zeit zu einer Aussprache. Nach dem Fest reiste Fritz mit seiner jungen Frau auf drei Wochen nach Oberitalien. Bettina kehrte mit Bernhard wieder nach Hause zurück.

Als Herbig mit seiner jungen Frau heimkehrte, bereitete ihnen Bettina einen festlichen Empfang. Alles war vorgesehen: ein auserlesenes Essen, Blumen überall und eine behagliche Wärme in den Zimmern. Draußen heulte der Novembersturm und rüttelte an Fenstern und Türen. Drinnen war alles licht und behaglich.

Maria fand nicht genug Worte des Dankes, und Fritz zog Bettina in seine Arme.

»Bist doch ein Prachtmensch, Bettina! Gelt, Maria, es ist ein Glück, daß wir sie bei uns haben?«

»Ein großes Glück! Ich glaube, du wirst uns verwöhnen, Bettina.«

»Das ist ja mein Amt – laß es mich nur recht erfüllen!«

Wie selbstverständlich behielt Bettina die Zügel des Hauswesens in den Händen, und Maria fügte sich mit stiller Würde darein. So gern sie auch selbst im Haus geschaltet und gewaltet hätte – nichts verriet diesen Wunsch. Sie wollte Bettina ihr Amt nicht streitig machen. Und für sie blieb ja noch so viel zu tun.

Ihr reizend eingerichteter Arbeitsraum war ihr Königreich. Dort war sie am liebsten, und dort war sie auch mit ihrem Mann völlig ungestört.

So schien das Leben im Hause Herbig für alle Teile befriedigend zu sein.

In der Gesellschaft hatte man Maria liebenswürdig aufgenommen, und ihre vornehme, ruhige Art, ihre angeborene Liebenswürdigkeit verschaffte ihr bald eine feste Stellung. Im Zeichensaal hatten ihre Verlobung und Verheiratung am meisten Staub aufgewirbelt. Man wollte da längst etwas gemerkt haben und verbarg seine neidische Überraschung unter lebhaften Schilderungen, wie gern man Maria Rottmann eigentlich gemocht hatte.

Bernhard hatte auf dem Realgymnasium vorzüglich abgeschnitten. Nun konnte er seinen Vorsatz ausführen, den seine Mutter im Hinblick auf die veränderten Verhältnisse auch gutgeheißen hatte. Er sandte seine Zeugnisse an Horst Wendenburg und fragte an, ob er diesen beim Wort nehmen dürfe. Die Antwort traf umgehend ein. Wendenburg schrieb, daß er zwar durch den vor wenigen Tagen erfolgten Tod seiner Frau auf einige Zeit seinen Werken fernbleiben werde, um mit seiner Tochter und Pflegetochter eine längere Reise zu unternehmen und die trüben Stunden zu verwinden. Er habe aber seinem Geschäftsführer die nötigen Weisungen erteilt. Bernhard solle kommen und sich bei diesem melden.

Der Brief war sehr herzlich und liebenswürdig gehalten, und Bernhard rüstete sich zur Abreise nach dem neuen, heißersehnten Wirkungskreis. Sein Abschied von Onkel Fritz und Tante Maria war herzlich, voll inniger Dankbarkeit, der von der Mutter schmerzhaft und zärtlich. Bettina konnte ihn gar nicht aus den Armen lassen: und als er sich endlich losriß und ihren Augen entschwand, da weinte sie mit so leidenschaftlicher Heftigkeit, daß Maria voll innigen Mitleids ihr Trost zusprechen wollte. Aber da stieß sie Bettina, nicht fähig, sich zu beherrschen, zurück und eilte aus dem Zimmer, um sich einzuschließen.

Maria sah ihr betroffen nach. Ein sonderbares Gefühl wollte sie beschleichen. Aber dann lächelte sie über sich selbst. War es nicht natürlich, daß die liebende Mutter in dieser Stunde schroff jeden Trost von sich wies?

Bettinas Wesen neigte in der nächsten Zeit bedenklich zur Schwermut. Die Sehnsucht nach dem Sohn verbitterte sie noch mehr gegen Maria. Wenn diese nicht gewesen wäre, hätte Bernhard jetzt bei dem Onkel in der Fabrik arbeiten können. Daß Bernhard mit allen Fasern seines Seins einem anderen Beruf zustrebte, verstand sie nicht. Ihrer Ansicht nach hätte er sich schon hineingefunden, wenn er gewußt hätte, daß er einst als Herr da gebieten konnte, wo er als Lehrling anfangen mußte.

Wohl dämmerte zuweilen in Maria ein Empfinden, als sei Bettinas Wesen ihr gegenüber nicht echt und wahr. Aber sie nannte sich dann selbst ungerecht und suchte es immer durch doppelte Güte wettzumachen.

So zog das Frühjahr ins Land. Eines Tages saßen

die beiden Frauen allein im Wohnzimmer. Maria war etwas unsicher und aufgeregt in ihrem Wesen und suchte sichtlich nach einer Anknüpfung für eine Mitteilung, die sie Bettina zu machen hatte. Endlich faßte sie sich ein Herz.

Die Schwägerin sah von ihrer Handarbeit auf. »Was ist, Maria?«

Diese atmete tief auf. Dann sagte sie schnell, als ob sie es bald los sein wollte:

»Ich muß daran denken, mir Kleinkinderzeug anzuschaffen. Du würdest mich zu Dank verpflichten, wolltest du mir dabei behilflich sein.«

Erst jetzt sah sie auf, zu Bettina hinüber. Sie schaute in ein totenblasses, wie zu Stein erstarrtes Frauenantlitz, aus dem ein paar glühende, brennende Augen in die ihren blickten.

»Mein Gott, Bettina – was ist dir?«

Bettina sank schlaff in den Stuhl zurück.

»Ein Unwohlsein – bitte ein Glas Wasser!«

Maria eilte hinaus, um Wasser zu holen. Dabei war ihr zumute, als habe sie einen Blick in einen Abgrund getan. Ganz plötzlich kam ihr unter Bettinas furchtbarem Blick die Erkenntnis, daß die Schwägerin sie hassen mußte. Als sie aber mit dem Wasser zurückkam und Bettina sich mit mattem Lächeln entschuldigte, glaubte sie nicht mehr daran. Ihre Einbildung hatte ihr wohl einen Streich gespielt.

»Ist dir besser, Bettina?« fragte sie besorgt.

Diese hatte sich mit übermenschlicher Anstrengung gefaßt.

»Ich danke dir! Nein – was war mit mir nur plötzlich? Meine Nerven sind wirklich jetzt sehr herunter. Die Freude über deine Mitteilung – ich war so überrascht. Natürlich besorge ich dir alles. Du brauchst dich um nichts zu kümmern.«

Als Fritz eine Stunde später nach Hause kam, traf er sie scheinbar im besten Einvernehmen. Bettina fand aber in der folgenden Nacht keinen Schlaf. Eine qualvolle Unruhe trieb sie umher. Dem Bruder sollte ein Erbe geboren werden. Damit war ihres Sohnes Schicksal in ihren Augen besiegelt. Er würde gleich seinen Eltern ein sorgenvolles Dasein führen, sich mühen und plagen müssen, um das tägliche Brot – ausgeschlossen sein von der vollbesetzten Tafel des Lebens.

Todmüde, von allem Denken wirr im Kopf, sank sie endlich gegen Morgen auf ihr Bett und verfiel in einen bleiernen Schlaf, der ihr nur wilde Träume, aber keine Erquickung brachte.

Fritz umgab seine Frau jetzt mit doppelt zärtlicher Sorge. Und scheinbar wetteiferte Bettina mit ihm. Wie es dabei in ihrem Innern aussah, ahnte kein Mensch. Sie erschrak manchmal selbst vor den bösen Gedanken, die ihre Sinne beherrschten. Täglich wuchs der Haß gegen Maria und zugleich gegen das Kind, das ihres Sohnes Erbrecht völlig vernichten würde. Unablässig drehten sich ihre Gedanken um denselben Gegenstand. Manchmal wünschte sie sich übernatürliche Kräfte, um das Kind verderben zu können, noch ehe es seinem Vater in die Arme gelegt wurde.

Sommer und Herbst waren vergangen. Der Winter hielt früh Einzug. Um die Weihnachtszeit erwartete man im Hause Herbig den neuen Erben. Bernhard Gerold hatte an Mutter und Onkel sehr befriedigte Briefe geschrieben. Seine neue Tätigkeit gefiel ihm, und auch sonst wußte er viel Gutes zu berichten. Horst Wendenburg war mit seiner Tochter und Pflegetochter zurückgekehrt. Bernhard erhielt hie und da für den Sonntag eine Einladung in das prächtig gelegene Landhaus Wendenburgs. Von Horst Wendenburg schwärmte der junge Mann mit wahrer Begeisterung; die kleine Gabriele sei ein herziges blondes Kind und ihm sehr zugetan – aber von der Besitzerin der golden schimmernden Augen hatte er nur einmal kurz erzählt: »Es ist da auch noch eine Pflegetochter im Haus, die Wendenburg wie eine eigene Tochter hält.« Er erwähnte sie nie wieder, während er von Wendenburg und Gabriele jede Kleinigkeit berichtete.

Seine Hoffnung, zu Weihnachten nach Hause kommen zu können, wurde ihm verwässert. Der Onkel teilte ihm mit, daß es für ihn wohl besser sei, diesmal das Weihnachtsfest nicht zu Hause zu verbringen, da man einen neuen Erdenbürger erwarte.

Am einundzwanzigsten Dezember wurde Fritz Herbig ein Sohn geboren. Auf den Wunsch der jungen, glückstrahlenden Mutter nannte man ihn nach ihrem verstorbenen Vater Walter.

Bettina pflegte ihre Schwägerin in der aufopferndsten Weise. Sie wich Tag und Nacht nicht von ihrem Lager und ließ auch niemand an das Kind heran.

Fritz und Maria waren ganz gerührt und dankten ihr wieder und wieder. Bettina wehrte diesen Dank kurz, fast rauh ab. Sie war überhaupt seltsam still und in sich gekehrt in all der Zeit. Sie konnte stundenlang unbeweglich an der kleinen Wiege sitzen, wenn Maria schlief, und mit trüben Augen auf das winzige Kindergesichtchen starren. Erhob das Kind dann erwachend sein Stimmchen, dann fuhr sie zusammen wie in jähem Schreck.

Am schlimmsten war es nachts. Allen Bitten zum Trotz blieb Bettina auch dann im Zimmer ihrer Schwägerin und verbrachte ihre Nachtruhe in einem bequemen Lehnsessel an der Wiege des Kindes. Es war fast ein Zwang, der sie dort festhielt.

Herbig sorgte sich ernstlich um die Schwester, und er nahm sich vor, sobald Maria wieder vollständig genesen war, Bettina zu veranlassen, sich mehr Ruhe und Erholung zu gönnen. Er schlief jetzt nachts in Bernhards Zimmer. Maria hatte darauf gedrungen, damit seine Nachtruhe nicht gestört würde. So war Bettina mit ihrer Schwägerin und dem Kind allein. Nur hatte Fritz darauf gedrungen, daß im Nebenzimmer eine Angestellte schlief, die jederzeit erreichbar war.

So war der kleine Walter fünf Tage alt geworden.

In der Nacht, die diesem Tag folgte, konnte Fritz wieder keinen Schlaf finden. Unruhig wälzte er sich umher. Immer horchte er hinaus. Er glaubte ein leises Weinen zu hören. Einmal dämmerte er im Halbschlaf. Da war ihm, als höre er Maria seinen Namen rufen. Er sprang sofort hellwach auf. Zwar sagte er sich, daß er nur geträumt haben konnte, aber er war doch unruhig. Schließlich konnte es nicht schaden, wenn er hinunterging und lauschte, ob alles ruhig war.

Er kleidete sich hastig an und stieg langsam und vorsichtig die Treppe hinab. Dann öffnete er leise die Tür zu seinem Zimmer und trat ein. Von hier aus brauchte er nur zwei durch Vorhänge getrennte Zimmer zu durchschreiten, um einen Blick in das Schlafzimmer werfen zu können. Es war alles still und ruhig. Er wollte schon umkehren, aber die Sehnsucht, einen Blick auf seine schlafende Frau zu werfen, trieb ihn vorwärts. Leise schob er den letzten Vorhang zurück und blickte hinüber auf das Bett seiner Frau.

Mattes Licht erhellte den schönen, großen Raum, der jetzt nicht ganz die gewohnte Ordnung zeigte. Maria lag friedlich schlummernd da. Und nun noch einen Blick auf die Wiege seines Kindes. Dazu mußte er den Vorhang weiter zurückschieben und sich vorbeugen. Aber kaum hatte er das getan, da schnellte er erschrocken aus seiner gebeugten Stellung empor. Ein unterdrückter Laut entrang sich seiner Kehle, und wie ein Irrsinniger sprang er ins Zimmer.

Da er auf Strümpfen gekommen war, geschah das alles lautlos. Lautlos umklammerte er auch Bettina, die mit verzerrtem Gesicht über die Wiege gebeugt stand und ein dickes Kissen auf das zarte Kinderköpfchen preßte. Als Fritz sie zurückstieß, schrak sie mit einem dumpfen Laut zusammen, starrte wie von Sinnen in das Gesicht des Bruders, warf die Hände wild empor und brach kraftlos zusammen. Sie war nicht ohnmächtig, aber gelähmt stierte sie mit weit aufgerissenen Augen zu dem Mann empor, der das mühsam nach Atem ringende Kind aus der Wiege gerissen hatte und mit ungeschickten, bebenden Händen die Kleider des Kleinen lockerte.

Dies alles hatte sich schnell und lautlos abgespielt. Drüben lag, noch immer ruhig schlafend, die junge Mutter, nicht ahnend, daß ihr Kind eben mit Mühe dem Tod entrissen worden war.

Nun wurden die Atemzüge des Kindes freier, die blaurote Färbung des Gesichts verlor sich, und der Mund verzog sich zum Weinen. Da preßte es Fritz in aufwallender Freude und Zärtlichkeit an sich. Dann wandte er sich langsam nach der noch immer wie gelähmt am Boden knienden Frau, deren Antlitz von furchtbarer Seelenqual, von schauderndem Entsetzen vor sich selbst entstellt war. Sie kroch zu ihm heran und hob in stummem Flehen die Hände zu ihm empor. Er trat schaudernd zurück und wies zur Tür. Da schleppte sie sich mühsam hinaus.

Draußen brach sie bewußtlos zusammen.

Leidenschaftlich preßte Fritz das Kind an sich. Da fing es an zu weinen.

Beim ersten Laut der Kinderstimme regte sich Maria und wurde wach. Erstaunt sah sie auf ihren Mann. »Du hier, Fritz? Komm, gib mir das Kind! Wo ist Bettina?«

Fritz trat heran und legte das Kind an ihre Seite. Sein Gesicht hielt er im Schatten.

»Bettina ist müde – ich habe sie in ihr Zimmer geschickt.«

»Die Arme. Sieh, ich wußte längst, daß sie sich zuviel zumutete. Aber sie wollte nicht hören. Du darfst nicht mehr dulden, daß sie nachts wacht, Fritz. Ich bin ja ganz wohl und kräftig, und mein kleiner Herzensbube auch. Es genügt, wenn das Mädchen im Nebenzimmer bleibt.«

»Ja, sie soll überhaupt jetzt nicht mehr hierherkommen. Aber laß das meine Sorge sein! Schlaf, meine Maria!«

Er küßte sie zärtlich. Das Kleine war still geworden und schien einzuschlafen. Maria betrachtete es liebevoll und legte sich dann gehorsam wieder zurück. »Ich will schlafen, damit ich schnell wieder ganz gesund bin. Gute Nacht, mein lieber, lieber Mann!«

»Schlaf friedlich, Maria – ich wache über euch.«

Sie lächelte. So feierlich klangen seine Worte. Bald war sie wieder eingeschlafen.

Fritz saß dann lange am Lager seiner Frau. Furchtbare Stunden verbrachte er in dieser Nacht. Erst gegen Morgen erhob er sich und weckte das Mädchen, das im Nebenzimmer, fest schlafend, auf dem Sofa lag. Er trug ihr auf, bei seiner Frau und seinem Kind zu bleiben. Seine Schwester sei erkrankt.

Dann begab er sich in das Zimmer seiner Schwester.

Bettina hatte lange ohnmächtig im Nebenzimmer am Boden gelegen. Als sie erwachte, schmerzten ihr alle Glieder. Langsam erst dämmerte ihr die Erinnerung. Und da wankte sie, von Angst und Grauen geschüttelt, die Treppe empor in ihr Zimmer.

Dort sank sie wimmernd auf das Sofa.

Was hatte sie getan? Bis zu welchem Wahnsinn hatte sie sich hinreißen lassen? Sie begriff sich selbst nicht mehr. Wie war es nur über sie gekommen? Sie hatte auf das schlafende Kind gestarrt und wie so oft brennend gewünscht, daß es sterben möchte. Immer heißer war der Wunsch geworden, immer wilder. Und sie hatte denken müssen, wie leicht so ein zartes Flämmchen erstickt war. Ein fester Druck – und alles war vorbei. Wenn das Kissen herabfiel und auf dem Kindergesicht liegen blieb, genügte das schon. Niemand ahnte dann, was geschehen war. Das Kind war erstickt: eine Unachtsamkeit – ein böser Zufall – nichts weiter!

Blutigrot war es vor ihr aufgestiegen. Die Hände hatten wie spielend an dem Kissen gezerrt, es rutschte weiter und weiter. Nun lag es ganz nahe am Gesicht des Kindes – und da war ein Flimmern und Sausen in der Luft, Bettina war wie sinnlos plötzlich aufgesprungen und hatte das Kissen mit aller Gewalt auf das Kinderköpfchen gedrückt.

Der Angstschweiß brach ihr aus.

»Mörderin – Mörderin – was wolltest du tun!«

So klang es ihr in den Ohren. Das Grauen vor sich selbst drohte sie zu ersticken. Sie wollte aufspringen, sich zum Fenster hinausstürzen – sie konnte sich nicht rühren. Der Kopf brannte ihr wie Feuer, und durch die Glieder rann eisige Kälte.

So lag sie noch, als ihr Bruder eintrat. Es war dunkel im Zimmer. Er drehte das elektrische Licht auf. Dann blieb er vor ihr stehen.

»Steh auf, ich habe mit dir zu reden!« sagte er kalt.

Sie erhob sich mühsam und umklammerte seine Knie.

»Vergib – ich wußte nicht, was ich tat!«

Er trat zurück.

»Steh auf und laß das! Knie vor Gott, damit er dir verzeiht. Ich – ich kann es nicht. – Du verläßt noch diesen Morgen mein Haus für immer; das bedarf keines Wortes mehr. Aber ich will nicht, daß außer dir und mir ein Mensch erfährt, was diese Nacht geschehen ist. Schon Bernhards wegen nicht.« Bettina stöhnte auf und schlug die Hände vors Gesicht.

»Mein Sohn – mein Sohn!«

Es lag ein so verzweifelter Jammer in diesem Ausruf, daß Herbig einen Augenblick seine Ruhe verlor. Dann fuhr er aber hart und unbewegt fort:

»Bernhard darf nicht ahnen, weshalb du mein Haus verläßt. Wir müssen ihm und der Welt gegenüber eine Täuschung ersinnen. Ich habe alles überlegt. Du begibst dich morgen früh nach Dresden in eine Heilstätte, um deine angegriffene Gesundheit wiederherzustellen. Du mußt jetzt für ernstlich krank gelten – auch ich will annehmen, daß du es bist. Was dann geschieht, weiß ich noch nicht. Nur eine Rückkehr in mein Haus gibt es nicht für dich, denn ich würde jede Stunde um das Leben meiner Lieben zittern. Auch dafür müssen wir einen Vorwand finden, daß du nicht wiederkehrst.«

Bettina faßte sich an die Schläfen.

»Wäre ich doch tot – dann wäre alles gut.«

»Ich habe angenommen, daß du mit solchen Gedanken umgehst. Hüte dich aber, Selbstmordgedanken zu pflegen! Damit machst du nichts gut, sondern vergrößerst dein Verbrechen. Und auf Bernhards Leben würde es einen Schatten werfen. Vergiß das nicht! Hier habe ich dir Geld mitgebracht für die Reise und sonstige Unkosten. Es ist selbstverständlich, daß ich für deinen Unterhalt sorge. Aber sonst gibt es keine Gemeinschaft mehr zwischen uns.«

Er hatte einige Banknoten auf den Tisch gelegt und wandte sich zum Gehen. Sie sah ihm mit leeren, hohlen Augen nach.

»Fritz – vergib – ich bin schlecht – so schlecht – aber ich wußte nicht, was ich tat. Bei Gott – ich wußte es nicht. Es war wie ein Fieberwahn. Vergib mir – sag mir Lebewohl, nur ein Wort!«

Er wandte sich mit schmerzentstelltem Gesicht zu ihr um.

»Ich kann nicht verzeihen. Weil du mir so viel warst, komme ich nicht darüber hinweg, was du getan hast. Verzeihe dir Gott! Lebewohl werde ich dir sagen müssen, wenn du zur Abreise fertig bist – der Dienstboten wegen. Daran laß dir genügen!«

Er ging schnell hinaus.

Als Bettina später in den Wagen stieg, um zum Bahnhof zu fahren, trat Herbig mit hinaus und half ihr in den Wagen. Sie wechselten einige gleichgültige Worte und reichten sich flüchtig die Hände. Dann fuhr Bettina davon. Herbig hatte Weisung gegeben, daß seine Frau vorläufig nichts von der Abreise seiner Schwester erfuhr. Erst einige Tage später sagte er ihr, Bettinas Nerven seien derartig herunter gewesen, daß er sie zur Kur in eine Heilanstalt geschickt habe.

Maria war vom innigsten Mitleiden erfüllt und klagte sich an, der Schwägerin zuviel Mühe verursacht zu haben.

»Sie ist selbst schuld daran – quäl dich nicht mit Vorwürfen!« stieß er rauh hervor.

Maria erschrak und sah betroffen in sein Gesicht. Sie sah auch, daß in seinen Augen etwas lag, was vorher nicht darinnen gewesen war; sie machte sich Gedanken darüber, daß Bettina ihr nicht Lebewohl gesagt hatte. Und manches andere gab ihr zu denken. Aber sie war klug und taktvoll, sie fragte nicht und forschte nicht.

Auch nicht, als nach Wochen von Bettina die Nachricht kam, daß sie sich entschlossen habe, Krankenpflegerin zu werden. Sie habe ein heißes Verlangen danach, ihren Mitmenschen zu nützen, und sei in der Anstalt einigen Schwestern nähergetreten. Mit deren Hilfe habe sie Aufnahme in ein Schwesternhaus gefunden, obwohl es einige Schwierigkeiten gemacht habe. Man werde ja auch ohne ihre Hilfe fertig werden zu Hause.

Fritz antwortete seiner Schwester nur kurz:

»Ich billige Deinen Entschluß und wünsche Dir, daß Dein neuer Beruf Dir die ersehnte Gelegenheit gibt, gutzumachen.«

Und Bettina wurde Schwester.

## 5

Zehn Jahre waren seit jener Zeit verflossen. An einem sonnendurchglühten Augustmorgen hielt vor dem Haus Herbig ein Wagen, dem mit leichtem Sprung ein hochgewachsener, schlanker Mann entstieg. Seine dunklen Augen flogen forschend durch den Garten, und ein helles Lächeln huschte über sein Gesicht. Die das Tor öffnende Angestellte teilte ihm mit, der Herr sei im Geschäft drüben, die gnädige Frau in ihrem Arbeitszimmer und die Kinder mit dem Fräulein im Garten. Der junge Mann nickte, überließ ihr seine Handtasche und ging in den Garten hinein, den hellen Kinderstimmen nach. Über sein scharf geschnittenes Gesicht verbreitete sich ein belustigter Ausdruck. Als er nahe an die Kinder herangekommen war, stellte er sich hinter einen Baum. »Walter! Hella!«

Er rief die beiden Namen mit starker Stimme hinüber. Die Kinder lauschten. Der zehnjährige Walter stelzte mutig auf den Baum los, und die sechsjährige kleine Hella folgte ihm neugierig, aber mit einiger Vorsicht.

Da – ein lautes zweistimmiges Jubelgeschrei.

»Bernhard! Bernhard!«

Und nun stürmten die Kinder auf den jungen

Mann los. Der fing eines nach dem andern in seinen Armen auf und hob sie lachend empor.

»Gelt, ihr Rangen, das ist eine nette Überraschung?«

»Mama, Mama!« riefen die.

Oben flog das Fenster auf; Maria beugte sich heraus. Da sah sie mitten in Bernhards lachendes Gesicht. »Bernhard – du?« rief sie freudig überrascht.

Er schwenkte den Hut. »Grüß Gott, Tante Maria!« Schon war diese oben verschwunden und stand wenige Augenblicke später unten am Haustor.

»Herzlich willkommen, lieber Bernhard! Walter, lauf schnell zu Papa hinüber und sag ihm, daß Bernhard angekommen ist!«

Der Junge lief davon. »Wie es dir geht, frag' ich nicht, Tante Maria. Du siehst aus wie das blühende Leben selbst.«

»Und du gottlob nicht minder. Aber nun komm herein! Du wirst müde und hungrig sein von der Reise.«

»Hungrig ja – aber nicht müde.«

Sie traten ins Haus. Eine halbe Stunde später hatte auch Fritz Herbig den Neffen begrüßt, und nun saßen sie alle um den Frühstückstisch.

Der Fabrikant, dessen Haar inzwischen an den Schläfen eine graue Schattierung angenommen hatte, schob Bernhard Zigarren und Feuerzeug hin.

»Bediene dich, mein Junge! Und dann erzähle, wie es dir ergangen ist seit deinem letzten Hiersein!«

»Gut ist es gegangen, Onkel Fritz, sehr gut! Ich habe Glück gehabt. Einige meiner Vorschläge haben Verbesserungen im Maschinenbau im Gefolge gehabt. Wendenburg hat mir das hoch angerechnet. Er ist zufrieden mit meinen Leistungen. Und seit gestern bin ich als Oberingenieur mit einem Gehalt angestellt, das meine kühnsten Erwartungen übertrifft.«

Herbig schüttelte ihm fast die Hand aus dem Gelenk.

»Junge, wie mir zuumute ist. Ich freue mich unbändig. Glück auf, und weiter so voran!«

»Nun laß mich aber auch mal zu Wort kommen«, meinte Maria, »ein bißchen gehört mir Bernhard doch auch. Gelt? Also meinen herzlichen Glückwunsch, Bernhard! Nun schaff dir noch eine liebe Frau an, das kannst du doch nun ohne Sorge!«

Bernhards Augen leuchteten auf.

»Ja – gottlob, jetzt bin ich soweit.«

»Junge, das klingt, als hättest du schon sehnsüchtig auf den Augenblick gewartet. Nun beichte mal, Schlingel! Raus mit der Sprache!« rief Herbig lachend.

Bernhard schüttelte den Kopf.

»Nein, so weit ist es noch nicht, daß ich darüber sprechen kann. Da müßt ihr schon noch warten.«

»Schön, warten wir. Aber verliebt bist du schon, was?«

»Stimmt, bis über beide Ohren – nein, noch viel schlimmer.«

»Schon lange?«

»Schon sehr lange!«

Als die beiden Männer allein waren, fragte Herbig:

»Wie lange bleibst du bei uns?«

»Nur bis morgen, Onkel Fritz. Ich hatte Geschäfte in der Nähe, sonst wäre ich jetzt noch gar nicht gekommen. Nächsten Monat komme ich mal auf acht Tage. Jetzt kann ich nicht fortbleiben. Der Direktor ist erkrankt, und Wendenburg hat mich beauftragt, ihn vorläufig zu vertreten.«

»Er beweist dir großes Vertrauen. Du kannst stolz darauf sein, bei deiner Jugend so ausgezeichnet zu werden.«

»Das habe ich nur Wendenburgs Vorliebe für mich zu verdanken.«

»Und deiner Tüchtigkeit, mein Junge. Also, morgen willst du wirklich schon wieder zurück?«

»Ich muß. Gestern war ich auch auf eine Stunde bei Mama, um ihr selbst die freudige Nachricht zu bringen.«

Über Herbigs Gesicht flog ein Schatten. »Wie geht es ihr?« fragte er ernst.

»Sie sagt, es geht ihr gut. Aber ich kann mir nicht helfen – ich glaube ihr das nicht so recht. Überhaupt, je älter und verständiger ich werde, desto unbegreiflicher ist mir, daß Mama Krankenpflegerin wurde. Wie kam ihr nur mit einem Mal der Gedanke, sich diesem Beruf zu widmen? Und wie alt sie geworden ist! Das Haar ganz weiß, die Züge schlaff und vergrämt – jammervoll. Mir tut das Herz weh, wenn ich sie sehe. Es kommt mir vor, als bedrücke sie ein Leid, welches sie uns verheimlichen will. Wenigstens mir. Solltest du mir nicht Aufschluß darüber geben können?«

Fritz sah sinnend dem Rauch seiner Zigarre nach. Dann wandte er sich ruhig seinem Neffen zu.

»Ich kann dir keine andere Auskunft geben als vor acht Jahren. Deine Mutter liebte dich unaussprechlich. Als du von uns gingst, veränderte sich ihr Wesen sehr, und als sie dann in der Anstalt das Leben und Wirken der Schwestern sah, fühlte sie sich davon angezogen. Der Beruf mag nicht dazu angetan sein, sie zu erheitern.«

»Das wohl. Aber ich habe Mitschwestern von Mama kennengelernt, die sehr heiter und vergnügt waren.«

Es entstand eine Pause. Nach einer Weile fragte Bernhard:

»Du siehst Mama selten, nicht wahr?« Herbig wandte sein Gesicht ab. »Ja – ich komme jetzt kaum fort aus der Fabrik«, sagte er leichthin. Er hatte weder seinem Neffen noch seiner Frau bisher eingestanden, daß er seine Schwester, seit sie das Haus verlassen, überhaupt nicht wiedergesehen hatte.

»Du kannst dich auch jetzt nicht einmal losmachen? Offen heraus, Onkel Fritz – Mamas Zustand macht mir große Sorge. Du hast immer sehr viel Einfluß auf sie gehabt. Wenn du sie aufsuchtest und ihr zuredetest, sich wenigstens mehr zu schonen? Auf mich hört sie ja nicht. Vielleicht gelingt es dir, sie dazu zu bewegen.«

Fritz sah nachdenklich in den Garten hinaus. Gerade in diesem Augenblick tollte draußen auf dem Rasen der kleine Walter im Übermut herum, als wisse er nicht, wohin mit all dem Überschuß von Kraft und Lebensfreude. Ein helles Leuchten flog über Herbigs Gesicht. Er atmete tief auf und wandte sich nach Bernhard um.

»Gut – ich will's versuchen. Sobald ich kann, reise ich und suche deine Mutter auf. Vielleicht gelingt mir, was du vergeblich versucht. Bist du nun zufrieden?«

»Ich bin's, Onkel Fritz. Und was du in die Hand nimmst, ist schon halb gelungen.«

»Warten wir's ab, mein Junge!«

Kommerzienrat Horst Wendenburg war trotz seiner achtundvierzig Jahre noch ein sehr hübscher und stattlicher Mann. Das volle Haupthaar zeigte nur wenige graue Fäden. Sein Gang war leicht, die Haltung straff und der Kopf mit den scharf geprägten Zügen saß stolz und aufrecht auf den breiten Schultern. Er war ein vielbeschäftigter Mann, obwohl ihm bewährte Kräfte in der Leitung seines riesigen Unternehmens zur Seite standen. Unter seinen Mitarbeitern bevorzugte er schon seit einigen Jahren Bernhard Gerold.

Und dieser verstand es, die Auszeichnung, die ihm zuteil wurde, mit unbefangener, bescheidener Liebenswürdigkeit aufzunehmen. Und seine Tüchtigkeit konnten selbst seine Neider nicht in Abrede stellen. Ein schweres inneres Leiden hatte den Direktor Schmalfeldt auf das Krankenlager geworfen, und Wendenburg betraute kurz entschlossen Gerold mit dessen Vertretung. Bernhard arbeitete sich auch schnell ein und rechtfertigte das Vertrauen, das man in ihn gesetzt hatte.

Es waren drei Wochen vergangen seit Bernhards Besuch bei seinem Onkel. Bernhard schlenderte mit Horst Wendland durch den Wald zur Villa. Ein am Nachmittag niedergegangenes Gewitter hatte erfrischende Kühle gebracht. Die beiden sogen mit Behagen die reine Luft ein und plauderten von Geschäften. Dann erkundigte sich Wendenburg nach dem Befinden von Bernhards Mutter.

»Sie sagten, Sie hätten sie bei ihrem letzten Besuch nicht sehr wohl aussehend gefunden?«

»Nein, Herr Kommerzienrat, eher das Gegenteil. Ich habe deshalb mit meinem Onkel gesprochen, er solle Mama aufsuchen und sie bitten, sich zu schonen. Ich erhielt heute morgen die Nachricht, daß er Anfang nächster Woche zu ihr reist.«

Wendenburg sah Bernhard nachdenklich an.

»Dann ist er ja in unserer Nähe und hat nur einen Katzensprung bis zu uns. Das lassen wir uns auf keinen Fall entgehen! Den Onkel laden wir uns ein, und wenn er nur einige Stunden für uns erübrigen kann. Da hab' ich ja die schönste Gelegenheit, ihn kennenzulernen. Also schreiben Sie ihm das schleunigst – ich brenne wirklich darauf, ihn zu sehen!«

Bernhards Gesicht strahlte.

Sie waren inzwischen nahe an die Villa herangekommen. Ein hellblonder und ein kastanienbrauner Mädchenkopf neigten sich über die dichten, hängenden Blumen des Balkons und zwei Paar schöne Mädchenaugen grüßten herab.

Die Herren zogen die Hüte, und Sekunden später standen sie vor den beiden jungen Damen. Horst Wendenburg wurde von beiden zärtlich begrüßt, aber auch Bernhard wurde ein herzlicher Gruß zuteil.

Besonders die schlanke, anmutige Blondine mit den großen, zärtlich blickenden blauen Augen begrüßte ihn sehr liebenswürdig.

»Wie lieb von Ihnen, Herr Doktor, daß Sie mit herübergekommen sind! Ohne Sie wären wir heute abend ganz allein.«

Er zog ihre feine, schmale Hand ritterlich an seine Lippen.

»Ich komme nur zu gern, gnädiges Fräulein – das brauche ich nicht zu versichern«, sagte er warm.

Dann trat er an die andere junge Dame heran, um sie zu begrüßen. Es war ein großes, schlankgewachsenes Mädchen. Sie hatte fülliges kastanienbraunes Haar und eine klare, weiche Haut, wie sie gesundes Blut und vorzügliche Körperpflege ergeben. Die goldschimmernden Augen blickten ernst und mit einem leise schmerzlichen Ausdruck, der zum Herzen sprach. Sie schien innerlicher veranlagt als die zarte, fröhliche Gabriele.

Obgleich der Zauber unberührter Jugend über Evas Wesen lag, zeugte doch der Ausdruck ihres Gesichts von einer großen inneren Reife, wie ihn geheimer Schmerz verleiht. Bernhard ahnte, was diese Mädchenseele quälte. Er wußte, daß sie den Vater frühzeitig durch den Tod verloren hatte und – was viel schlimmer war – die Mutter durch das Leben. Desto heißer wünschte er, sie so glücklich machen zu dürfen, daß sich der schmerzliche Ausdruck in den Augen und der wehe Zug um den feinen Mund verlöre.

Als er zu ihr trat, traf sein Blick eine Sekunde mit heißem, sehnsüchtigem Verlangen ihre Augen. Es war nur ein Augenblick, und doch taten zwei junge Herzen dabei einen stürmischen Schlag. Der Gruß jedoch, den sie tauschten, schien kaum mehr als höflich. Eva Grabow trat schnell wieder von ihm zurück und wandte sich mit einer belanglosen Frage an Wendenburg.

Sie nannte ihn Onkel Horst. Eva Grabow war die

Tochter eines sehr entfernten Verwandten von Wendenburg. Mit diesem hatte ihn eine innige Jugendfreundschaft verbunden. Als aber Erich Grabow sich mit einer zwar sehr schönen, aber mäßig begabten und leichtlebigen Schauspielerin verheiratete, obschon ihm Wendenburg aus ehrlicher Überzeugung davon abzuraten gesucht hatte, lockerte sich dieser Freundschaftsbund etwas. Die Lebenswege der beiden Freunde führten auseinander. Erst nach Jahren erfuhr Wendenburg durch einen Zufall, daß Erich Grabow durch die Verschwendungssucht seiner Frau vollständig zugrunde gerichtet war, daß seine Gattin ihn und seine kleine Tochter im Elend verlassen hatte und zur Bühne zurückgekehrt war und daß Grabow todkrank darniederlag.

Wendenburg hatte inzwischen eine reiche Frau heimgeführt, eine Waise, die ihm mehrere Millionen mit in die Ehe brachte. Er machte sich Vorwürfe, daß er im Glück Grabow aus den Augen verloren hatte, und suchte ihn auf, um ihm Trost und Hilfe zu bringen. Es war zu spät. Grabow war fertig mit dem Leben. Nur die Angst um seine kleine Tochter ließ ihn nicht sterben – und da kam der Freund zur rechten Stunde, um ihm diese Sorge von der Seele zu nehmen.

Wendenburg versprach ihm, daß er für die kleine Eva wie für sein eigenes Kind sorgen werde und sie in sein Haus nehmen wolle. Wendenburg blieb bei dem Freund, bis er die Augen für immer schloß. Dann fuhr er mit der kleinen Eva heim. Seine Frau nahm das Kind liebevoll auf und zog es zusammen mit ihrer einige Jahre jüngeren Tochter auf. Beide Kinder wurden beschützt und behütet von der zarten, vornehm denkenden Frau. Während Gabriele die mütterliche Fürsorge als etwas Selbstverständliches hinnahm, wußte Eva genau, daß sie nur ein Gnadengeschenk für sie war. In ihrem Herzen keimte bald eine verehrungsvolle Liebe für die Pflegemutter. Als Frau Wendenburg dann zu kränkeln begann, wich Eva kaum von ihrer Seite. Mit für ihr Alter bewunderungswürdiger Ausdauer widmete sie sich der Pflege der Frau, suchte ihr allerhand Pflichten abzunehmen, die mit einiger Anstrengung verbunden waren, und zügelte unmerklich, aber geschickt das etwas laute und kindlich rücksichtslose Wesen der kleinen Gabriele. Als Anna Wendenburg starb, wurde sie leidenschaftlich und tief von Eva betrauert. Ihr war eine Mutter gestorben, eine Mutter, an die sie ihr ganzes zärtlich empfindendes Herz verschenkt hatte.

Es ergab sich nun langsam ganz von selbst, daß Eva trotz ihrer Jugend die Zügel des Hauswesens in die Hände nahm. Mit den Pflichten wuchs ihre Kraft. Sie war reifer, ernster und stärker als die kindlich zarte Gabriele, die vor allen körperlichen und geistigen Anstrengungen behütet werden mußte. Alle Zärtlichkeit ihres Empfindens teilte Eva nun zwischen Horst Wendenburg und seiner Tochter. Gabriele vergalt ihr mit gleicher Herzlichkeit. Eva war ihr Schwester, Freundin und Mutter zugleich.

Gabriele war es gewohnt, Eva alles anzuvertrauen, was sie bewegte, während diese, weniger mitteilsam, manches für sich behielt. Bernhard Gerold hatte von Anfang an in diesen beiden Mädchenherzen einen Platz erobert. Die kleine Gabriele schwärmte für ihn zuerst in kindlicher Weise als für ihren Retter aus Lebensgefahr. Später entwickelte sich dieses Gefühl zu einer tiefen, leidenschaftlichen Liebe.

Und auch das vertraute sie Eva an. Diese hatte keimen und wachsen sehen, was ihr Herz erzittern ließ. Eva liebte Bernhard Gerold, seit sie ihn zum ersten Mal gesehen hatte, und mit ihrer tiefen Innerlichkeit umschloß sie sein Bild in ihrem Herzen wie ein Heiligtum. Sie wußte, daß ihr Los Entsagung war. Ob Bernhard Gabriele liebte oder nicht – für sie war er verloren. Hier war eine Gelegenheit, die Schuld der Dankbarkeit abzutragen. Ihre Liebe mußte sie Gabriele opfern. Nie hätte sie Bernhard angehören können, seit sie wußte, daß Gabriele ihn liebte mit einer solchen tiefinneren Leidenschaftlichkeit, daß ihr ganzes Sein darin unterging. So zog sie sich scheu von Bernhard zurück, gab sich Mühe, kühler und herber ihm gegenüber zu erscheinen. Aber trotz aller Willensanstrengung konnte sie nicht verhindern, daß ihre schönen, ausdrucksvollen Augen oft verrieten, wie es in ihrem Herzen aussah.

Und Bernhard verstand so gut in diesen Augen zu lesen, die seit jenem Tag am Rhein unverrückbar als Leitstern über seinem Leben standen.

Er hatte immer nur mit dem einen Ziel vor Augen gearbeitet, sich Eva einst erringen zu können. Er wußte, sie war arm wie er, wußte von Wendenburg, welch trauriges Geschick ihre Jugend getrübt hatte. All das erhöhte seine Zärtlichkeit für sie. Nun war er soweit, an eine gemeinsame Zukunft denken zu können, und er wartete nur eine günstige Gelegenheit ab, sich ihr Jawort zu erbitten.

Neben Eva hatte er Gabriele erst wenige Beachtung geschenkt. Er hatte das hübsche, zarte Mädchen sehr gern, unterhielt sich heiter und unbefangen und musizierte oft mit ihr.

Gabriele hatte einen weichen, vollen Bariton bei ihm entdeckt und ihm keine Ruhe gelassen, bis er einige Gesangstunden genommen hatte. Sie begleitete ihn gern zu seinen Liedern, übte mit Geduld die schwierigsten Sachen ein und freute sich wie ein Kind über seine Fortschritte.

In ihrem ganzen Wesen ihm gegenüber zeigte sie deutlich, wie lieb er ihr war. Trotzdem dauerte es sehr lange, bis er begriff, daß sie ihn mit anderen Augen betrachtete als er sie. Da erschrak er. In Zukunft war er doppelt vorsichtig ihr gegenüber; zugleich aber tat sie ihm leid, und das Mitleid machte ihn weich und zarter gegen sie. Sie aber hielt dieses Mitleid für den Ausdruck eines wärmeren Gefühls, und sie sehnte mit Ungeduld eine Aussprache herbei. Eva gegenüber klagte sie leidenschaftlich, daß er sie so lange quäle und sicher nur deshalb nicht um sie zu werben wage, weil sie die Tochter des reichen Kommerzienrates Wendenburg sei.

So standen die Verhältnisse an diesem Sommerabend. Gabriele wandte sich an Bernhard.

»Ich habe neue Noten, Herr Doktor, wundervolle Sachen! Wenn es Ihnen recht ist, können wir heute abend noch fleißig musizieren.

Bernhard verneigte sich.

»Gern, gnädiges Fräulein.«

Aber sein Blick flog einen Augenblick sehnsüchtig zu Eva hinüber. Er wußte, daß ihn Gabriele lange am Flügel festhalten würde und er dann wenig Gelegenheit fand, mit Eva zu sprechen.

Bei Tisch saß der Hausherr zwischen den beiden Mädchen, Gerold ihnen gegenüber. Wendenburg liebte eine angeregte Unterhaltung, neckte sich mit seiner Tochter und Eva und plauderte in leichter, lebhafter Art mit Gerold. Dabei befleißigte er sich hauptsächlich Eva gegenüber einer feinen Ritterlichkeit. Seit einiger Zeit hatte sein Verhalten gegen sie eine eigenartige Beimischung erhalten, die freilich niemand auffiel und von Eva selbst harmlos und unbefangen aufgenommen wurde.

Allerdings, hätte sie den wahren Grund dafür geahnt, wäre sie in tiefster Seele erschrocken.

Horst Wendenburg empfand durchaus nicht mehr väterlich seiner schönen, anmutigen Pflegetochter gegenüber. Zuerst, nach dem Tod seiner Frau, die er herzlich geliebt hatte, war ihm Evas verständnisvolle Teilnahme an seinem Schmerz ein Trost gewesen. Langsam verwand er den Schmerz. Aber wie Eva die Verstorbene nach und nach im Haushalt ersetzte, so nahm sie auch unmerklich mehr und mehr ihren Platz in seinem Herzen ein. Evas ernstes, reifes Wesen ließ ihm dabei den großen Altersunterschied kaum zum Bewußtsein kommen. Eines Tages, als er, von einer längeren Reise heimkehrend, Eva in vollerblühter Schönheit und Anmut an der Schwelle seines Hauses neben der zierlichen, kindlichen Gabriele stehen sah, da erwachte zum ersten Mal der bewußte Wunsch in ihm, dieses blühende junge Leben an sich zu fesseln.

Zunächst erschrak er noch vor der neu erwachten Leidenschaft und versuchte sie zu ersticken. Aber sie war in aller Heimlichkeit schon zu stark geworden und ließ sich nicht ausrotten. Seit jenem Tag sah er in Eva nur noch das schöne, begehrenswerte Weib, nicht mehr das Kind. Und seine Leidenschaft wuchs und vertiefte sich.

Er fing an, Eva mit zarter Aufmerksamkeit zu umgeben und verstohlen um sie zu werben. Sie hielt das alles für väterliche Güte und Liebe und begegnete ihm mit doppelter Zärtlichkeit.

Von dem neuen Gefühl belebt, konnte er sich getrost viel jüngeren an die Seite stellen. Nur der Gedanke an seine Tochter störte ihn etwas. Solange sie im Haus war, konnte er ihr nicht gut in Eva eine Stiefmutter geben. Das hätte doch etwas peinliche Verhältnisse gezeitigt. Deshalb begrüßte er es mit Freuden, daß Gabriele aus ihrer Liebe zu Gerold kein Geheimnis machte.

Gerold war ihm persönlich lieb und wert. Er achtete ihn hoch seiner Tüchtigkeit wegen, und auch als Mensch war er ihm äußerst angenehm. Mit Freuden hätte er ihm Gabrieles Hand gegeben, auch wenn ihm persönlich nicht soviel an deren baldiger Verheiratung gelegen gewesen wäre.

So nahm er den jungen Mann mehr und mehr in sein Haus und begünstigte die Neigung seiner Tochter in jeder Weise.

Meist saß er bei Eva, wenn Gerold als einziger Gast anwesend war. Gewöhnlich musizierten Gabriele und Bernhard miteinander. Über Wendenburg pflegte dann eine besonders weiche und zärtliche Stimmung zu kommen, und während er den jungen Stimmen lauschte, die von Lenz und Liebe, von Suchen und Finden sangen, suchte sein Blick sehnsüchtig in Evas stillen, klaren Zügen.

Seine späte Liebe schlug dann wohl über ihm zusammen und ließ ihn zuweilen alle Vorsicht vergessen. Wenn Evas Augen mit so seltsamem Glanz die weite Ferne suchten, ahnte er nicht, daß ihre Seele weit fort war in einem verschlossenen Wunderland. Dorthin lockten sie die Töne der geliebten Stimme, die sie wie ein süßes Gift in sich hineintrank und dabei alles um sich her vergaß.

Wendenburg empfand dann deutlich, daß Eva erregt war, daß sie innerlich ihre gleichmäßige Ruhe verlor. Er glaubte,sie fühle sein eigenes sehnsüchtiges Verlangen und teile es mit ihm.

Auch an diesem Abend gingen Gabriele und Bernhard nach Tisch in das angrenzende Musikzimmer, das, wie alle Räume in dem schönen vornehmen Landhaus, mit feinem Kunstsinn auf das kostbarste ausgestattet war.

Wendenburg und Eva nahmen in der hellerleuchteten Loggia vor den geöffneten Fenstern des Musikzimmers Platz. Eva saß so, daß sie die Musizierenden sehen konnte. Wendenburg kehrte ihnen den Rücken zu. Er sah Evas traumverlorenen Blick und konnte sich nicht satt sehen an ihrem schönen, seelenvollen Antlitz.

Wenn Bernhard vom Notenblatt aufsah, konnte er Evas Gesicht erblicken, und es erfüllte ihn mit stillem Glück, daß ihr Auge selbstvergessen auf ihm ruhte.

Allen Vorsätzen zum Trotz flammte es oft in ihren Augen auf wie ein jauchzendes Verstehen. Sie wußte, er sang nur für sie, und ihre Seelen flossen ineinander und wollten nichts von Entsagung wissen. Wenn seine Stimme und seine Augen zugleich um ihre Liebe baten, war sie auf Sekunden machtlos über sich selbst.

Wieder war ein Lied verklungen. Eva seufzte tief auf und lächelte selbstvergessen Horst Wendenburg zu. Der Abglanz ihres Empfindens lag dabei noch in ihrem Blick und wiegte Wendenburgs Seele in trügerisches Hoffen.

Drinnen suchte Bernhard mit Gabriele in den Noten, und sie plauderten eifrig dabei. Aus dem Garten drang der schwere Duft der Blumen herein. Gabriele sah in Bernhards Gesicht mit unverhüllter Zärtlichkeit.

»Ich muß immer wieder sagen, Sie singen wundervoll, Herr Doktor«, sagte sie leise.

Er lächelte.

»Gnädiges Fräulein, ich freue mich, daß Ihnen mein Gesang gefällt. Mir selbst erscheint er, ohne falsche Bescheidenheit, sehr mittelmäßig.«

Sie schüttelte heftig den Kopf.

»Nein – an Technik fehlt Ihnen wohl manches, aber die wird doppelt aufgewogen durch den seelenvollen Ausdruck, den Sie den Liedern geben.«

Sie hatte einen so zärtlichen Klang bei diesen Worten in ihrer Stimme, daß ihm ganz unbehaglich zumute wurde. Er zog hastig ein neues Notenblatt hervor.

»Dann will ich gern weitersingen, gnädiges Fräulein.«

Sic nahm das Notenblatt aus seiner Hand.

»Was haben wir da? Ah – Evas Lieblingslied. Das müssen Sie besonders schön singen.«

Ehe sie sich an dem Flügel wieder niederließ, wandte sie sich zu den Draußensitzenden.

»Gib acht, Eva, jetzt kommt etwas Besonderes für dich: Solvejgs Lied.«

Bernhard wandte sich an Eva.

»Ich werde mir sehr viel Mühe geben, es in Ihrem Sinne zu singen, gnädiges Fräulein.«

Und nun begann er:

»Der Winter mag scheiden
Der Frühling vergehn
Der Sommer mag welken
Das Jahr verwehn
Du kehrst mir zurücke
Gewiß, du wirst mein
Ich hab' es versprochen
Ich harr' treulich dein.«

Alle Innigkeit seines Empfindens legte er in das Lied. Und er zwang damit Evas Blick zu sich. Aug' in Auge mit ihr sang er weiter:

»Gott helfe dir, wenn du die Sonne noch siehst
Gott segne dich, wenn du zu Füßen mir kniest
Ich will deiner harren, bis du mir nah
Und harrst du dort oben, so treffen wir uns da!«

Evas Augen waren feucht geworden. Das Lied wühlte das Leid der Entsagung von neuem in ihr auf. Wohl fühlte sie beseligt, daß er sie liebte, und etwas in ihr lehnte sich in diesem Augenblick gegen die Pflicht der Entsagung auf. War sie gezwungen, auf Liebe und Glück zu verzichten? War die Pflicht der Dankbarkeit gegen Gabrieles Eltern so groß?

»Eva – was ist dir? Ich glaube gar, du weinst?« fragte plötzlich Wendenburg mitten in ihre schmerzlichen Gedanken hinein.

Sie richtete sich erschrocken auf und wischte hastig die Tränenspur aus ihren Augen.

»Das Lied – es ergreift mich stets von neuem«, sagte sie verwirrt und zwang ein Lächeln in ihr Gesicht.

Er faßte ihre Hand.

»Du sollst nicht weinen, liebe Eva! Ich kann in deinen Augen keine Tränen sehen«, flüsterte er.

Sie zog seine Hand wie ein schmeichelndes Kind kosend an ihre Wangen.

»Guter, lieber Onkel Horst.«

»Fühlst du dich auch ganz glücklich in meinem Haus, Eva?«

Sie lehnte unbefangen ihr Haupt an seine Schulter.

»Nirgends auf der Welt könnte ich glücklicher sein, Onkel Horst!«

Er saß ganz still und rührte sich nicht. Nur seine Brust hob sich in tiefen Atemzügen. Am liebsten hätte er sie in ausbrechender Leidenschaft an sich gepreßt und ihr das Geständnis seiner Liebe gemacht. Aber er bezwang sich. Erschrecken durfte er sie nicht.

»Möchtest du immer bei mir bleiben?« fragte er leise.

Sie faßte seine Hand und sah traumverloren in die Ferne. Ein Seufzer entfloh ihren Lippen.

»Wo flog dieser Seufzer hin, Eva?«

Sie atmete schwer.

»Hinaus in ein Wunderland, in dem märchenhafte, rotglühende Blumen blühen. Ich darf aber nur an der verschlossenen Pforte stehen und nicht eintreten.«

»Was sucht deine Sehnsucht in dem Wunderland?«

»Ein Herz, das mir gehört, mir ganz allein. Ich

war noch nie einem Menschen der Inbegriff des Lebens, seit mein armer Vater starb. Und damals war ich zu jung und zu unerfahren, um zu begreifen, welcher Schatz mir gehörte.«

»Eva, denkst du nicht an uns, an Gabriele, an mich?«

Sie lächelte schmerzlich und richtete sich auf.

»Euch bin ich doch auch nur der zweite Mensch. Ich möchte jemandem der erste sein!«

Bevor Horst etwas erwidern konnte, erschien Gabrieles blondes Köpfchen am Fenster.

»Seid ihr von Solvejgs Lied verzaubert, oder schlaft ihr, verehrte Zuhörer?«

Eva sprang auf und schüttelte den Bann ab, der auf ihr lag.

»Wahrhaftig, ich hatte mich in ein Zauberland verloren. Schilt mich nur aus, Onkel Horst! Ich habe wohl eben recht dumme Worte von mir gegeben.«

Horst antwortete nicht. Er war an die Brüstung des Vorbaues getreten und sah in den Mondschein hinaus. Eva trat zu ihm und schlang mit schmeichelnder, kindlicher Vertrautheit ihre Hände um seinen Arm.

»Bist du mir böse, Onkel Horst?« Er wandte den Kopf und sah sie sonderbar an.

»Nein, das kann ich nicht. Aber sei nie mehr so traurig! Bald wird der Tag kommen, an dem du fühlen kannst, daß du einem Menschen alles bist. Glaube mir das!«

Sie versuchte zu scherzen.

»Ich kann ja warten, Onkel Horst. Und das vorhin – es war recht undankbar von mir, recht ungenügsam. Ich bin ja so reich, habe zwei liebe Menschen. Verzeihe mir!«

Er nickte nur und strich ihr leise übers Haar.

Da traten Bernhard und Gabriele zu ihnen heraus.

»So, da sind wir. Die Mondscheinpracht lockt. Laßt uns noch ein wenig durch den Park gehen!« rief Gabriele bittend.

»Soll das Musizieren zu Ende sein?« fragte Wendenburg bedauernd.

»Das gnädige Fräulein hat befohlen Schluß zu machen«, erwiderte Bernhard, mit den Augen Eva suchend.

»Bitte – erstens habe ich nicht befohlen, sondern hübsch artig darum gebeten, und zweitens meine ich, wir haben genug des Guten geboten. Mehr würde nur den Eindruck abschwächen. Außerdem lockte mich ein Mondscheinspaziergang. Ihr haltet doch mit, Papa, Eva?«

»Tun wir. Geh du mit Gerold voraus! Ich folge mit Eva.«

Bernhard war von dieser Gruppenbildung zwar nicht entzückt – viel lieber wäre er mit Eva in den mattbeleuchteten Park hinausgeschritten – dennoch bot er Gabriele den Arm und führte sie die Stufen hinab. Eva und Horst folgten.

Während des Spaziergangs wurde zwischen den vier Menschen nicht viel gesprochen. Jeder hing seinen eigenen sehnsüchtigen Gedanken nach.

Eine halbe Stunde später verabschiedete sich Bernhard, zuletzt von Eva. Ihren sanften Händedruck nahm er als letztes mit, und an seinen Lippen fühlte er noch die zarte, weiche Haut ihrer geliebten Hand.

Langsam schritt er nach Hattenfelde hinüber, seiner Wohnung zu. Aus den Schornsteinen stiegen noch Rauchschwaden empor und zeichneten sich im Mondlicht wie ziehende Wolken ab. Das Leben in den Hattenfelder Werken pulste auch jetzt noch, nachdem die nach Tausenden zählenden Arbeiter zur Ruhe gegangen waren. Bernhard war zumute, als kehre er aus einem Traumland in die Wirklichkeit zurück.

Eva stand am Fenster ihres Zimmers und sah in die Mondnacht hinaus. Jetzt war nichts von Entsagen und Verzicht in ihrer Seele. Ihre Gedanken folgten in heißer Sehnsucht dem Geliebten.

»Eva!«

Sie schrak empor, als aus dem Nebenzimmer ihr Name gerufen wurde. Aller Glanz wich aus ihrem Gesicht, ein Schatten legte sich darüber. Langsam schritt sie zur Tür und öffnete.

»Was willst du, Gabriele?« fragte sie matt.

»Kommst du nicht noch ein Weilchen herüber zu mir?«

»Ich bin so müde.«

»Ach, nur ein Weilchen, gute Eva! Ich muß dir etwas sagen.« Eva trat vollends hinüber.

Diese lag schon zu Bett. Ihr schlanker, zierlicher Körper zeichnete sich wie der eines Kindes durch die seidene Decke ab. Die blonden Haare waren in einen schmalen Zopf geflochten und ringelten sich wie eine goldene Schlange durch das Spitzengewirr. Sie streckte die Arme zu Eva empor.

»Komm, liebe Eva, setz dich zu mir! Ach, es war so schön heute abend, viel schöner, als wenn viele Gäste zugegen sind. Ich höre noch immer seine Stimme. Ach, Eva!«

Eva sah in das zarte, hübsche Gesicht, und ihre Hand glitt leise über das blonde Haar.

»So schön war es, kleine Gabi?« fragte sie leise.

»Wunderschön. Weißt du, manchmal meine ich, mein Herz müßte brechen, weil es die Größe meiner Liebe nicht fassen kann.«

»So lieb hast du ihn?« fragte Eva matt und schwer.

»Unaussprechlich lieb. Ich könnte sterben für ihn. Und er liebt mich auch, gewiß, ich fühle seine innere Unruhe, wenn er bei uns ist.«

Eva faßte ihre Hand.

»Wenn du dich aber täuschtest, Gabi? Man kann nicht so sicher in der Seele eines anderen Menschen lesen.«

Gabrieles Gesicht zuckte.

»Nein, bitte sag das nicht! Laß mich doch an seine Liebe glauben, es macht mich so glücklich!«

»Wenn er dich aber nun nicht liebte, Gabi? Es könnte doch sein. Was würdest du dann tun?«

Die blauen Augen öffneten sich weit.

»Dann – dann müßte ich sterben. Ich weiß gewiß, das ertrüg' ich nicht. Ach, Eva, du weißt nicht, wie mir das Herz zittert bei solchen Gedanken.«

Eva beugte sich herab und küßte Gabriele auf den Mund.

»Nun, du sollst nicht sterben, mein Liebling. Aber nun laß mich gehen! Ich sehne mich nach meinem Bett.«

»Gute Nacht denn, Eva. Du siehst wirklich blaß

und müde aus. Das kenne ich sonst gar nicht an dir. Du bist immer so viel frischer und stärker als ich. Manchmal beneide ich dich um deine Kraft.«

»Beneide mich lieber nicht, sondern schlaf, liebe Seele, damit du morgen frisch bist! Gute Nacht!«

Damit ging Eva in ihr Zimmer zurück.

Trotz ihrer betonten Müdigkeit lag sie noch lange mit wachen, offenen Augen. Es kreuzten schwere Gedanken hinter ihrer Stirn, bis sie endlich einschlief.

## 6

Einige Tage später trat Bernhard um die Mittagszeit in seine Junggesellenwohnung. Er hatte Aufnahme bei der Witwe eines Hattenfelder Beamten gefunden. Die alte Dame vermietete seit dem Tod ihres Mannes einige Zimmer an Hattenfelder Ingenieure.

Als Bernhard das kleine Vorzimmer betrat, kam ihm Frau Struse lächelnd entgegen.

»Es ist Besuch für Sie eingetroffen, Herr Doktor«, sagte sie freundlich.

Bernhard ging auf seine Zimmertür zu und öffnete schnell. Er wußte, wen er vorfinden würde.

»Onkel Fritz, bist du da?«

»In Lebensgröße, mein Junge!«

Sie begrüßten sich herzlich.

»Ich habe dich erst heute abend erwartet.«

»Wollte auch erst am Abend kommen, da ich vorher deine Mutter aufsuchen wollte. Ich hörte jedoch in der Anstalt, daß sie ein eben genesenes Kind heute den Eltern zurückbringt, die es nicht selbst abholen konnten. Sie wird erst heute abend zurückerwartet. So bin ich schon jetzt zu dir gekommen und werde morgen deine Mutter aufsuchen.«

»Wie ich mich freue, daß ich dich endlich einmal bei mir habe!«

»Glaub' ich dir, mein Junge. Ich hab' schon vom Fenster aus Umschau gehalten über den Schauplatz deiner Tätigkeit. Eine großartige Anlage, dieses Hattenfelde!«

Bernhards Augen leuchteten auf.

»Ja, es ist eine Freude ohnegleichen, hier schaffen zu dürfen. Gleich nach Tisch führ' ich dich herum, Onkel Fritz. Du wirst Augen machen. Und für den Abend sind wir bei Wendenburg eingeladen – ein Gastzimmer hat man in seiner Villa schon für dich bereit. Doch nun sag mir rasch: Wie geht es Tante Maria und den Kindern?«

»Gottlob gut – und sie lassen grüßen. Sie bedauern sehr, daß aus einem längeren Besuch vorläufig nichts wird.«

»Ich auch. Aber es geht jetzt nicht!«

Nun führte er Herbig in einen größeren Raum, der dem seinen gegenüberlag. Dort speisten die Herren, die bei Frau Struse wohnten, gemeinschaftlich und auch noch einige andere Ingenieure, die ihre Wohnung in nächster Nähe hatten. Im ganzen saßen neun Personen an dem sauber gedeckten Tisch, als die beiden eintraten.

Der ›gute Onkel Fritz‹ wurde sofort mit Hallo begrüßt. Es herrschte immer ein scherzhafter Ton unter den Tischgenossen. Als Bernhard alle zur Beteiligung an einem ›Extratropfen‹ einlud, erhob sich begeistertes Beifallsgemurmel.

Herbig ging vergnügt auf den munteren Ton ein und gab auf die ulkige Begrüßungsrede der Herren eine wohlgelaunte Antwort. Man trank ihm darauf von allen Seiten begeistert zu, und er hielt kräftig mit.

Bernhard strahlte über das ganze Gesicht.

»Du stellst doch überall deinen Mann, Onkel Fritz! Ich bin wieder mal riesig stolz auf dich«, sagte er warm, als sie später zu den Werken gingen.

Bernhard führte seinen Onkel überall herum, und dieser konnte nur rückhaltlos bewundern. Gegen fünf Uhr war der Rundgang beendet. Bernhard wurde gemeldet, daß der Kommerzienrat eben gekommen sei und sich in seinem Arbeitszimmer befinde. Sogleich suchte er ihn auf.

Wendenburg empfing die beiden Herren freudig überrascht. Einen Augenblick kreuzten sich prüfend und forschend Herbigs und Wendenburgs Blicke. Dann faßten sie sich mit festem Druck bei den Händen.

»Mir ist, als wären wir schon seit Jahren miteinander bekannt«, sagte Wendenburg lächelnd. »Ihr Neffe hat uns so viel von Ihnen erzählt.«

Bernhard sah mit Vergnügen, daß die beiden Männer Gefallen aneinander fanden. Während er geschäftlich in Anspruch genommen wurde, blieb Herbig mit dem Kommerzienrat zusammen.

Sie fanden viele gemeinsame Anknüpfungspunkte, während sie miteinander plauderten, und tauschten ihre Gedanken mit großer Befriedigung aus. Natürlich sprachen sie auch über Bernhard, und was Wendenburg über seinen Neffen sagte, erfüllte Herbig mit freudigem Stolz. Hatte er doch wie ein Vater über Bernhards Entwicklung gewacht und dessen gute Eigenschaften durch vernünftigen Einfluß erstarken lassen.

Als er dann abends merkte, in welcher Weise sowohl Wendenburg als auch die beiden Mädchen mit Bernhard verkehrten, als er dessen aufleuchtende Blicke beim Anblick der jungen Damen sah, da erwachte eine Ahnung in ihm, daß Bernhard wohl allmählich noch fester an Horst Wendenburgs Haus gefesselt werden würde. Er sprach kein Wort darüber, aber eine weiche Stimmung nahm ihn gefangen.

Als er später am Fenster des schönen, vornehmen Gastzimmers stand und den Abend überdachte, mußte er an seine Schwester denken. Sie hatte einst das vermeintliche Glück ihres Sohnes dem Schicksal mit Gewalt abringen wollen, selbst um den Preis eines – Verbrechens.

Morgen würde er Bettina nach langen Jahren wiedersehen. Er wollte ihr in verzeihender Liebe den Frieden zu bringen versuchen. Hatte sie nicht in der Verbannung genug gebüßt? Sie wußte nicht, daß er kam. Ganz unerwartet würde er vor ihr stehen.

Am andern Morgen verabschiedete sich Herbig warm und herzlich von seinem Gastgeber und den beiden Damen. Er mußte versprechen, bald wiederzukommen.

Mit Bernhard konnte er nicht mehr lange zusammensein; dessen Zeit war knapp bemessen.

»Grüße Mama! Nächsten Sonntag besuche ich sie. Sag ihr das!«

»Das will ich tun! Du hast es ja leicht, deine Mutter aufzusuchen. In einer guten Stunde bist du bei ihr.«

»Ja, ich besuche sie auch jeden zweiten Sonntag. Hoffentlich kann ich das nächste Mal schon feststellen, daß du etwas bei ihr ausgerichtet hast. Am liebsten wäre es mir, sie gäbe ihren Beruf ganz auf und käme zu mir. Aber davon will sie nie etwas hören. Sie wird von einer beinahe krankhaften Sucht beherrscht, sich für andere aufzuopfern.«

Herbig reichte seinem Neffen zum Abschied die Hand. »Ich habe dir schon einmal gesagt: Laß deine Mutter tun, was sie ihrer innersten Überzeugung nach tun muß. Und nun leb wohl – hoffentlich gelingt es mir, sie zu überreden, daß sie sich mehr Ruhe gönnt!«

»Leb wohl, Onkel Fritz, und grüß mir Tante Maria und die beiden Krabben herzlich! Sobald ich hier abkommen kann, besuch' ich euch.«

Sie schüttelten sich die Hände zum Abschied.

Schwester Bettina saß in ihrem Zimmerchen am Fenster. Auf dem blassen, von weißem Haar umrahmten Gesicht lag ein Ausdruck unsäglicher Erschöpfung und Müdigkeit. Die schwarze Ordenstracht ließ das leidende Aussehen der Schwester noch mehr hervortreten. Diese Tracht widersprach dem friedlosen Ausdruck der dunklen Augen.

Es klopfte an die Tür. Eine junge Schwester meldete ihr, daß im Sprechzimmer ein Herr sie erwarte.

Schwester Bettina erhob sich langsam.

In frühen Jahren war sie noch bei jedem angekündigten Besuch zusammengezuckt. Das war, solange sie auf das Kommen ihres Bruders gehofft hatte. Sie hatte dieses Kommen herbeigesehnt und zugleich gefürchtet. Jetzt hatte sie diese Hoffnung längst aufgegeben.

Als sie in das Sprechzimmer eintrat, sahen ihre vom Licht geblendeten Augen die Gestalt eines Herrn vom Fenster sich abheben. Sie erkannte ihn nicht gleich.

Fritz Herbig trat ihr schnell einige Schritte entgegen und sah erschüttert in das veränderte Gesicht seiner Schwester. In diesem Augenblick erschien ihm ihre Schuld klein im Verhältnis zu dem, was sie gelitten haben mußte.

»Bettina!«

Sie fuhr zusammen, ihre Augen weiteten sich jäh in Furcht und Freude. Vergebens öffnete sie die Lippen, kein Wort brachte sie hervor, nur ein krampfhaftes Aufschluchzen stieg aus ihrer Brust empor. Sie taumelte ihm entgegen. Er mußte sie schnell umfassen, sonst wäre sie zu Boden gestürzt. Nun hielt er die kraftlose Gestalt und sah auf ihr wachsbleiches Gesicht herab. Tränen traten ihm in die Augen.

»Bettina – meine arme Bettina«, sagte er bewegt, voll unaussprechlicher Güte.

Sie schlug die Augen auf und sah ungläubig zu ihm empor.

»Du, Fritz – du kommst zu mir?«

Es lag ein herzzerreißender Ausdruck in ihren Worten.

»Ja, Bettina – und ich hätte schon früher kommen sollen. Was ist aus dir geworden, Schwester!« Sie richtete sich auf, faßte mit zitterndem Griff nach seiner Hand und führte sie schnell an die Lippen.

»Du bringst mir deine Verzeihung, Fritz?« fragte sie leise, und ihre matten Augen begannen zu glänzen.

»Ja, Bettina. Wir wollen vergessen, was gewesen ist. Wie ein böser Traum soll das nun hinter uns liegen. Du hast wahrhaftig schwer genug gebüßt, was du in einem krankhaften Wahn verbrochen hast.«

Seine ganze schlichte Größe lag im Ausdruck seines Gesichts. Sie ließ nun die Tränen ungehindert über ihr Gesicht strömen. »Weine doch nicht mehr«, bat er herzlich.

Sie schüttelte den Kopf.

»Laß mich, laß mich nur weinen! Diese Tränen löschen so viel bitteres Leid aus. Sie sind mir eine Wohltat ohnegleichen. Mir ist, als müßte mir dadurch leichter und freier ums Herz werden.«

Als sie sich etwas beruhigt hatte, zog er sich einen Stuhl heran und ließ sich neben ihr nieder.

»Ich komme von Bernhard, Bettina. Er läßt dich grüßen, und am Sonntag besucht er dich.«

Sie atmete tief durch.

»Du hast ihn nicht entgelten lassen, was ich getan habe – ich danke dir von ganzem Herzen dafür!«

»Davon wollen wir nun nicht mehr reden, Bettina, auch nicht mehr daran denken. Was zwischen uns beiden lag, sei für alle Zeit begraben. Und nun wirst du auch vernünftig sein und dir mehr Ruhe gönnen. Bernhard sorgt sich um dich. Und ich sehe nun selbst, du reibst dich auf in diesem anstrengenden Beruf.«

Sie schüttelte den Kopf.

»Nein, nein, meine Tätigkeit war im Gegenteil das einzige, was mir das Leben erträglich machte. An mir zehrte etwas anderes, das weißt du. Da ich nun deine Verzeihung habe, wird mir alles leichter werden.«

»So schone dich wenigstens mehr, nimm nicht mehr auf dich, als dir zukommt!«

Ein blasses Lächeln erhellte ihr Gesicht.

»Nun gut – ich verspreche es dir, mir mehr Ruhe zu gönnen. Vielleicht finde ich jetzt meinen Schlaf in den Nächten wieder.«

Er streichelte ihre Hände.

»Arme Bettina!«

Da flossen ihre Tränen aufs neue. »Wie das wohltut! Deine Stimme bringt Ruhe in mein Herz. Hab innigen Dank, Fritz! Und nun – erzähle mir, wie es den Deinen geht! Bernhard mußte mir auch immer berichten. Ich weiß, du hast die Fabrik vergrößern müssen, das Geschäft ist blühender denn je. Und deine Kinder sind gesund und herzig. Bernhard strahlt, wenn er von ihnen erzählt. Aber manches konnte ich ihn nicht fragen, sosehr mir's am Herzen lag. Vor allem: Weiß Maria, was mich aus deinem Haus trieb?«

»Nein, Bettina. Ich sage dir ja, das liegt zwischen uns begraben. Maria ahnt vielleicht, daß eine Entfremdung zwischen uns lag, aber sie rührt nicht daran, weil sie weiß, es tut mir weh.«

Bettina nickte.

»Sie ist deiner würdig. Gott erhalte euch euer Glück! Und der – der kleine Walter, er ist stark und gesund?«

»Gottlob, das ist er!«

Bettinas Brust hob ein tiefer Atemzug.

»Ja, gottlob! Ich habe gebetet für sein Wohl, heißer als um das Wohl meines eigenen Kindes«, sagte sie mit zitternder Stimme.

»Sei ruhig, Bettina«, rief er, ergriffen von ihrem Gesichtsausdruck.

Sie wandte sich ihm wieder zu. »Und dein kleines Mädchen? Sie gleicht Maria, nicht wahr?«

»Ja, aber der Bub, der ist mir wie aus dem Gesicht geschnitten, und im Wesen gleicht er Bernhard, als dieser so alt war wie er.«

So saßen die Geschwister zusammen wie in alten Tagen. Bettinas Wesen war von grenzenloser Dankbarkeit durchdrungen, das ihres Bruders von unbeschreiblicher Güte.

Als er endlich gehen mußte, versprach er, sie zuweilen zu besuchen. Sie dankte ihm mit zuckenden Lippen dafür. Dann, als er nach dem Abschied von der so früh gealterten Schwester zur Tür schritt, rief sie noch einmal leise und zagend seinen Namen.

Er wandte sich um und sah fragend in ihr Gesicht. Eine dunkle Röte stieg ihr in Stirn und Wangen empor. Ihre Hände krampften sich nervös zusammen.

»Wolltest du noch etwas, Bettina?«

Sie zögerte eine Weile. Dann sagte sie leise:

»Ich hätte eine große, große Bitte an dich. Aber nein – geh nur. Es ist vermessen – nein – ich will sie lieber gar nicht aussprechen. Du müßtest sie mir doch versagen. Ich bin dir schon so unendlich viel Dank schuldig.«

»So sprich sie doch aus, diese Bitte!«

»Ach, es ist so viel, um das ich bitten möchte. Deine Kinder – Fritz – deinen kleinen Knaben und auch das Mädchen – ich möchte sie so gern einmal sehen – ein einziges Mal nur, Fritz – nur von ferne. Wenn du das wolltest... Nein, du willst nicht – ich wußte es ja.«

Einen Augenblick sah er unschlüssig aus.

»Liegt dir denn so viel daran, Bettina?«

»Mein Leben gäbe ich auf der Stelle darum, Fritz«, stieß sie hervor. Und dann trat sie dicht an ihn heran.

Er faßte erschüttert ihre Hände.

»Gut, Bettina – ich bringe dir die Kinder. Gedulde dich nur noch einige Wochen! Ende September hat Walter wieder Ferien – dann bring' ich ihn dir, und meine kleine Hella auch.«

Sie preßte seine Hand.

»Dank – Dank – und nun geh und nimm die Gewißheit mit dir, daß du einer armen, verlorenen Seele unsagbar wohlgetan hast!«

So schieden sie.

Als Fritz gegangen war, ging Bettina wieder auf ihr Zimmer. Wie verklärt sah ihr Antlitz aus. Und als sie an zwei plaudernden Schwestern auf dem langen Flur vorbeikam, sahen diese ihr erstaunt nach.

»Schwester Bettina schreitet wie auf Wolken«, sagte die eine.

Als Bernhard Gerold nach einiger Zeit seine Mutter besuchte, bemerkte er mit Freude, daß sie frischer, angeregter war. Und auch vor ihm wiederholte sie das Versprechen, sich in Zukunft mehr schonen zu wollen. Am meisten sprach sie von den Kindern ihres Bruders, daß dieser sie ihr in den Herbstferien bringen werde und wie sehr sie sich darüber freue.

Voll inniger Befriedigung fuhr Bernhard am Spätnachmittag wieder nach Hause zurück. Nach einstündiger Bahnfahrt langte er an der Hattenfelde zunächst gelegenen Haltestelle an. Langsam, gedankenverloren schritt er quer über die Wiesen zum Wald, die Augen immer auf den schmalen Pfad geheftet.

Er dachte an Eva. Voll sehnsüchtiger Unruhe wünschte er, ihr endlich sagen zu können, wie lieb er sie hatte, wie sie seines Wesens Ergänzung bedeute. Schon seit Wochen suchte er nun nach einer Gelegenheit dazu, aber nie war er eine Minute mit ihr ungestört gewesen. Mit Gabriele war er so oft allein; da hätte es nie an Gelegenheit zu einer Aussprache gefehlt. Eva traf er nie ohne Zeugen. Scheinbar wich sie ihm aus. Fürchtete sie sich vor der Entscheidung? Tat ihr Gabriele leid?

Was Wendenburg zu seiner Werbung sagen würde, glaubte er zu wissen. Seines Wohlwollens war er gewiß. Er würde ihm Evas Hand nicht verweigern.

Bernhard hatte den Wald durchkreuzt und schritt nun auf dem breiten Parkweg dahin. Plötzlich blieb er stehen. Plaudernde Mädchenstimmen tönten zu ihm herüber.

Unter einer Baumgruppe auf einer kleinen Anhöhe waren Korbmöbel aufgestellt. Dort saßen Eva und Gabriele beisammen. Das Gedeck auf dem Tisch verriet, daß sie hier den Tee eingenommen hatten. Sie kehrten ihm den Rücken zu und bemerkten ihn nicht. Einer raschen Eingebung folgend, verbarg sich Bernhard hinter einer Strauchgruppe. Vielleicht war ihm der Zufall hold. Er wußte, Gabriele fröstelte leicht. Wenn sie früher ins Haus ging als Eva, dann hatte er die schönste Gelegenheit, mit dieser zu sprechen.

Daß er das Gespräch der beiden mit anhören

mußte, war ihm peinlich, aber er verlangte so innig nach einer Aussprache, daß er das in Kauf nahm.

»Gerold muß bald kommen, nicht wahr, Eva?« hörte er Gabriele fragen.

Eva sah nach der Uhr.

»Wenn er den üblichen Zug benutzt hat, ja. Aber vielleicht hat ihn seine Mutter länger aufgehalten.«

»Papa hätte ihm den Wagen zum Bahnhof schikken sollen.«

»Der Weg ist ja nicht weit, Gabi. In zwanzig Minuten bequem zurückzulegen. Vielleicht ist er auch zuerst zu seiner Wohnung hinüber.«

»Da hätte er am Parktor vorüberkommen müssen, und ich hätte ihn von hier aus gesehen. Er muß seine Mutter sehr liebhaben, nicht wahr?«

»Da er ein guter Mensch ist, wird er auch ein guter Sohn sein. Doch jetzt, marsch hinein ins Haus mit dir, Kleinchen! Es wird kühl, und du erkältest dich leicht. Geh schon voran! Ich will hier gleich noch den Tisch abräumen und folge dir dann.«

Bernhard klopfte vor freudiger Unruhe das Herz. Er wartete noch eine Weile, bis Gabriele verschwunden war, und trat dann aus seinem Versteck hervor. Ehe er jedoch Eva erreicht hatte, kam von der anderen Seite des Parks Horst Wendenburg heran. Beide erreichten Eva fast zu gleicher Zeit. So war seine Absicht wieder vereitelt. Er konnte seinen Unmut kaum meistern und war einsilbig und zerstreut, als sie nun zu dritt auf das Haus zugingen.

»Sie haben doch Ihre Mutter wohlauf gefunden, lieber Gerold?« fragte Wendenburg teilnehmend.

»Ich danke sehr, wohler und frischer als die ganze letzte Zeit«, erwiderte der junge Mann.

»Mir schien, Sie seien etwas verstimmt.«

Sie waren inzwischen im Haus angelangt. Gabriele begrüßte ihn herzlich wie immer. Er nahm sich zusammen und zeigte ein heiteres Gesicht. Wendenburgs Lippen umspielte ein feines Lächeln. Er glaubte, Gabrieles Anblick habe Bernhards Gesicht aufgehellt.

»Gabi, unser Gast ist scheinbar schlechter Laune«, sagte erneckend.

Bernhard wurde verlegen.

»Herr Kommerzienrat, ich bin untröstlich, daß ich zu dieser Vermutung Anlaß gegeben habe.«

»Ach, keine Entschuldigungen! In unserer Gesellschaft sollen Sie sich geben, wie Ihnen ums Herz ist. Können wir helfen, dann raus mit der Sprache!«

Gabriele sah ihn schelmisch an.

»Am Ende haben Sie gar Schulden?«

Er lachte.

»Nicht mehr, als ich bezahlen kann, mein gnädiges Fräulein.«

»Also drückt der Schuh an anderer Stelle? Da müssen wir Sie aufzuheitern suchen. Eva, was fangen wir an, um Herrn Gerold die Grillen zu vertreiben?«

Eva hatte mit einem besorgten Blick zu Bernhard hinübergesehen. Da schrak sie innerlich zusammen vor der schmerzlichen Ungeduld, mit der seine Augen in die ihren blickten.

»Fühlst du denn nicht, daß ich dich suche, daß ich nach dir verlange, daß es mich unruhig macht und quält, wenn ich dir das nicht sagen kann?«

So sprachen seine Augen zu ihr. Und sie erzitterte, und der Schmerz um ihn war größer als das eigene Leid.

Als nun Gabriele die Frage an sie richtete, hatte sie sich bereits wieder gefaßt.

»Da weiß Onkel Horst vielleicht besseren Rat als ich«, antwortete sie, ein Lächeln erzwingend und Bernhards Blick meidend.

»Einen vorzüglichen sogar: Wir brauen eine Bowle. Damit wollen wir den Grillen schon zu Leibe rücken.«

»Wenn wirklich welche vorhanden gewesen wären, hätten sie längst die Flucht ergreifen müssen vor so viel Liebenswürdigkeit.«

»Soll das heißen, daß Sie auf die Bowle verzichten?« fragte Wendenburg scherzend.

Bernhard hob abwehrend die Hand.

»Zu solcher Seelengröße vermag ich mich nicht aufzuschwingen«, versicherte er lächelnd.

»Schön, dann brauen wir eine.«

Nach Tisch waren Wendenburg und Gabriele dann zufällig zusammen hinausgegangen. Zwar konnten sie jeden Augenblick wieder eintreten, aber Bernhard konnte sich nicht mehr zurückhalten. Er trat schnell dicht zu Eva heran, die eben die Bowlengläser auf eine Platte setzte, und faßte ihre Hand.

»Gnädiges Fräulein – liebes, gnädiges Fräulein – ich ertrage das nicht mehr! Verzeihen Sie mir, ich muß Sie sprechen – allein – ich muß – nur einige Minuten. Geben Sie mir Gelegenheit, helfen Sie mir. Ich bemühe mich seit langem vergeblich. Bitte, bitte, Fräulein Eva, sagen Sie mir, wann und wo ich Sie sprechen kann!«

Ganz nahe war sein Gesicht dem ihren. Seine Augen blickten voll heißen Flehens in die ihren und hielten sie fest mit zwingender Gewalt. Sie fühlte, sie war seinen Blicken gegenüber machtlos, und während sie glühend errötete, erzitterte sie, und ihre Hand erwiderte leise seinen Druck. So standen sie sich eine kurze Weile in weltvergessener Seligkeit gegenüber.

»Eva, liebe, angebetete Eva!« rief er leise in ausbrechendem Jubel.

Sie schrak zusammen und blickte ängstlich nach der Tür.

»Still – o still«, bat sie leise.

»Wann, Eva – wann? Bitte, sagen Sie es mir schnell! Man kommt zurück«, bat er dringend.

Sie trat von ihm fort.

»Ich will darüber nachdenken. Lassen Sie mich jetzt, morgen sollen Sie es wissen«, flüsterte sie, vor Angst und Liebe fast vergehend.

»Dank, tausend Dank!«

Da trat Wendenburg wieder ein.

Niemand hatte Veranlassung, sich im weiteren Verlauf des Abends über Bernhards Mißstimmung zu beschweren. Er war heiter, fast übermütig, und seine Augen strahlten siegessicher.

Evas Herz wurde indessen schwerer und schwerer. Sie wußte, die Entscheidung war nahe, und ihr Herz kämpfte von neuem zwischen Liebe und Dankbarkeit. Sie hatte Bernhard eine Unterredung versprochen, und dieses Versprechen mußte sie ihm halten. Aber was sollte sie ihm sagen? Sollte sie ihn belügen, ihn glauben machen, sie liebte ihn nicht? Oh – er würde ihr das nicht glauben. Nein – das beste war, sie sagte ihm die Wahrheit. Dann mußte er doch einsehen, daß sie ihm nicht angehören konnte.

So saßen sich die vier Menschen gegenüber. Neben Bernhard die zarte, blonde Gabriele, die mit glänzenden Augen an seinen Zügen hing – neben Eva Horst Wendenburg, dem die Leidenschaft im Blute saß, und der sich kaum noch zu beherrschen vermochte. Auch in ihm drängte alles zur Entscheidung. Voll brennender Ungeduld erwartete er Bernhards Werbung um Gabriele. Worauf wartete dieser noch? Zeigte er ihm nicht deutlich genug, daß er als Freier willkommen war? Das Zusammenleben mit Eva wurde dem gereiften Mann, den die heiße, junge Liebe noch einmal gepackt hatte, allmählich zur Qual, freilich zu einer Qual, deren Süßigkeit ihn berauschte.

Es erschien ihm grausam gegen sich selbst, daß er seine Liebe verschweigen sollte, bis Gabriele verlobt war. Das junge Volk brauchte freilich nicht mit der Zeit zu geizen, aber er – jede verlorene Minute war ihm kostbar und unersetzlich.

Und war es nicht auch für Eva besser, wenn er sich bald erklärte? Er nahm sich fest vor, die nächste Gelegenheit zu benutzen.

Als völlig sicher nahm er an, daß Eva glücklich sein würde, seine Frau werden zu dürfen. Denn als junges Mädchen durfte sie nach Gabrieles Verheiratung nicht mehr allein im Haus eines alleinstehenden Mannes bleiben, wenn dieser auch ihr Pflegevater war. Aber wo sollte sie hin?

Ihre Mutter lebte allerdings noch, und zwar in Berlin, aber selbst wenn Wendenburg seinem sterbenden Freund, Evas Vater, nicht gelobt hätte, Eva ihrer Mutter fernzuhalten, so hätte er nie eingewilligt, daß Eva diese Frau aufsuchte. Soviel er über sie in Erfahrung hatte bringen können, war sie an einer kleinen Berliner Vorstadtbühne tätig, was ihr jedenfalls sehr wenig einbrachte, denn sie hatte sich nicht geniert, Wendenburg vor kurzer Zeit in einem Brief anzubetteln. Er hatte ihr einige Hundertmarkscheine geschickt mit der Bedingung, daß sie nie versuchen sollte, sich Eva zu nähern.

Eigentümlicherweise hatte gerade in letzter Zeit Eva einige Male nach ihrer Mutter gefragt. Wendenburg bat sie jedoch stets, sich in Gedanken nicht mit der Mutter zu befassen. Eva möge an den letzten Wunsch ihres sterbenden Vaters denken und die Frau zu vergessen suchen, die seinem Leben zum Fluch geworden sei.

Als sich Bernhard von Eva verabschiedete, ließ er seine Lippen länger und fester als sonst auf ihrer Hand ruhen, und ein leises: »Bis morgen!« tönte an ihr Ohr.

»Bis morgen!«

Sie sagte es immer wieder leise vor sich hin, als sie sich zur Ruhe begab, und ihr Herz schwankte zwischen heißer Glückseligkeit und tiefem Schmerz.

Sie überlegte, daß sie Bernhard um die Mittagszeit des übernächsten Tages in den Park bestellen wollte. Onkel Horst pflegte dann in seinem Zimmer Mittagsruhe zu halten, und Gabriele mußte ebenfalls nach Tisch ruhen. So konnte sie sich unbemerkt auf ein Stündchen entfernen. Dann sollte Bernhard die Wahrheit erfahren; es war das beste.

## 7

Am nächsten Abend kam Bernhard wieder mit Wendenburg in dessen Haus. Gabriele forderte ihn auf, vor Tisch noch Tennis mit ihr zu spielen. Trotz seiner Ungeduld, von Eva in unbewachtem Augenblick Zeit und Ort eines Zusammentreffens zu erfahren, mußte er mit Gabriele den Tennisplatz hinter dem Haus aufsuchen.

Inzwischen stand Eva im Speisezimmer und ordnete Blumen in einer Schale. Da trat Horst leise ein und stellte sich hinter sie.

»Alles in Ordnung, eifriges Hausmütterchen?« fragte er leise, mit seltsam heiserer Stimme, und legte beide Arme um ihre Hüfte.

Sie schrak heftig zusammen. Als sie merkte, daß es Horst war, der sie umfaßte, atmete sie erleichtert auf.

»Hast du mich erschreckt – ich hörte dich nicht eintreten durch die offene Tür«, sagte sie mit schwachem Lächeln und legte ihren Kopf zutraulich an seine Schulter.

Er stand ganz still und hielt sie fest.

»Wir können zu Tisch gehen, Onkel Horst«, sagte sie nach einer kleinen Weile.

»Es eilt ja nicht, Eva. Unser künftiges Brautpaar

ist noch beim Tennis.« Ihr Herzschlag stockte. So deutlich hatte Horst noch nie gesprochen, daß er in Gerold seinen künftigen Schwiegersohn sah.

»Dann warten wir noch«, sagte sie langsam und schwer.

Er zog sie mit sich in das kleine Zimmer nebenan.

»Komm, Eva, wir haben noch eine Weile Zeit. Setz dich zu mir! Ich möchte etwas mit dir besprechen, was mir schon längst am Herzen liegt«, sagte er scheinbar ruhig.

Sie sah unsicher zu ihm auf.

»Was ist's, Onkel Horst?«

Er zog sie neben sich auf ein Sofa. Durch die offenstehende Tür, die ebenfalls über den Vorbau zum Garten führte, hörte man Gabrieles und Bernhards Stimmen beim Spielen zählen.

Wendenburg wollte seine Werbung so ruhig wie möglich vorbringen, um sie nicht zu erschrecken. Im Anfang gelang es ihm auch, aber dann riß ihn die Leidenschaft fort.

»Eva, du hast nun schon seit Jahren meinem Haushalt vorgestanden, hast Behagen und Bequemlichkeit um mich verbreitet und mich verwöhnt.«

Sie lächelte und ließ es willig geschehen, daß er den Arm fest um sie legte.

»Mit dem Verwöhnen warst du mir entschieden über, Onkel Horst; du hast mich viel mehr verwöhnt als ich dich. Und wie soll ich dir anders meine Dankbarkeit beweisen?«

»Sprich nicht von Dankbarkeit! Schenk mir deine Liebe – das ist mir tausendfach mehr wert!«

Sie ahnte nicht, von welcher Liebe er sprach, war viel zuviel mit ihren eigenen Gedanken beschäftigt, um zu bemerken, wie unruhig Wendenburg war.

»Ich hab' dich so lieb – so sehr lieb, Onkel Horst – mehr, als du denkst«, sagte sie innig, um ihn von ihrer kindlichen Liebe zu überzeugen, und sah ihm liebevoll ins Gesicht. Das Blut drang ihm aufrührerisch zum Herzen. Nicht fähig, sich länger zu beherrschen, riß er sie voll Leidenschaft in seine Arme.

»Eva, meine süße Eva, ich wußte es ja, du liebst mich, liebst mich mehr, als man einen guten Onkel liebt.Ich habe es ja gefühlt mit beseligender Gewißheit. Und ich liebe dich ebenso sehr. Ich habe gerungen mit diesem Gefühl und geglaubt, ich dürfe die Hand nicht nach dir ausstrecken. Du bist so viel jünger als ich. Aber glaube mir, ich fühle heißer und stärker als manch ein jüngerer Mann. Meine Eva, wie will ich dich vergöttern, wenn du meine Frau geworden bist. Alle Wünsche will ich dir von den Augen ablesen. Du bringst mir das Glück der Jugend zurück.«

Eva war bei seinen Worten wie zu Stein erstarrt. Willenlos, wie gelähmt an allen Gliedern lag sie in seinen Armen und ließ den Rausch seiner Leidenschaft über sich ergehen. Zu jäh und unerwartet brach dieses Geständnis über sie herein. Sie war wie betäubt, vernichtet, fassungslos, erschrocken. War das alles nur denkbar? Narrte sie nicht ein böser Traum? Wie ein roter Schleier lag es vor ihren Augen; sie war einer Ohnmacht nahe und nicht fähig, sich zu rühren. Sie wollte aufschreien, aber die Kehle war ihr wie zugeschnürt.

Weder sie noch Wendenburg hatten gemerkt, daß schon bei seinen letzten Worten Gabriele und Bernhard ins Zimmer getreten waren und nun Zeuge wurden, wie Eva scheinbar hingebend an Wendenburgs Herzen ruhte und mit geschlossenen Augen seine Küsse duldete. Vor Gerolds Augen schwankte die Gruppe wie ein Zerrbild. »Meine Eva, mein Liebes, meine Braut – bald meine Frau!« hörte er Wendenburg zu dem Mädchen sagen, das er grenzenlos liebte und an dessen Liebe er geglaubt hatte wie an eine selige Verheißung. Sie lag in den Armen dieses Mannes und hatte wohl ganz vergessen, daß es einen Bernhard Gerold auf der Welt gab.

Es zerbrach etwas Köstliches in ihm – der Glaube an die Frau. Sie hatte ihn mit ihren Blicken belogen und betrogen und zog nun den reichen Mann vor, wenn er auch viel älter war als sie. Der heiße Wunsch, sich zu rächen, sie zu kränken, wie sie ihn gekränkt hatte, durchrang seine Seele. Er hätte sie wegreißen mögen von Wendenburgs Seite, um ihr ins Gesicht zu schreien: Lügnerin – du liebst ihn nicht, du verkaufst dich!

Und in diesem Aufruhr seiner Gefühle bemerkte er plötzlich Gabriele, wie sie dicht neben ihm stand und im Schrecken seinen Arm umklammerte. Er zuckte zusammen unter dieser Berührung und sah auf sie herab. Sie sah ungläubig auf die zärtliche Gruppe.

»Papa!« rief sie wie außer sich.

Der sprang auf und sah erstaunt und verwirrt auf die beiden jungen Menschen, während Eva, noch immer unfähig, sich zu rühren, zurücksank und mit starren Augen um sich blickte.

Wendenburg faßte sich zuerst. Ein etwas verlegenes Lächeln flog über sein Gesicht.

»Gabriele – du bist mit Gerold Zeuge unserer

Verlobung geworden. Eva ist meine Braut und will meine Frau werden.«

Da kam Leben in Evas Gestalt. Sie sprang taumelnd empor. Aber schon hatte Bernhard, unsinnig vor Schmerz und Groll, nur im Bestreben, sich zu rächen, Gabriele fest an sich gezogen und trat mit entschlossenem Gesicht vor Wendenburg hin.

»So will ich diesen günstigen Augenblick benutzen und Sie um die Hand Ihrer Tochter bitten, Herr Kommerzienrat«, sagte er hart und laut, ohne Eva anzusehen.

Ein irrer, weher Blick flog zu Bernhard hinüber, an dessen Brust sich Gabriele mit leisem Jubellaut schmiegte.

Eva griff plötzlich nach einem Halt um sich. Horst umfing sie erschrocken. »Was ist dir, Eva?«

Sie richtete sich mühsam wieder auf. Ein wehmütiges Lächeln huschte um ihre Lippen.

»Es ist gut so – sehr gut«, sagte sie tonlos und sank aufseufzend auf das Sofa zurück.

Wendenburg sah besorgt in ihr Gesicht.

»Ich habe dich erschreckt, mein Liebling?«

Sie faßte sich mühsam.

»Mein Kopf, ich habe Kopfweh – laß mich auf mein Zimmer gehen, nur eine Stunde!« bat sie.

»Geh, Liebling, geh und ruh dich aus. Ich muß mir wirklich Vorwürfe machen.«

»Es war gut so«, sagte sie nochmals mit rätselhaftem Blick auf Gabriele und Bernhard. Dann ging sie langsam mit schleppendem Schritt hinaus. Oben in ihrem Zimmer schloß sie sich ein und sank wie vernichtet zusammen. »Nun brauch' ich ihn nicht mehr abzuweisen – es ist gut so«, sagte sie ganz laut vor sich hin.

Unten wandte sich Wendenburg inzwischen zu dem Brautpaar und suchte seiner Verlegenheit Herr zu werden. Er versicherte Gerold, daß er ihm als Schwiegersohn herzlich willkommen sei und er längst gewußt habe, daß zwischen ihm und Gabriele ein Herzensbündnis bestehe. Bernhard fühlte, daß er etwas sagen und tun mußte.

Seine Braut schmiegte sich zärtlich in seine Arme. Über ihrem Glück hatte sie ganz den Schrecken über die plötzliche Verlobung ihres Vaters vergessen.

Er legte ganz unwillkürlich seinen Arm um sie und sagte: »Liebe Gabi«, aber all seine Gedanken waren bei Eva. Was hatte er getan? Sein Leben war nun gebunden an das einer ungeliebten Frau, während sein Herz wilder und heißer denn je nach der anderen schrie.

Sein Leben würde von heute ab für ihn eine Lüge sein, für ihn, der die Wahrheit und Klarheit immer so geliebt hatte. Er mußte Liebe heucheln, wo er nichts als Freundschaft empfand. Und wie sollte er in Zukunft Eva begegnen? Er glaubte nicht mehr, daß kalte Berechnung sie zu dem Schritt getrieben hatte. Das hatte er nur im ersten unsinnigen Groll annehmen können.

Heiß stieg der Wunsch in ihm auf, das Geschehene ungeschehen zu machen.

Doch da sah er herab auf die zierliche Gestalt im weißen Tenniskleid. Sie war so zart und lieblich, und ihre Augen flehten so innig um Liebe. Warmes Mitleid mit ihr stieg in ihm auf. Er umfaßte sie und küßte sie auf den Mund.

Wendenburg ging lächelnd hinaus und ließ die beiden allein. Er war hier überflüssig.

Bernhard sah in Gabrieles glühendes Gesicht.

Leise und innig sprach sie:

»Ich wußte ja schon lange, daß du mich liebst, und konnte es vor Ungeduld nicht mehr aushalten. Wenn Eva nicht gewesen wäre, wenn ich ihr mein Herz nicht hätte ausschütten können – ich hätte es nicht ertragen, so lange auf dich zu warten, böser, lieber Bernhard.«

Lange saßen sie still beieinander. Dann kam Gabriele plötzlich der Gedanke an das zweite Brautpaar im Haus.

»Was sagst du dazu, daß Eva meines Vaters Braut geworden ist?«

Er strich sich mit der Hand über die Augen. »Was soll ich dazu sagen?«

»Findest du es nicht seltsam? Papa ist doch so viel älter als sie.«

»Er ist noch ein sehr stattlicher Mann.«

»Trotzdem glaube ich nicht, daß Eva Papa liebt, wie ich dich liebe. Und ohne solche Liebe erscheint mir eine Ehe unmöglich. Sieh, Eva war mir bisher ein leuchtendes Vorbild. Sie schien mir so selbstlos, so edel, so stark und gut. Und nun...«

»Und nun?«

»Nun muß ich an ihr zweifeln. Ich muß glauben, daß sie Papa nur aus Berechnung heiratet.«

»Hältst du sie einer solchen Berechnung für fähig?«

»Eigentlich nicht. Aber aus welchen anderen Gründen sollte sie seine Frau werden?«

»Vielleicht aus Dankbarkeit.«

Gabriele sah überrascht auf.

»Das könnte sein. Du kannst recht haben. Aber trotzdem – Eva ist mir innerlich fremd geworden durch diese Verlobung. Wie gut, daß ich dich nun habe! Nun brauche ich sie nicht mehr, um ihr vorzujammern, wie ich mich nach deiner Liebe sehne.«

»Hast du das oft getan?«

»Täglich! Sie weiß ganz genau, wie unendlich lieb ich dich habe.«

Er sah grübelnd vor sich hin.

»So – das weiß sie genau. Und was hat sie dazu gesagt?«

»Oh – manchmal tröstete sie mich; manchmal machte sie mir auch Angst, wie ich dir schon sagte. Aber wenn sie dann sah, wie ich mich aufregte, dann beruhigte sie mich immer sehr lieb. Sie kann sehr lieb sein, das glaubst du gar nicht. Und deshalb tut es mir nun doppelt leid, daß wir uns nicht mehr so verstehen. Ich verstehe sie wenigstens nicht.«

»Vielleicht lernst du es noch, Gabi. Sicher ist Eva keiner niedrigen Berechnung fähig!«

»Nein, ich glaube es nun auch nicht mehr. Aber schrecklich muß es sein, jemand aus Dankbarkeit heiraten zu müssen. Papa dürfte ein solches Opfer nicht annehmen.«

»Vielleicht weiß er es nicht. Vielleicht liebt ihn Eva auch wirklich.«

Gabriele schüttelte den Kopf.

»Nein, daran glaube ich nicht. Er könnte ja ihr Vater sein, und sie hat ihn sicher nur lieb wie einen solchen. Ach, ich mag gar nicht daran denken – laß uns von etwas anderem sprechen! Sag mir doch, daß du mich liebst – ich glaube, du hast es mir noch gar nicht mit Worten gesagt.«

Seine Stirn rötete sich. Nun trat die Lüge an ihn heran, und er war ihr wehrlos preisgegeben.

»Gewiß hab' ich dich lieb, Gabi.«

»Und gar nichts weiter?« fragte sie und schmiegte sich zärtlich in seine Arme. »Sieh – ich will dir freiwillig noch viel mehr sagen. Daß ich unsagbar glücklich bin, weil ich deine Frau werden darf, daß ich dich namenlos, unendlich liebe und daß ich so stolz auf dich bin – so stolz –, du glaubst es nicht.«

Es lag eine schrankenlose Hingabe in ihren Worten. Von ihrer Lieblichkeit bezwungen, schloß er sie fest an sich und küßte sie.

Aber da stieg Evas Bild wieder vor ihm auf, und eine grenzenlose Verzweiflung packte ihn.

Horst Wendenburg trat wieder ein. »Wir möchten nun zu Tisch gehen. Gabi – du siehst wohl einmal nach Eva, ob sie sich erholt hat und herunterkommen kann«, sagte er.

Gabriele erhob sich, küßte Bernhard schnell noch einmal und ging hinaus.

Die Männer standen sich allein gegenüber.

»Du hast uns lange auf das erlösende Wort warten lassen, Bernhard. Und ich bin dir wahrhaftig mit jugendlicher Ungeduld vorausgeeilt«, sagte Wendenburg lächelnd. »Und doch hätte ich meine Werbung noch zurückhalten sollen; der Zeitpunkt war schlecht gewählt. Oder nicht? Du begreifst, daß eine so große Tochter in solchem Fall etwas unbequem ist. Ich wollte ja auch warten, bis sie deine Frau geworden war. Aber du brauchtest zu lange Zeit – nun ist das Gefühl mit mir durchgegangen.«

Er sprach von ihren beiderseitigen Zukunftsplänen und von Bernhards baldiger Hochzeit.

Nach einer Weile kam Gabriele zurück.

»Eva läßt sich entschuldigen. Ihr Kopfweh ist so schlimm geworden, daß sie sich zu Bett gelegt hat«, sagte sie etwas verstimmt.

»Die Aufregung wird schuld sein. Hoffentlich wird sie nicht ernstlich krank!« erwiderte Horst besorgt.

Der Abend verlief sehr still, und man hätte nichts von einer Verlobung gemerkt, wenn nicht zwischen Gabriele und Bernhard zuweilen Zärtlichkeiten getauscht worden wären. Gabriele fühlte sich über alle Maßen glückselig. Sie war die einzige, deren Inneres festlich erregt war. Wendenburg verstimmte Evas Unwohlsein mehr, als er sich eingestehen mochte, und Bernhard konnte trotz aller Anstrengung seine Gedanken nicht losreißen von dem einsamen Mädchen, das sicher oben in ihrem Zimmer einen schmerzlichen Kampf in seinem Herzen zu bestehen hatte. Noch nie hatte sein Herz mit so heißer Sehnsucht nach Eva verlangt, als jetzt, da er als Gabrieles Verlobter an deren Seite saß und seine Herzensleere unter nichtssagenden Worten versteckte.

Eva hatte die Nacht unter tausend Qualen verbracht. Daß ihr Bernhard unwiederbringlich verloren war, wußte sie nun. Dieser Gedanke allein hätte sie jedoch nicht mit so grenzenloser Verzweiflung erfüllt, denn sie hatte es ja kommen sehen all die Zeit. So qualvoll sie der Schmerz um ihn traf – er wurde noch übertroffen von dem Schrecken, den ihr Wendenburgs Werbung eingeflößt hatte. Das Grauen schüttelte sie wie Fieber, wenn sie daran dachte, wie er sie im Arm gehalten und ihr Gesicht voll glühender Leidenschaft mit Küssen bedeckt hatte. Allezeit hatte sie mit Liebe und Verehrung zu ihm aufgesehen. Sie kannte seine Herzensgüte, seinen Edelmut. Und sie wußte, wieviel Dank sie ihm schuldig war. Daß er sie aber zur Frau begehrte, erfüllte sie mit einer an Abscheu grenzenden Verzweiflung.

Sie konnte auf Bernhard verzichten, damit Gebriele glücklich wurde. Auf einer Verbindung mit ihm hätte doch stets ein Schatten geruht, wenn Gabrieles Glück dabei in Scherben ging. Damit würde sie fertig werden, so schwer es ihr auch jetzt noch erschien. Aber mehr durfte man von ihr nicht verlangen. Wendenburgs Gattin konnte sie nicht werden – niemals. Aber damit war auch ihrem Aufenthalt in seinem Haus ein Ziel gesetzt. Sie konnte nicht länger bleiben, mußte sobald wie möglich fort.

Solange sie noch im Haus war, mußte sie als Wendenburgs Braut gelten; das war das Beste. Sobald sie wußte, wohin, wollte sie heimlich fortgehen und Wendenburg brieflich auseinandersetzen, weshalb sie sein Haus verlassen mußte. Es wäre ihr furchtbar gewesen, Zeuge seiner Beschämung zu werden. Aber wohin sollte sie gehen?

Und da stieg zum erstenmal der Gedanke an ihre Mutter in ihr auf. War sie nicht der einzige Mensch, der wirklich zu ihr gehörte? Wenn sie zu ihr ging und sie um Aufnahme bat, bis sich ein anderer Aufenthalt für sie gefunden? Nur so lange wollte sie bei der Mutter bleiben, bis sich ein anderes Unterkommen für sie fand. Sie konnte ihr doch sicher den kurzen Aufenthalt nicht verwehren.

Freilich, die Mutter war arm – aber Eva besaß etwas Erspartes. Gelegentlich hatte ihr Wendenburg Geld gegeben, damit sie sich kleine Wünsche selbst erfüllen konnte. Sie hatte es nie aufgebraucht. Nun kam es ihr zustatten. Sie brauchte nicht mit leeren Händen zu ihrer Mutter zu gehen. Wo aber war ihre Mutter? Berlin ist groß – sie mußte sich also unbedingt die Adresse beschaffen – unter irgendeinem Vorwand.

Gabriele und ihr Vater saßen schon am Frühstückstisch, als Eva eintrat. Horst Wendenburg sprang auf und ging ihr entgegen. Er faßte ihre Hand und sah ihr besorgt ins Gesicht. Auch er hatte eine schlechte Nacht gehabt und sich Vorwürfe gemacht, daß er zu stürmisch mit seiner Werbung vorgegangen war. Er nahm sich vor, Eva nicht weiter zu bedrängen, bis sie ihm selbst entgegenkam.

Er zog ihre Hand an seine Lippen und sah sie bittend an.

»Wie geht es dir, Eva?«

»Ich danke dir – mein Kopfweh ist vorüber.«

»Und ich war schuld daran, verzeih mir! Nein – sage nichts dagegen. Ich weiß, daß ich dich erschreckt habe. Aber du sollst jetzt ganz ruhig sein; ich will dir Zeit lassen, dich an den Gedanken zu gewöhnen, daß du meine Braut bist.«

Sie ließ ihre Hand wie leblos in der seinen ruhen und sah an ihm vorbei. Sie schämte sich, daß sie niemals die Seine würde. Sie mußte lügen, weil sie sich jetzt den neuen Kämpfen nicht gewachsen fühlte und Ruhe brauchte, um sich auf den Abschied von der liebgewordenen Heimat vorzubereiten. Er führte sie zum Frühstückstisch, wo ihnen Gabriele mit sichtlichem Unbehagen entgegensah.

Mit einem erzwungenen Lächeln wandte sie sich nun an diese und reichte ihr die Hand.

»Ich habe dir noch gar nicht gratulieren können zu deiner Verlobung. Mögest du glücklich sein und beglücken!«

Gabriele sah befangen zu ihr auf. Ihr Herz drängte sie, wie sonst alles hervorzusprudeln, was sie bewegte. Aber wie Blei legte sich der Gedanke auf ihr Empfinden, daß sie nun wohl ebenfalls Eva einen Glückwunsch sagen mußte. Aber sie brachte die Worte nicht über ihre Lippen.

»Ich danke dir«, sagte sie nun leise.

Die drei Menschen bemühten sich nun, durch lebhafte Unterhaltung über die schwüle, unbehagliche Stimmung hinwegzutäuschen. Dabei fühlten sie sich unfrei und bedrückt.

Wendenburg brach zeitiger auf als sonst, um nach Hattenfelde hinüberzugehen. Gabriele trug ihm Grüße an Bernhard auf und bat, ihn schon zu Tisch mit herüberzubringen. Er versprach es auch.

Während Eva dann ruhig wie sonst häuslichen Geschäften nachging, setzte sich Gabriele draußen in den warmen Sonnenschein und gab sich süßen Träumen hin. In Eva erwachte die Angst vor der ersten Wiederbegegnung mit Bernhard. Solange sie noch im Hause war, ließ sich ein solches Zusammentreffen nicht vermeiden.

Aber sie fürchtete sich vor seinen fragenden, vorwurfsvollen Augen. Ob er sie wohl seine Verachtung fühlen lassen würde? Sie preßte die Hände aufs Herz und schloß die Augen.

Ruhe, Fassung – nichts durfte sie äußerlich aus ihrer Ruhe bringen. Als sie mit den häuslichen Aufgaben fertig war, ging sie hinaus zu Gabriele. Sie lehnte sich stumm an die Brüstung und schaute in den Garten.

Gabriele rührte sich nicht und sprach kein Wort. Sonst war das so anders gewesen.

Und da kam erst über Eva die Erkenntnis, was wohl in Gabrieles Herzen vor sich gehen mußte – sah sie doch in ihr die künftige Stiefmutter. Was mochte sie von ihr denken? Sie konnte eigentlich gut nachfühlen, was in dem blonden Kopf vorging. Viel Gutes konnte Gabriele nicht von Eva glauben. Langsam wandte sie sich nach ihr um.

Es lag etwas in dem Ausdruck ihrer Augen, was Gabriele unruhig machte und ihr Herz ergriff. War es das Leid, das sie in Evas Augen ruhen sah, war es die Erinnerung daran, was ihr Eva bisher gewesen – sie sprang plötzlich auf und schlang die beiden Arme um sie.

»Eva – liebe Eva – verzeih mir, ich war häßlich zu dir! Sei nicht bös. Sieh, es kam alles so schnell. Daß du Papas Braut bist – ich kann es nicht fassen, aber...« Eva schloß ihr den Mund.

»Schweig, kleine Gabi«, sagte sie leise im alten, zärtlichen Ton und sah ihr tief in die Augen. »Laß dich durch den Gedanken an deinen Vater und mich nicht schrecken! Dein junges Glück soll deshalb kein Schatten trüben. Ich verstehe dich sehr gut. Aber entziehe mir deine Liebe und dein Vertrauen nicht; glaub mir, du schenkst es keiner Unwürdigen! Der Glaube an mich wird dir schon wiederkehren.«

Als Bernhard Gerold mittags mit Wendenburg vom Werk kam, fand er zunächst nur Gabriele vor, die sich ihm mit glücklichem Lachen in die Arme warf. Eva hatte es vorgezogen, dieser Begrüßung fernzubleiben, und kam erst herein, als sie annehmen konnte, daß sie vorüber war.

Auch bei Tisch vermied sie es, ihn anzusehen. Nur einmal trafen die Blicke einen flüchtigen Augenblick ineinander. In den seinen lag heimliches, schmerzhaftes Forschen, aber ihre Augen blickten leer und starr, wie aus einer toten Seele heraus.

Aber gerade das erschütterte Bernhard aufs tiefste. Er sah, was sie in der vergangenen Nacht gelitten hatte. Reue, Schmerz und dumpfe Verzweiflung stritten um die Herrschaft in seiner Seele, während er neben Gabriele saß und ihr alle Aufmerksamkeiten erwies, die eine Braut von ihrem Verlobten erwarten durfte.

Zur Feier von Gabrieles und Bernhards Verlobung sollte ein Fest in der Villa gegeben werden. Die Einladungen dazu mußten mit den Verlobungsanzeigen zugleich abgeschickt werden. Für Eva gab es da reichlich zu tun, und sie war froh darüber. Arbeit, viel Arbeit konnte sie gebrauchen; sie würde ihr am besten helfen, das Gleichgewicht ihrer Seele wiederzufinden. So besprach sie scheinbar gleichmütig alles Nötige mit Wendenburg und Gabriele.

Nur Bernhard blieb stumm. Er beobachtete inzwischen heimlich Evas blasses, süßes Gesicht. Ihn konnte sie durch ihre äußere Ruhe nicht täuschen. Seit gestern war ein Ausdruck in ihrem Gesicht, der vordem nicht dagewesen. Im Schmerz gereift – innerlich elend – aber nicht mutlos. Er sah, sie war gewillt, den Kampf mit dem Schicksal aufzunehmen. Sollte er sich schwächer zeigen als sie? Er richtete sich auf und schüttelte die dumpfe Verzweiflung von sich ab. Aber ein heimlicher Wunsch keimte in ihm auf und setzte sich fest in seiner Seele: Er mußte noch einmal ohne Zeugen mit Eva sprechen; sie mußte ihm die Wahrheit bekennen, weshalb sie ihm das angetan hatte. Die Gewißheit brauchte er, um sich in das Unvermeidliche zu fügen.

Nach Tisch unternahm das Brautpaar einen Spaziergang durch den Park. Eva sah ihnen nach. Dann wandte sie sich um und trat zu Wendenburg heran, der in einem Sessel am Kamin saß.

»Würdest du nicht die Güte haben, mir die Adresse meiner Mutter zu geben?« fragte sie, so ruhig sie konnte.

Er sah überrascht zu ihr auf.

»Was willst du damit, Eva?«

Obwohl ihr das Herz bis zum Hals hinauf klopfte, bewahrte sie Ruhe.

»Ich möchte ihr selbst schreiben von – von der Veränderung in meinem Leben.«

Er nahm ihre Hand und küßte sie.

»Willst du das nicht lieber mir überlassen? Ich sehe nicht gern, wenn du mit ihr in irgendwelche Berührung kommst.«

»Sie ist doch meine Mutter«, sagte sie leise.

»Muß ich dir ins Gedächtnis zurückrufen, daß sie dich und deinen Vater herzlos im Elend verließ?« Eva lächelte schmerzlich.

»Nein – ich habe es nicht vergessen. Aber auch ich habe mich ihr gegenüber nie als Tochter gezeigt, habe nie versucht, mich ihr zu nähern.«

»Das war sie auch nicht wert.«

»Es mag sein, wie du sagst, aber bitte, gib mir ihre Adresse! Ich weiß, daß du sie hast.«

Er überlegte einen Augenblick, dann riß er ein Blatt aus seinem Notizbuch und schrieb.

»Hier hast du sie, Eva. Ich will die erste Bitte, die du als meine Braut an mich richtest, nicht unerfüllt lassen. Aber nimm meinen wohlwollenden Rat an und laß dich nicht mit jener Frau ein! Alles, was du durch einen Brief an sie erreichen wirst, ist, daß sie dich um Geld anbetteln wird. Sobald sie weiß, daß du die Braut eines vermögenden Mannes geworden bist, wird sie sich diesen Umstand zunutze machen wollen. Ich hätte dir auch jetzt nichts über sie gesagt wie bisher, aber ich muß dich warnen vor ihr. Sie ist nicht wert, daß du ihrer gedenkst. Glaube es mir!«

Eva hatte langsam den Papierstreifen mit der Adresse zu sich gesteckt, froh, ihren Zweck erreicht zu haben.

»Vielleicht ist sie doch eher unglücklich als schlecht. Ich hätte mich früher um sie kümmern sollen. Während es mir hier bei dir gutging, hat sie vielleicht Not gelitten.«

Er lächelte und strich ihr zärtlich übers Haar.

»Sorg dich nicht, liebes Herz! Ganz habe ich deine Mutter nicht aus den Augen verloren. Bisher hatte sie noch immer eine Anstellung, und wenn sie haushalten mußte, war es nur gut für sie. Jetzt geht es freilich abwärts mit ihr, und ich habe mir bereits vorgenommen, ihr Leben so zu regeln, daß sie bei vernünftigen Ansprüchen ohne Sorge leben kann. Dabei laß es aber bewenden! Leg alles vertrauensvoll in meine Hand! Ich mute dir damit kein Unrecht zu. Wirst du ihr also schreiben oder nicht?«

Sie biß sich auf die Lippen und sah an ihm vorbei zum Fenster hinaus.

»Nein, schreiben werde ich ihr nicht«, sagte sie leise.

Damit gab er sich zufrieden. Eva aber war das Herz schwer geworden. Was sie von ihrer Mutter gehört, ermutigte sie nicht, dieselbe aufzusuchen, aber einen anderen Ausweg wußte sie nicht.

Wendenburg hatte mit ihr draußen auf dem Vorbau Platz genommen. Während sie über ihren Fluchtplan sann und grübelte und in sich versunken ins Leere starrte, beobachtete sie Wendenburg scharf. Das helle Licht fiel voll auf ihr schönes, schwermütiges Gesicht. Der warme Glanz in ihren Augen war verschwunden.

Ein unheimliches, bedrückendes Gefühl nahm ihn gefangen. Sah so eine Braut aus, die voll froher Zuversicht der Verbindung mit ihrem Verlobten entgegensah? Er gedachte der Stunde, in der er, von Leidenschaft übermannt, um sie geworben hatte. Sie hatte ihn nicht zurückgewiesen, nein, aber seine Küsse hatte sie nur geduldet, nicht erwidert.

Er legte die Hand vor die Augen, eine ungeheure Angst kroch an ihn heran.

Liebte sie ihn am Ende gar nicht – wollte sie ihm nur aus Dankbarkeit angehören, weil sie sah, wie sehr er sie liebte, und fürchtete sie sich jetzt gar vor der Zukunft an seiner Seite? Nein, das durfte nicht geschehen. So groß seine Liebe war, zum Opfer sollte Eva sich nicht bringen. So klein, so niedrig durfte ihn die Leidenschaft nicht machen, das hinzunehmen. Lieber auf ihren Besitz verzichten als sie elend werden sehen an seiner Seite wollte er.

Er sah wieder angstvoll forschend zu ihr hinüber. Mit einem Mal kam er sich alt vor. War es denn nicht überhaupt ein Unrecht, dieses junge Mädchen an sein törichtes Alter fesseln zu wollen? Selbst wenn sie wollte, durfte er sie an sich binden?

Zwei Tage später ging Eva langsamen Schrittes durch den Park. Es war ein Abschiednehmen für immer, was sie hierhergeführt hatte. Heimlich war alles zu ihrer Abreise vorbereitet worden. Einige notwendige Kleidungsstücke und Wäsche hatte sie in eine Handtasche gepackt. In den nächsten Tagen sollte Gabrieles Verlobung stattfinden. Es fiel nicht auf, daß Eva vorgab, in die benachbarte Stadt fahren zu müssen, um einige Besorgungen zu dem Fest zu machen. Das kam öfter vor. Sie wollte dann alles, was einzukaufen war, nach Hattenfelde schicken lassen, damit sie wirklich ihre Pflicht erfüllt hatte und die Vorbereitungen zum Fest beendet waren. Statt nach Hattenfelde zurückzukehren, wollte sie dann mit dem Mittagsschnellzug nach Berlin fahren, um noch am hellen Tag dort anzukommen und ihre Mutter sofort aufsuchen zu können.

Nun ging sie noch einmal, um von all den liebgewordenen Stellen mit traurigen Augen Abschied zu nehmen, die ihr seit Kindertagen so vertraut und teuer geworden waren.

Schließlich lehnte sie sich an einen Baum. Von hier aus sah sie nach dem Haus zurück. Es schimmerte mit den weißen Mauern durch das Laub, das an manchen Stellen schon herbstliche Färbung annahm.

Dort saßen Gabriele und Onkel Horst beisammen und erwarteten Bernhard Gerold. Vielleicht war er auch inzwischen schon eingetroffen.

Mit traurigen Augen sah sie um sich und seufzte schwer. In demselben Augenblick fuhr sie jedoch erschrocken zusammen, denn dicht vor ihr stand plötzlich Bernhard Gerold.

Minutenlang sahen sie sich sprachlos in die Augen. Durch Evas Gestalt flog ein Zittern, so daß sie sich kraftlos zurücklehnen mußte.

Endlich trat Bernhard einen Schritt näher. Sie hob unwillkürlich wie abwehrend die Hand. Er blieb sofort stehen, ein bitteres Lächeln umspielte seinen Mund. »Sie brauchen mich nicht zurückweisen, ich weiß die Schranken zu achten, die mich von der Braut meines Schwiegervaters fernhalten«, sagte er mit schmerzlichem Spott.

Sie zuckte unter seinen Worten wie in körperlichem Schmerz zusammen. Jeder Blutstropfen schien aus ihrem Gesicht gewichen. Nur ihre Augen hingen mit großem, ernstem Blick an den seinen, als wollte sie sich seine Züge einprägen für alle Zeit.

»Warum hast du mir das angetan?« fragte er mit heiserer Stimme.

Sie schloß einen Augenblick die Augen vor seinem brennenden, gequälten Blick. Dann öffnete sie

sie wieder und sah ihn groß und klar an. Aber sie antwortete ihm nicht. Er ließ ihre Hand fallen.

»Verzeihen Sie mir – ich bin halb besinnungslos vor Schmerz. Ich glaubte, hoffen zu dürfen, Sie mir zu erringen – Ihre Augen sprachen mir von Liebe, und ich glaubte dieser Sprache. Da traf es mich wie ein Schlag ins Gesicht, als ich Sie in Wendenburgs Armen fand – als seine Braut. Ich zweifelte an allem, was gut und schön ist. Und dieser Augenblick hat meinem Leben eine Wendung gegeben, die es mit meinem Willen nie erhalten sollte. Sie wissen, daß mein Glück in Scherben ging. Einen kurzen Augenblick glaubte ich, Sie hätten sich Wendenburg in kühler Berechnung verkauft, und dieser unselige Augenblick entschied über mein Leben. Ich kam erst wieder zu mir, als es zu spät war. Eva, warum haben Sie mir das angetan? Ich weiß, daß es nicht aus Überlegung geschah – bitte, sagen Sie mir warum, ich flehe Sie an!«

Ein so tiefer, gewaltiger Schmerz klang durch seine Worte, daß sie vor Qual hätte aufschreien mögen.

»Still, oh, sprechen Sie nicht weiter!« bat sie tonlos.

»Nein, ich will nicht schweigen, will auf niemand und auf nichts Rücksicht nehmen in diesem Augenblick. Klarheit will ich mir wenigstens schaffen, warum mein Glück in Trümmer ging. Sie haben mich an Ihre Liebe glauben lassen, nun sind Sie mir Rechenschaft schuldig. Und bei Gott – ich lasse Sie nicht von der Stelle, bis Sie mir gesagt haben, warum Sie das getan haben. Mag geschehen, was will.«

Sie richtete sich zitternd zu ihrer ganzen schlanken Höhe empor und sah ihn seltsam an. Seine Worte erweckten trotz aller Heftigkeit eine heimliche Seligkeit in ihrer Brust, denn sie zeigten ihr, wie sie geliebt wurde.

Aber das Opfer durfte nicht halb gebracht werden. Sie zwang sich zur Ruhe.

»Warum? Weil es sein mußte, weil es für uns beide nur ein Glück auf Kosten anderer gab.«

Er stöhnte auf.

»Gabrieles wegen, nicht wahr? Weil sie Ihnen gesagt hatte, daß sie sterben müsse, wenn sie mir nicht angehören dürfe. Aus Dankbarkeit gegen Gabrieles Eltern – um ihr ein Scheinglück zu retten, opferten Sie sich und mich. Ist es so?«

»Ja, so ist es«, erwiderte sie leise, aber fest.

Dann sagte er ruhiger, gefaßter:

»Ich will Sie nicht fragen, ob es nicht ein Unrecht von Ihnen war, zwei Menschen um eines Dritten willen unglücklich zu machen. Aber sagen Sie mir noch eins: Hätte es nicht genügt, wenn Sie meine Werbung zurückgewiesen hätten? Mußten Sie sich zugleich an einen Mann binden, den Sie nicht lieben? Eva, Sie haben sich nicht klargemacht, welch eine Qual Sie auf sich geladen haben. Ein Mann kann eine Ehe ohne Liebe eingehen, ohne Schaden zu leiden an seiner Seele – eine Frau nicht. Warum sind Sie Wendenburgs Braut geworden, Eva? Sagen Sie es mir, nur dies eine noch! Ich will mich dann in alles fügen, will teilnehmen an Ihrem Opfer und Gabriele als meine Frau hochhalten. Sie soll nicht ahnen, daß mein Herz einer anderen gehört. Aber verschaffen Sie mir Ruhe, helfen Sie mir, daß ich Ihr Bild rein und hold in meinem Herzen tragen darf, daß sich kein Zweifel meiner Seele an Sie heranwagt! Ich fühle, Sie können mir Ruhe schaffen, wenn Sie wahr und offen zu mir sind. Warum wurden Sie Wendenburgs Braut?«

Sie strich sich aufatmend das Haar aus dem Gesicht. Dann sagte sie fest und klar:

»Sie sollen morgen Antwort auf Ihre Frage erhalten, die klarste und befriedigendste, die Sie sich wünschen können. Aber dafür versprechen Sie mir auch, zu versuchen, Ihrem Geschick die beste Seite abzugewinnen! Für uns beide gab es kein gemeinsames Glück – es wäre immer von Schatten bedroht gewesen. Das Schönste bleibt uns Menschen wohl versagt – es sollte nicht sein. Gabriele liebt Sie unsagbar, sie ist lieb und gut und wird Ihnen eine treue Lebensgefährtin sein. Und gedenken Sie der schönen Aufgabe, die Ihnen Gabrieles Ehe sichert! Sie können Ihr Lebenswerk zur herrlichsten Vollendung führen. Viele Menschen werden von Ihnen abhängig sein – Sie können vielen zum Segen werden. Das Leben bietet Ihnen genug des Guten und Schönen. Versprechen Sie mir, daß Sie den Schmerz, den ich Ihnen zufügen mußte, verwinden wollen!«

Er nahm ihre Hand. »Sorgen Sie sich nicht um mich, Eva! Ich wollte, ich könnte über Ihre Zukunft so ruhig sein wie Sie über die meine. Ihre Ehe wird Ihnen zur unerträglichen Fessel werden, glauben Sie es mir – und ich werde mit ansehen müssen, wie Sie innerlich daran verbluten. Und das wird mir am schwersten zu tragen sein.«

Sie sah ihn mit einem langen, seltsamen Blick an. Er verstand ihn erst am nächsten Tag, als Eva fort war für immer.

»Gehen Sie jetzt ins Haus – Gabriele und Onkel

Horst warten auf Sie! Nein – nichts mehr fragen jetzt – ich antworte Ihnen nicht mehr. Gehen Sie, Bernhard, und leben Sie wohl – wir werden nie mehr so ohne Zeugen miteinander sprechen. Leben Sie wohl – und alles Glück der Welt mit Ihnen! Ich will darum beten wie um mein eigen Seelenheil!«

»Eva, gibt es wirklich kein gemeinsames Glück für uns? Sprechen Sie ein Wort – ich trotze allen Widerständen.«

Sie schüttelte wehmütig den Kopf und winkte ihm zu gehen. Es ging zu Ende mit ihrer Fassung. Sie wandte sich um und ging tiefer in den Park hinein. Er sah ihr nach, ohne sich von der Stelle zu rühren. An der Biegung des Weges sah sie noch einmal zu ihm zurück. Die untergehende Sonne warf zitternde Streiflichter auf ihre Gestalt; das Haar sprühte auf wie eine goldene Krone.

Dann war sie seinen Blicken entschwunden.

So wie in diesem letzten Augenblick, in all ihrem süßen Liebreiz, mit dem flimmernden Sonnenlicht auf dem Haar, so sah er sie später noch oft in sehnsüchtigen Träumen.

Wendenburg kam am nächsten Tag früher als sonst von den Werken nach Hause. Eine heimliche Unruhe hatte ihn heimgetrieben.

Gabriele kam ihm schon im Park entgegen; sie hatte einen einsamen Spaziergang unternommen.

»Ist Eva zurückgekehrt, Gabi?« fragte er sofort.

»Noch nicht, Papa. Der Wagen ist schon zweimal vergeblich am Bahnhof gewesen. Eva ist sicher durch ihre Besorgungen länger aufgehalten worden.« Wendenburg sah auf die Uhr.

»Dann will ich selbst zum nächsten Zug mit hinüberfahren. Mit diesem muß sie kommen.«

Sie gingen nebeneinander zum Haus. Der Wagen wurde gerade wieder aus der Garage gefahren. Wendenburg gab dem Chauffeur Weisung, daß er mitfahren wolle, und ging ins Haus, um sich fertig zu machen. Gerade als er wieder aus dem Haus trat, wurde ihm ein Brief überreicht, der durch Eilboten gekommen war.

Sofort erkannte er Evas Schrift. Ein unheimliches Gefühl kroch an ihn heran. Er ging ins Haus zurück und bat Gabriele, den Chauffeur fahren zu lassen; er habe noch etwas zu erledigen. Dann betrat er sein Zimmer. Ganz deutlich empfand er, daß dieser Brief ihm eine sehr schlimme Botschaft brachte – und er wollte allein sein, wenn er sie empfing. Mit unsicheren Fingern öffnete er den Umschlag, während er in den Sessel vor seinem Schreibtisch sank, und begann zu lesen:

»Lieber, verehrter Onkel Horst!

So laß mich Dich wieder nennen, laß mich wie sonst zu Dir kommen, wie zu meinem geliebten, gütigen Vater, mit meinem schweren, vollen Herzen! Ich muß Dir einen großen Schmerz zufügen, und das tut mir so weh – aber ich kann nicht anders. Glaub es mir!

Ich kann Deine Frau nicht werden, lieber Onkel Horst, kann Dich immer nur wie ein Kind lieben und verehren. Du stehst mir zu hoch, als daß ich mit einer Lüge im Herzen Deine Frau werden könnte. Sei mir nicht böse – ich bin so traurig, daß ich Dir das sagen muß.

Ich kehre nicht mehr in Dein Haus zurück, in dem ich so viele glückliche Stunden erleben durfte. Für jede einzelne dieser Stunden danke ich Dir. – Ich reise noch heute zu meiner Mutter, und ich will sie um Schutz und Aufnahme bitten, bis ich eine Stellung gefunden habe. Ich bin ja gottlob gesund und möchte arbeiten, auf eigenen Füßen stehen.

Du würdest mich in Deiner großen Güte vielleicht zurückholen wollen und mir sagen: ›Komm wieder heim, nicht als meine Frau, sondern wieder als mein liebes Kind!‹ Ich weiß, Onkel Horst, das würdest Du tun. Und weil ich das weiß und Dir und mir unnötige Kämpfe ersparen will, muß ich Dich bitten: Tu es nicht! Ich will Dir beichten, warum Du es nicht tun sollst – diese Beichte verschließ aber in Dein Herz! Sie ist nur für Dich bestimmt. Sie soll Dir beweisen, daß es keine Rückkehr für mich geben kann.

Ich liebe Bernhard Gerold – Gabrieles Verlobten, liebe ihn schon seit langem und kann nicht Zeuge seines Lebens an Gabrieles Seite sein.

Nun verstehst Du mich, mein lieber Onkel Horst, weißt nun, warum es mir so ganz unmöglich ist, Deine Frau zu werden, und wirst mir nicht mehr zürnen, denn ich leide wie Du. Ich habe Dir mein Geheimnis nur in tiefer Bedrängnis meiner Seele enthüllt. Du wirst es in Deine Brust verschließen und vor allem Gabriele nichts ahnen lassen, damit ihr Glück nicht getrübt wird.

Als du mich batest, Deine Frau zu werden, war ich fassungslos vor Schrecken, weil ich nie gemerkt hatte, daß ich Dir etwas anderes war als Dein Kind, und dann kam Gerold und bat Dich um Gabrieles Hand. Da verlor ich fast die Besinnung und hatte nur den einen Wunsch, allein zu sein mit meiner Qual. So kam es, daß ich Dich in Deiner Täuschung beharren ließ. Ich wußte gleich, daß ich nun Dein Haus verlassen mußte. Ich schwieg, bis ich fern von Dir war, denn ich hätte es nicht über mich gebracht, Dir das alles Auge in Auge zu gestehen.

Nun weißt Du alles und – nicht wahr? – nun siehst Du ein, daß ich nicht zurück kann. Laß mich Dich noch einmal innig um Verzeihung bitten, und schreib mir einige Worte der Vergebung! An Gabriele liegt ein Brief im linken Fach meines Schreibtisches – lies ihn, ehe Du ihn weitergibst, damit Du weißt, was ich als Grund für meine Flucht angebe! Den Dienstboten kannst Du sagen, daß ich am Bahnhof ein Telegramm meiner Mutter erhalten hätte, sie wäre erkrankt und verlange nach mir. Meine Sachen sendest Du mir wohl nach. Noch einmal – vergib und zürne nicht

Deiner Dir ewig dankbaren Eva«

Lange saß Horst Wendenburg über diesen Brief gebeugt. Tief und Schwer ging sein Atem, und die Hand, die den Brief hielt, zitterte. In dieser Stunde begrub er den Wunsch und die Hoffnung, sich die Jugend noch einmal zurückzuholen. Er kämpfte nicht gegen den Schmerz, den er empfand. Vielleicht war er noch das Beste, was ihm von seiner zerstörten Hoffnung blieb. Und in seine Traurigkeit mischte sich das Mitleid mit Eva.

Sie hatte recht – zurückholen durfte er sie nicht. Aber noch weniger durfte sie bei jenem Weib bleiben, das des Mutternamens nicht wert war. Dort drohten ihr Gefahren, die sie in ihrer Reinheit vielleicht gar nicht als solche erkannte. Sobald wie möglich mußte er dafür sorgen, daß sie wieder in eine andere Umgebung kam. Für den Augenblick freilich war er außerstande, einen Ausweg zu finden; erst mußte er ruhiger werden und den Schlag verwinden, der ihn getroffen hatte.

Das einzige, was ihm zu tun übrigblieb, war, ihr Geld zu schicken. Eva konnte nur über geringe Mittel verfügen. Sie ging in ihrer Unerfahrenheit hinaus in die Welt, die sie nicht kannte, um mutig den Kampf mit dem Leben aufzunehmen. Wie bald würde sie erkennen, daß ihre Kräfte dazu nicht ausreichten, wenn er nicht aus der Ferne seine schützende Hand über sie hielt.

Langsam und schwerfällig erhob er sich endlich und ging in Evas Zimmer hinauf, um den Brief für Gabriele zu holen. Er mußte ihr doch Mitteilung machen von Evas Flucht. Auch Bernhard mußte davon erfahren, wenn er kam. Ob dieser wohl eine Ahnung hatte, daß ihn Eva liebte? Wohl kaum, Verliebte sind blind für andere, das hatte er an sich selbst erfahren.

Er fand den Brief an der bezeichneten Stelle und las ihn.

»Liebe kleine Gabi!

Durch Deinen Vater wirst Du erfahren, daß ich Euer Haus für immer verlassen habe. Du konntest es ja nicht fassen, daß ich die Frau Deines Vaters werden sollte. Nun sieh – ich konnte es auch nicht und erschrak darüber so, daß ich mich im ersten Augenblick nicht sträuben konnte. Und kann kamst Du mit Gerold dazu, und ich wollte in Eurer Gegenwart meinen lieben Onkel Horst nicht beschämen. Aber ich wußte gleich, daß ich nun von Euch fort müßte. Nun mußt Du doppelt lieb und zärtlich zu Deinem armen Vater sein, nicht wahr? Und mußt ihn bitten, mir zu verzeihen, daß ich so undankbar erscheine.

Leb wohl, meine Gabi, sei glücklich und vergiß mich nicht ganz! Ich werde Dich immer wie eine teure Schwester lieben. Und sag auch Bernhard Gerold einen letzten Gruß! – Werdet glücklich miteinander!

Immer Deine treue Eva«

Mit dem Brief in der Hand kam er die Treppe herab und traf im Vorsaal mit Bernhard und Gabriele zusammen. Sie sah unruhig aus.

»Denke nur, Papa, eben mit Bernhard zugleich kam der Wagen vom Bahnhof zurück. Eva ist mit diesem Zug wieder nicht gekommen. So lange blieb sie doch nie aus. Es wird ihr doch nichts geschehen sein?«

Wendenburg trat erst mit den beiden in ein Nebenzimmer. Er zog die Tür hinter sich ins Schloß, denn draußen stand eine Hausangestellte und ordnete die große Blattpflanzengruppe in der Mitte des Vorsaales. Dann wandte er sich erst zu Gabriele.

»Eva wird nicht wiederkommen, Gabi. Hier in diesem Brief findest du Aufschluß darüber. Bitte teile auch Bernhard das Nötige mit – und entschuldigt mich! Ich möche noch eine Stunde ins Freie.«

Er reichte Gabriele den Brief und ging dann schnell hinaus.

Gabriele sah ihm betroffen nach.

»Was ist das? Bernhard, verstehst du das?«

Gerold war bei Wendenburgs Worten leise zusammengezuckt. In seinen Augen lag nun eine brennende Frage. Er lehnte sich an den Kamin und sah unruhig auf den Brief in Gabrieles Hand.

Sie war an ihn herangetreten und sah ängstlich zu ihm auf.

»Da ist etwas geschehen«, stammelte sie.

»Lies den Brief, Gabi – er soll dir ja Aufschluß geben!« sagte er, heiser vor Unruhe.

Sie entfaltete ihn schnell und überflog die ersten Zeilen.

»Mein Gott, Eva ist fort – für immer fort. Da – lies selbst, Bernhard! Oh, meine arme, liebe Eva, ich hab' ihr unrecht getan.«

Sie weinte leise vor sich hin. Bernhard zog sie an sich. Um dieser Tränen willen liebte er sie. Mit heißen Augen las er Evas Worte. Da hatte er nun die Antwort, die sie ihm gestern versprochen hatte. Und wahrlich, sie war überzeugend genug. Nun war ihm alles klar, und Evas Bild stieg rein und makellos vor ihm empor. Zugleich aber wallte auch heiße, sehnsüchtige Liebe in seinem Herzen auf. Tapfer ging sie hinaus in ein ungewisses Dasein, ließ Glanz und Wohlleben hinter sich zurück, um nicht lügen zu müssen.

## 8

Eva war in Berlin angekommen. Sie bestieg sofort eine Taxe und gab dem Chauffeur die Wohnung ihrer Mutter an.

Mit geschlossenen Augen lehnte sie sich zurück. Sie fühlte sich matt und elend. Es dauerte lange, bis der Wagen vor einer jener großen Mietskasernen hielt, deren es in Berlin so viele gibt. Das Haus lag in einer häßlichen, düsteren Straße und hatte eine nüchterne, schmutziggraue Fassade.

Mit bangen Augen sah Eva daran empor. Langsam stieg sie die schmalen Treppen empor bis zum dritten Stock.

Drei Wohnungstüren lagen nun vor ihr. Mühsam las sie die Namensschilder und verschiedene Besuchskarten, die mit Reißzwecken an den Türen befestigt waren. Auf einer solchen fand sie dann auch den Namen ihrer Mutter: Charlotte Grabow, Schauspielerin.

Evas Herz schlug in schweren Schlägen. Eine Weile stand sie, nach Fassung ringend, vor der verschlossenen Tür. Endlich zog sie die Klingel.

Es dauerte ziemlich lange, bis sich drinnen schlurfende Schritte nahten. Durch das runde

Fensterchen sah jemand heraus. Dann rasselte die Sicherheitskette, und die Tür wurde einen Spaltbreit geöffnet. Ein grobknochiges Frauengesicht, von grauen Haaren umrahmt, erschien.

»Was wünschen Sie, Fräulein?« fragte eine mürrische Stimme.

»Ist Frau Charlotte Grabow zu sprechen?« Die Alte sah Eva forschend an, während sie die Tür weiter öffnete und von innen das Licht auf sie fallen ließ.

»Die? Na, da muß ick erst mal nachsehen. Warten Sie 'n Momang!« Sie schlug die Tür hinter sich zu und verschwand, Eva draußen stehen lassend. Nach einer Weile kam sie wieder.

»Zu Hause ist sie – aber sie schläft. Wecken soll ick se nich. Denn kommen Sie man rin und warten Sie ein Weilchen!«

Eva folgte ihrer Aufforderung. Die Alte legte hinter ihr umständlich die Sicherheitskette wieder vor und öffnete dann eine Tür.

»So, setzen Sie sich hier rin! Das ist Frau Grabow ihr Salong. Im Nebenzimmer liegt sie auf dem Ruhesofa. Wenn Sie se wecken wollen, denn tun Sie es! Mir schnauzt sie an, wenn ick es tue.«

Nach diesen Worten ging sie hinaus. Das junge Mädchen sah sich zaghaft in diesem ›Salong‹ um. Es war ein mäßig sauberes, mittelgroßes Zimmer: Sofa und zwei Sessel mit rotem gepreßtem Plüschüberzug, die übliche Polstergarnitur des möblierten Zimmers, ein runder Tisch mit roter Decke, über welche zum Schutz eine weiße Serviette von nicht ganz einwandfreier Sauberkeit gebreitet war, einige Stühle, ein Spindchen und ein kleines Eckbrett. Darauf standen einige billige, geschmackvolle Ziersächelchen und Fotografieständer, in denen lauter Aufnahmen ein und derselben Person – einer Dame – in den verschiedensten Kleidern und Stellungen steckten.

Zwischen den beiden Fenstern, an welchen billige Vorhänge von rotem Wollstoff und schmutziggelbe Tüllüberhänge hingen, war ein großer Spiegel angebracht.

Auf dem Tisch stand eine schmale, hohe Vase mit einigen verwelkten Rosen. Daneben lagen eine Brille, ein Paar abgetragene Handschuhe und in einer Glasschale verschiedene billige, unechte Schmucksachen – alles durcheinander, wie eben abgelegt. Auf einem der Plüschsessel lag ein Kleid, lässig hingeworfen, davor ein Paar Schuhe – man sah, hier hatte sich eine weibliche Person entkleidet, ohne die Sachen aufzuräumen.

Die Luft war so schwer und dumpf in dem Zimmer, daß Eva das Atmen schwer wurde. Sie seufzte tief auf und stellte ihre Handtasche neben sich auf den Boden. Eine Weile wartete sie ruhig – dann hüstelte sie, um sich bemerkbar zu machen. Nichts regte sich.

Nun ertrug sie das Warten nicht länger. Sie schritt auf die offenstehende Tür des Nebenzimmers zu: ein schmales Schlafzimmer. Auf einem Sofa lag, mit einem losen, alten Morgenrock bekleidet, eine Frau, die sich eben schlaftrunken aufrichtete, als Eva im Türrahmen erschien. Beim Anblick des jungen Mädchens richtete sie sich erschrocken auf und setzte sich aufrecht.

»Was wollen Sie hier, wie kommen Sie hier

herein?« rief sie, sich das wirre Haar aus dem Gesicht streichend. Eva sah mit unbeschreiblichem Gefühl auf die Frau. In ihrem Herzen stürmten die widerstreitendsten Empfindungen durcheinander, und trotz aller Gegenwehr überwog das Gefühl der Abneigung, fast des Abscheus. Wenn sie trotz Wendenburgs Mahnungen noch eine leise Hoffnung genährt hatte, bei der Mutter eine Stelle zu finden, wo sie mit der Drangsal ihres Herzens hinflüchten konnte – der erste Eindruck nahm ihr diese Hoffnung.

Sie wollte auf die Frage ihrer Mutter antworten, aber die Kehle war ihr wie zugeschnürt. Erst als Charlotte Grabow nahe herantrat, sie mit kurzsichtigen Augen musterte und noch einmal fragte, was sie wünsche, rangen sich einige Worte über ihre Lippen.

»Ich bin Eva Grabow.«

Die Frau stutzte, blinzelte zu Eva empor und wußte offenbar nicht, was sie sagen und denken sollte. Ganz benommen im Kopf, trat sie aus dem Schlafzimmer heraus, griff nach der Brille auf dem Tisch und hielt sie vor die Augen, um Eva verständnislos anzusehen. Dann bekam ihr Gesicht einen betroffenen Ausdruck.

»Eva Grabow – Eva Grabow. Nein – Sie sind doch nicht – nein –«

Sie schüttelte fassungslos den Kopf. Eva hatte ihre Ruhe wiedergewonnen.

»Doch, ich bin Eva Grabow, Ihre – deine Tochter«, sagte sie.

Charlotte Grabow schien jetzt mit einem Mal zu begreifen. Daß es keine erfreulichen und warmen Gefühle waren, die sich beim Anblick der Tochter in ihr regten, konnte Eva deutlich auf ihrem Gesicht lesen. Offenbar wußte sie gar nicht, wie sie sich Eva gegenüber verhalten sollte. Aber dann dämmerte wohl das Bewußtsein in ihr, daß es notwendig war, einige Freude zu zeigen, und als sie erst einmal so weit gelangt war, wurde sie schnell Herrin der Lage. Sie war im Leben immer eine bessere Schauspielerin gewesen als auf den Brettern, die die Welt bedeuten.

Mit ausgestreckten Armen trat sie auf Eva zu.

»Mein Kind – meine Tochter – mein langentbehrtes Kind, von dem mich ein grausames Schicksal trennte. Sei mir gegrüßt! O Gott – wie ist es möglich, daß ich eine so große Tochter habe! Man würde es mir nicht glauben. Ich habe mir meine Tochter immer als ein niedliches kleines Mädchen vorgestellt mit Hängezöpfen. Und nun steht so eine große, schöne junge Dame vor mir. Aber willkommen in meinem armen, bescheidenen Heim – du bist natürlich eine viel bessere Umgebung gewöhnt. Ach, es war mir immer ein Trost, wenn ich darben mußte, daß du es besser hast im Leben als deine arme Mutter. Du mußt fürliebnehmen, mein Kind. Aber lieb, sehr lieb ist es von dir, daß du mich einmal aufsuchst. Ja, die Stimme der Natur ist mächtiger als wir. Ich habe oft Sehnsucht nach dir empfunden – Du bist sicher nur auf der Durchreise hier in Berlin?«

Sie zog Eva mit sich auf das Sofa nieder.

In Eva regte sich kein warmes Gefühl bei diesen mit viel Gefühlsaufwand vorgetragenen Worten. Ihre Beklommenheit nahm zu.

»Nein, nicht auf der Durchreise. Ich bin nach Berlin gereist, um dich aufzusuchen und dich zu bitten, mir einige Zeit bei dir Aufnahme zu gewähren.«

»Aufnahme?« Frau Charlotte führte erregt das Glas vor die Augen. »Wie soll ich das verstehen, Kind? Du bist doch nicht allein, ohne Begleitung, in Berlin?«

»Doch, ganz allein. Und ohne Wissen meines Pflegevaters. Ich muß dir gleich alles sagen, damit du klarsiehst. Onkel Horst wollte mich zu seiner Frau machen. Das kann ich nicht werden. Da ging ich heimlich fort, zu dir. Ich wußte mir keinen anderen Rat. Bitte nimm mich bei dir auf, nur so lange, bis ich mir eine Stellung gesucht habe!«

Frau Charlotte Grabow schlug fassungslos die Hände zusammen.

»Mein Gott – so eine Unvernunft! Du bist wohl von Sinnen? Einem Mann wie Wendenburg, der über ein fürstliches Vermögen verfügt, läuft man doch nicht davon, wenn er einem seine Hand anbietet. Das ist doch nicht dein Ernst? Eine Stellung suchen, wenn man wie eine Fürstin leben kann!« Sie lachte wie von Sinnen und fuhr dann fort:

»Herrgott im Himmel, du wirst doch durch diese Torheit nicht etwa dein Glück zerstört haben? Wenn dir Wendenburg zürnt – das ist ja nicht auszudenken. Bedenke doch, was du da von dir weisen willst! Du kannst als seine Frau das Leben in vollen Zügen genießen, könntest herrschen anstatt zu dienen. Und was könntest du für deine arme, vom Unglück verfolgte Mutter tun! – Mein Himmel, so sitz doch nicht mit einem so steinernen Gesicht da! Du scheinst eine gefühlsbetonte Närrin zu sein. Das hast du von deinem Vater. Es ist merkwürdig, wie ähnlich du ihm siehst. O mein Gott, ich bin ganz außer mir vor Aufregung, ganz außer mir. Wie konntest du nur? Dir ist es zu gut gegangen bisher; du weißt nicht, was Armut ist. Sieh dich hier bei mir um! Da sitze ich in einer mir unwürdigen Umgebung und muß noch froh sein, wenn mich die Wirtin nicht hinauswirft, weil ich ihr die Miete schulde. Du ahnst nicht, was eine Frau zu leiden hat, wenn sie abhängig von den Menschen ist. Sei vernünftig, kehre sofort um und bitte Wendenburg um Verzeihung! Vielleicht ist es noch nicht zu spät, und er nimmt dich wieder auf. Aber beeile dich! Ich dulde einfach nicht, daß du in dein Unglück rennst.« Sie hielt ganz erschöpft inne.

Eva sah mit ernsten, ruhigen Augen in das erregt zuckende Gesicht ihrer Mutter.

»Ich habe alles bedacht und kehre nicht zurück. Glaubst du, ich wäre wie eine Undankbare geflohen, wenn es für mich eine Möglichkeit gäbe, zu bleiben?«

»Unsinn, das sind überspannte Ansichten! Einem reichen Freier läuft man nicht davon, wenn man ein armes Mädchen ist. Noch einmal, ich dulde nicht, daß du so töricht handelst. Sofort drahte ich Wendenburg, daß du hier bist und zu ihm zurückkehren wirst. Am besten, er holt dich hier ab. Er wird mir dankbar sein, wenn ich dich zur Vernunft bringe.«

»Das kannst du dir sparen. Onkel Horst weiß, daß ich bei dir bin.«

»Du hast es ihm mitgeteilt?«

»Ja, ich hab' ihm alles geschrieben, und er selbst wird nicht verlangen, daß ich zu ihm zurückkehre.«

»Herr, mein Gott – was hast du denn angestellt, daß er es nicht verlangen wird?«

»Nichts, nur die Wahrheit hab' ich ihm geschrieben, daß ich seine Frau nicht werden kann und dich vorläufig um Aufnahme bitten will.«

Charlotte Garbow sprang auf und lief aufgeregt hin und her.

»Das ist ja reizend, allerliebst! Ich bitte dich, er wird es mich entgelten lassen. Und gerade jetzt, wo ich in Not bin. Seit Monaten habe ich kein Engagement und wollte mich dieser Tage um Hilfe an ihn wenden. Nun versagt er sie mir natürlich.«

»Mutter, du wirst ihn doch nicht wieder um Almosen bitten?« rief Eva erschrocken.

Charlotte zuckte die Achseln.

»Warum nicht? Wozu hat man denn reiche Verwandte? Wendenburg war der Vetter deines Vaters. Ich bitte dich, bleib mir mit hochtrabenden Redensarten vom Leib! Solchen Unsinn erlauben mir meine Verhältnisse nicht. Ich bin bettelarm und weiß gerade jetzt nicht, wovon ich in den nächsten Tagen leben und meine Wirtin bezahlen soll. Du hast ja keine Ahnung, wie sich unsereins durchschlagen muß. O Himmel, Himmel, das erlebt man nun an seinem einzigen Kind! Nein, ich dulde es nicht – kehr um, sag' ich dir, kehr um!«

Eva saß regungslos ihren Ausbrüchen gegenüber.

»Nein, Mutter – niemals!«

Frau Charlotte fuhr zu ihr herum. »Nenn mich nicht auch noch Mutter! Wenn das jemand hört! Begreifst du nicht, daß ich für mein Fach als Salondame sofort untendurch bin, wenn man erfährt, daß ich eine erwachsene Tochter habe? Ich muß so jung wie möglich scheinen. Dabei würde mir gerade noch fehlen, daß du dich als meine Tochter aufspielst.«

Schwer genug war es Eva gefallen, dieser Frau den Mutternamen zu geben. Vor ihrer Herzenskälte schauerte sie zusammen. Am liebsten wäre sie aufgestanden und gelaufen, so weit sie ihre Füße trugen, um aus ihrer Nähe zu kommen. Aber wo sollte sie hin? Sie hatte sich keine großen Hoffnungen gemacht über die Art der Aufnahme bei der Mutter, aber die Wirklichkeit übertraf ihre schlimmsten Erwartungen.

»Wenn du es nicht wünscht, will ich dich gewiß nicht Mutter nennen. Bitte laß uns einmal ruhig und vernünftig verhandeln! Ich habe einige hundert Mark bei mir. Es dürfte reichen, um deinen und meinen Unterhalt für einige Wochen zu bestreiten. Inzwischen findet sich wohl Arbeit und Verdienst für mich. Und ich selbst werde dann Onkel Horst schreiben und ihn bitten, dich noch so lange zu unterstützen, bis du wieder ein Engagement gefunden hast.«

Charlotte lachte hart auf.

»Abgewiesene Freier pflegen nicht großmütig zu sein.«

»Onkel Horst ist ein edler, gütiger Mann.«

»Und trotzdem läufst du ihm davon!«

»Ja, trotzdem. Das mag dir den Ernst meiner Lage klarmachen.«

Frau Charlotte ließ sich seufzend in einen Sessel gleiten. Evas Erwähnung, daß sie Geld bei sich hatte, war wie Öl auf die Wogen ihrer Erregung gefallen. Sie sann angestrengt nach, wie sich für sie Vorteil aus dieser überraschenden Sachlage ziehen ließ. Schließlich setzte sie ihre Brille auf und betrachtete Eva prüfend von oben bis unten.

»Du bist zweifellos eine Schönheit, und zwar eine von der Art, die den Männern am meisten gefällt. Wendenburg hat Geschmack bewiesen.«

Eva zog die Stirn wie im Schmerz zusammen und wurde glühend rot. »Laß das, bitte! Meine Schönheit wird mir auf meinem künftigen Lebensweg eher eine Last sein als ein Vorzug.«

Charlotte schüttelte den Kopf.

»Du scheinst unglaublich überspannte Ansichten zu haben. Eine schöne Frau ist immer im Vorteil gegenüber einer häßlichen, wenn sie klug ist. Doch gut, lassen wir das jetzt! Wieviel Geld hast du bei dir?«

»Ungefähr dreihundert Mark.«

»Hm, das ist freilich wenig, wenn man bedenkt, daß du aus dem Haus eines mehrfachen Millionärs kommst. Deinen Vorteil hast du schlecht zu wahren gewußt. Immerhin ist es besser als nichts. Gib mir hundert Mark davon, damit ich meine Wirtin bezahlen kann! Ich muß sie gefügig machen, damit sie erlaubt, daß ich dich bei mir aufnehme.«

»So schickst du mich nicht fort?« fragte Eva leise.

Charlotte seufzte ergebungsvoll. Sie hatte sich inzwischen überlegt, daß sie sich vielleicht Wendenburg zu Dank verpflichten konnte, indem sie Eva zur Vernunft brachte. Gelang ihr das nicht, dann konnte ihr Evas Schönheit vielleicht anderweitig von Nutzen sein. Es gab in den Kreisen, in denen sie verkehrte, reiche Lebemänner genug. Man konnte nicht wissen – Evas frische, reine Schönheit mußte ja bezaubern, vielleicht machte sie eine andere gute Partie. Jedenfalls war es ratsam, gute Miene zum bösen Spiel zu machen.

»Ich kann dich doch nicht hinauswerfen, wenn du durchaus nicht zurückkehren willst! Wir wollen also später gemeinsam überlegen, was zu tun ist. Bitte gib mir das Geld, ich muß auch etwas zu essen holen lassen! Du wirst hungrig sein, und ich habe seit heute morgen auch noch nichts zu mir genommen.«

Eva reichte ihr einen Hundertmarkschein.

Charlotte wurde sofort besser gelaunt, machte einige Scherze über Evas unerwartetes Erscheinen und entschuldigte sich wegen ihrer mangelhaften Kleidung. Dann ging sie zur Tür und rief hinaus: »Frau Krusemann!«

Diese erschien langsam und mit mürrischer Miene.

Charlotte wandte sich mit den Bewegungen einer Salondame der Bühne nach ihr um.

»Ah, da sind Sie ja schon, Frau Krusemann. Sie müssen für meine – meine Nichte und mich eine Mahlzeit aus dem Gasthaus holen. Hier ist Geld – Sie können gleich die rückständige Miete mit abziehen, auch was Sie sonst noch an Auslagen zu bekommen haben.«

Frau Krusemanns Antlitz verlor den mürrischen Ausdruck. Sie faßte schnell nach dem Geldschein. Ihre Augen flogen forschend zu Eva hinüber. Daß von dieser der plötzliche Geldsegen ausging, erfaßte sie sofort. Und für Evas vornehme Einfachheit fehlte ihr das Verständnis keineswegs. Als Zimmervermieterin hatte sie einen scharfen Blick für Menschen.

Sie beeilte sich, ihre Bereitwilligkeit zu versichern, und hob mit einer sorgsamen Beflissenheit Evas feine Handtasche vom Boden auf.

Befriedigt sog sie den Juchtenduft ein und wischte mit der Schürze liebevoll säubernd über den Boden der Tasche, der auf dem Fußboden gestanden hatte. Dann stellte sie dieselbe umständlich auf einen Stuhl. »So wat Schönes sieht man nicht alle Tage«, sagte sie anerkennend und trollte dann hinaus. Als sie schon auf der Schwelle war, rief Charlotte sie noch einmal zurück.

»Was ist noch sagen wollte – meine Nichte will sich einige Wochen in Berlin aufhalten und mag nicht allein im Hotel wohnen. Wenn es Ihnen recht ist, bleibt sie bei mir. Da Sie, soviel ich weiß, kein Zimmer frei haben, bereiten wir mein Sofa als Nachtlager vor. Das läßt sich hoffentlich machen. Wir möchten doch gern zusammenbleiben. Meine Nichte wird Sie natürlich dafür entschädigen.«

Frau Krusemann hatte noch nie eine Gelegenheit, mühelos Geld zu verdienen, von sich gewiesen. Sie erklärte sich einverstanden.

Nachdem sie das Essen herbeigeholt hatte – auch eine Flasche Wein fehlte auf Charlottes

Wunsch nicht –, schleppte sie einige Kissen und Decken herbei und machte für Eva das Sofa zurecht. »Nächste Woche wird das Zimmer nebenan leer, das Malfräulein zieht aus. Dann können Sie meinetwegen in ihre Stube ziehen, bis sie wieder vermietet wird«, sagte sie zu Eva.

Diese nickte ihr nur stumm zu. Sie war nicht imstande zu sprechen. Nun, da sie sich vorläufig geborgen wußte, versagten ihr die Nerven den Dienst. So hungrig sie auch war, kostete es sie Mühe, einige Bissen hinunterzuzwingen.

Charlotte aß dafür mit großem Hunger. Sie trank auch fast die ganze Flasche Wein allein aus und plauderte dabei sehr liebenswürdig. Sie erzählte Schnurren und Theaterwitze, belachte sie laut und schien kein Empfinden dafür zu haben, wie trostlos und jammervoll es in ihrer Tochter aussah.

Inzwischen wurde es dunkel. Frau Krusemann brachte die Lampe und räumte das Eßgeschirr fort. Bis nach neun Uhr saßen Mutter und Tochter einander gegenüber. Eva mußte schließlich, da sie aufgefordert wurde, die Einzelheiten ihrer Flucht erzählen und auch über ihr Leben in Wendenburgs Haus berichten.

Charlotte folgte ihren Worten gespannt. Wollte sie doch aus diesem Bericht entnehmen, wie sie am besten Nutzen aus der Sache ziehen konnte. Dabei betrachtete sie Eva immer aufmerksamer. Mitten in der Unterhaltung sprang sie einmal auf und nestelte an Evas Haar.

»Ist das alles echt?« fragte sie und wollte die Kämme lösen, mit denen es hochgesteckt war.

Eva bog unwillkürlich den Kopf zurück.

»Meinst du mein Haar?«

»Ja, ja – dein Haar. Solche Fülle erscheint mir verdächtig. Aber du mußt Unsummen dafür ausgegeben haben. Diese Farbe ist sehr geschätzt und schwer zu beschaffen. Ich kenne das. Übrigens ist es von erster Güte und gar nicht von echt zu unterscheiden.«

Eva steckte die gelockerten Kämme wieder fest.

»Es ist mein eigenes Haar.«

Charlotte lachte. »Närrchen, vor mir brauchst du dich wahrhaftig nicht zu schämen. Die meisten Damen tragen jetzt gekauften Ersatz – ich natürlich auch!«

Da löste Eva selbst ihre Frisur.

»Meine Haare sind nicht gekauft«, sagte sie ruhig und ließ diese achtlos über den Rücken gleiten.

Charlotte wog sie mit einem Ausruf der Bewunderung auf der Hand. »Wahrhaftig echt! Kind, du weißt wohl kaum, was für einen Schatz du da mit dir herumträgst. Aber anders frisieren mußt du dich. Herrgott, was läßt sich aus diesem Haar machen! Komm, laß es mich ändern! So mußt du es tragen, daß jeder sehen kann, sie sind echt; Hier den Ansatz muß man sehen! Sieh, so! Wundervoll! Nun schau, ob das nicht ganz anders aussieht!«

Sie hatte mit geschickten Griffen Evas Haar zu einer sehr kleidsamen Frisur aufgesteckt und lokkerte hie und da noch wohlgefällig daran herum. Eva war selbst erstaunt über die goldbraune Fülle, die ihr Haupt deckte. Charlotte hielt ihr einen Handspiegel vor.

»Prachtvoll, entzückend! Du bist wirklich eine Schönheit erster Güte. Ich werde Aufsehen mit dir machen. Jetzt kleide ich mich schnell an, und dann gehen wir aus. Ich brenne darauf, dich meinen Bekannten vorzustellen.«

Eva sah befremdet zu ihr auf.

»Heute abend noch?«

Charlotte lachte belustigt auf.

»Närrchen – du kommst aus der Provinz, da herrschen noch veraltete Ansichten. Hier in Berlin fängt jetzt der Tag erst richtig an. Übrigens finden wir natürlich auch Herren unter meinen Bekannten, die uns mit Freuden unter ihren Schutz nehmen werden.«

Eva sah wenig erbaut aus.

»Ich möchte lieber zu Hause bleiben und mich hinlegen. Ich bin sehr müde und abgespannt.«

Charlotte machte erst ein enttäuschtes Gesicht. Aber dann gab sie sich zufrieden. Es war am Ende besser, sie bereitete Evas Auftreten unter ihren Bekannten erst vor.

»Nun gut, so verschieben wir dein erstes Erscheinen auf morgen. Mich mußt du aber entschuldigen; ich habe mich verabredet. Leg dich ruhig einstweilen hin! Es wird möglicherweise spät, bis ich heimkomme.«

Eva sah beklommen zu, wie ihre Mutter sich anzog. Sie hantierte mit Puder und Schminke aller Art, zeichnete die Augenbrauen nach, kämmte sich, indem sie das falsche Haar ablegte und wieder aufsteckte, und zog sich das Kleid über, welches noch immer auf dem Sessel lag. Es war ein schwarzes Kleid aus Tüll und Seide, mit tiefem

Ausschnitt. Ganz eng schmiegte sich der Tüll an die nackten Schultern und den Nacken. Beides war vorher auch mit einer reichen Puderschicht belegt worden.

Als sie fertig war, stellte sie sich siegesbewußt lächelnd vor Eva hin.

»Nun – wie gefalle ich dir jetzt? Man kann sich noch sehen lassen, hm?«

Eva sah sie fassungslos an. Das war nun ihre Mutter, diese aufgetakelte, geschminkte Komödiantin! Während sich Charlotte selbstgefällig lächelnd um sich selbst drehte, dachte Eva erschauernd an Bernhard. Wie gut, daß sie nicht seine Frau geworden war. Vielleicht hätte ihn das Leben einmal mit dieser Frau zusammengeführt. Das wäre ihr furchtbar, unerträglich gewesen. Wie sie sich ihrer Mutter schämte!

Frau Charlotte trällerte eine Operettenmelodie und weitete sich an Evas Sprachlosigkeit, die sie für Bewunderung hielt.

»Ja, ja – man sieht noch ganz gut aus, freilich nur noch abends. Ich gehe am Tag auch nur aus, wenn ich's nicht vermeiden kann. Jetzt gibt man mir doch höchstens dreißig Jahre, nicht? Oder meinst du, man sähe mir an, daß du meine Tochter bist?«

»Nein, gewiß nicht«, stieß Eva zitternd vor Scham hervor.

Charlotte nickte befriedigt, nahm Hut und Handschuhe, behängte sich mit dem billigen, unechten Schmuck und verließ, Eva eine Kußhand zuwerfend, das Zimmer.

Eva sah ihr mit starren, brennenden Augen

nach. Langsam öffnete sie das Fenster, um frische Luft hereinzulassen. Dann stand sie eine Weile in schlaffer, müder Haltung am Tisch, und plötzlich sank sie in sich zusammen, barg den Kopf in den Armen, die sie über den Tisch breitete, und ein trockenes Schluchzen schüttelte ihren Körper – sie fühlte sich grenzenlos einsam und verlassen. Jetzt erst empfand sie voll und ganz, was sie hinter sich gelassen hatte.

Mit herbem Schmerz dachte sie zurück an ihre schöne, herrliche Heimat. Dort wußten sie nun, daß sie für immer gegangen war, und saßen gewiß ebenfalls traurig beisammen. Onkel Horst würde schwer an dem Schlag zu tragen haben, den sie ihm hatte zufügen müssen. Gabriele würde weinen und ein wenig Sehnsucht nach ihr haben. Und er – Bernhard –, er trug wohl am schwersten und mußte dabei seine Braut noch zu trösten versuchen. Er wußte nun, daß sie ihm mit keinem Gedanken untreu gewesen war, und würde seine Seelenruhe wiederfinden. Noch eine Weile brannte wohl auch in ihm die Wunde fort, aber dann würde ihn Gabriele mit ihrem Liebesreichtum heilen. Nach und nach würde der Schmerz um sie sich lindern und eines Tages seine junge Frau ihre Stelle in seinem Herzen einnehmen. Dann war sie vergessen.

Vergessen! Jetzt stürzten die Tränen aus ihren Augen. In ihrer Verlassenheit erschien ihr dieses Vergessen doppelt schmerzlich; es brachte ihr so gar keinen Trost, daß Bernhard Gerold glücklicher sein würde, wenn er sie vergaß.

Lange dauerte es, bis sie ihre Fassung wiedererlangte. Sie erhob sich und ging ruhelos im Zimmer auf und ab. Mit fieberhafter Unruhe entwarf sie Pläne für die Zukunft. Hier war ihres Bleibens nicht lange, das war gewiß. Je eher sie von hier fortkam, um so besser. Von allen schmerzlichen Erlebnissen der letzten Zeit war das mit ihrer Mutter das furchtbarste gewesen. Wie gebrandmarkt kam sie sich vor, als könne sie nun keinem Menschen wieder offen ins Gesicht sehen.

Gleich am nächsten Morgen würde sie etwas unternehmen, um irgendeine Stellung zu erlangen. Sie mußte Zeitungen durchsehen und ein Gesuch aufsetzen. Irgendwo und irgendwie würde man doch Verwendung für sie haben. Wählerisch wollte sie gewiß nicht sein – nur fort von hier, wieder in reine Luft, ohne Schminke und Theaterplunder.

Mit düsteren Blicken streifte sie die zahlreichen Abbildungen ihrer Mutter auf dem kleinen Eckbrett. Es waren sonderbare Aufnahmen darunter. In den gewagtesten Kostümen, wie sie in den leichtfertigen Berliner Ausstattungsrevuen beliebt waren, hatte sich Frau Charlotte aufnehmen lassen. Geschicktes Nachhelfen war dabei noch gefälliger gewesen als die günstige Abendbeleuchtung: Frau Charlotte sah auf all diesen Bildern noch sehr schön aus. Da sie nicht sehr bühnenbegabt war, hatte man sie immer nur als schönes Aushängeschild betrachtet. Nun glich sie diesen Bildern freilich nicht mehr, und auf keinen Fall waren diese geeignet, kindliche Liebe und Verehrung zu erwecken.

Wo mochte ihre Mutter so spät noch hingehen?

In welcher Gesellschaft würde sie bis spät in der Nacht ausharren? Wie gut, daß sie nicht mitgegangen war!

Eva trat ans Fenster. Der Großstadtlärm tönte herauf zu der Einsamen. Tausende von Menschen hasteten noch vorüber, jeder seinem Ziel entgegen. Und sie war allein – ganz allein.

Sie empfand es schließlich wie eine Befreiung, als die Wirtin eintrat und frisches Wasser brachte. Sie zeigte sich jetzt um vieles freundlicher und redseliger als zuvor, und ihre Augen ruhten mit einem gewissen Wohlgefallen auf Eva.

»Na, Fräulein – nich mit ausjejangen?«

»Nein, ich bin zu müde«, sagte Eva freundlich.

»Haben jewiß 'ne weite Reise hinter sich?« fragte Frau Krusemann neugierig.

»Ja!«

Die kurze Antwort genügte der Alten scheinbar nicht. Sie trat neben Eva hin.

»Ein schönes Kleid haben Sie an – natürlich auf Seide jarniert – erster Jüte! So wat Schönes hat die Frau Tante nicht. Das is alles Bühnenflitter, was die anzieht. Sie sind wohl keine Schauspielerin?«

»Nein!«

»Hab ick auf den ersten Blick rausjehabt. Ich kenne mir aus mit so wat! Habe schon manchmal Damen vom Theater im Hause jehabt. Aber so wie Sie waren wenige von. So wie Sie, so jehen man die janz feinen Damen von Berlin. Oben janz einfach, aber tipptopp Stoff, und unten Seide. Der Frau Tante ihr janzer Staat is nich so ville wert als det eene Kleid.«

Evas Gesicht spiegelte deutlich das Unbehagen wider, welches sie bei den Worten der Frau empfand. Sie antwortete nicht.

Frau Krusemann zuckte die Achseln und nahm ihren Wasserkruge.

»Ooch jut. Sie scheinen zu stolz zu sein, um mit unsereinen 'n freundliches Wort zu reden. Denn nich. Aber das kann ick Ihnen sagen, ick bin 'ne ehrliche, anständige Witfrau, wenn ick ooch nich mit Theaterplunder behängt bin. Mit der Frau Tante tausche ick noch lange nich. Das will ick nur jesagt haben.«

Eva sah ihr ängstlich nach, war sie doch jetzt von der Freundlichkeit dieser Frau abhängig.

»Ich bin gewiß nicht stolz, Frau Krusemann, nur sehr müde und abgespannt. Ich wollte Sie nicht kränken. Bitte, glauben Sie mir das!«

Die alte Frau drehte sich sofort besänftigt um und sah in Evas Gesicht. Die schönen traurigen Augen, die so bittend zu ihr herübersahen, machten sie ganz weich.

»Na, denn is schon jut, Fräuleinchen. Und nischt vor unjut, wenn ick 'n bißchen verächtlich von die Frau Tante gesprochen habe! Böse war das nich jemeint. Aber wissen Sie, Fräuleinchen, die Frau Tante is doch vielleicht kein passender Umjang vor Ihnen. Es is da nich alles, so wie es soll – nehmen Sie sich man 'n bißchen in acht, daß Sie nich in schlechte Jesellschaft jeraten! Verstandesvous?«

Eva war dunkelrot geworden.

»Ich verstehe Sie nicht«, stammelte sie betroffen.

Frau Krusemann sah mit scharfem, forschendem Blick in das süße, traurige Mädchenantlitz. Sie besaß genug Menschenkenntnis, um auf diesen Zügen den Stempel der Reinheit und Unschuld zu entdecken.

»Na ja, denn will ick ja ooch nischt jesagt haben. Aber es is jut, daß Sie nich mit ausjejangen sind heut abend. Und wenn Ihnen nich sehr ville dran liegt, denn bleiben Sie abends überhaupt lieber hübsch zu Hause! Ick meine nur so – aber ick bin 'ne olle, erfahrene Frau, und ick weiß, wie es in Berlin zujeht. Und nun will ick mir trollen, damit Sie zur Ruhe kommen. Jute Nacht denn, Fräuleinchen!«

»Gute Nacht, Frau Krusemann – und ich danke Ihnen«, sagte Eva und starrte mit traurigen Augen in das Lampenlicht.

Da trat die Alte dicht an sie heran. Mit ihrer harten, knochigen Hand faßte sie die schlanke, weiße Hand des Mädchens.

»Daß Sie nich zum Pläsiervergnügen nach Berlin jekommen sind, sieht een Blinder ohne Brille. Aber nu man nich bange! Wenn Sie mal nicht aus und ein wissen, denn is die Krusemann ooch noch da.«

Die Worte klangen so ehrlich und herzlich, daß Eva Tränen in die Augen traten. Sie drückte nur stumm die grobe Arbeitshand der alten Frau und wandte sich ab.

# 9

Eva schlief trotz aller Müdigkeit noch nicht, als ihre Mutter gegen zwei Uhr heimkam. Sie stellte sich jedoch schlafend, weil es ihr unmöglich gewesen wäre, mit ihr zu sprechen. Charlotte entledigte sich leise ihrer Kleider, rauchte dabei eine Zigarette und trat dann an Evas Lager.

Prüfend und abwägend sah sie herab auf das junge Mädchen. Keine Spur von Mutterzärtlichkeit lag in diesen Blicken, nur ein kaltes, unruhiges Funkeln.

Evas Atem ging schwer, als sie so mit geschlossenen Augen dalag. Der Duft der Zigarette, das starke Parfüm, welches den Kleidern ihrer Mutter entströmte, und das Bewußtsein, daß sie jetzt von dieser mit kalten, prüfenden Blicken beobachtet wurde – all das legte sich wie ein Alp auf ihre Brust.

Wie erlöst atmete sie auf, als endlich das Licht erlosch und ihre Mutter sich zur Ruhe legte.

Als Eva sich am andern Morgen leise erhob, schlief ihre Mutter noch. Sie zog sich schnell und leise an und ging dann hinaus zu Frau Krusemann. Die Alte saß in der Küche und hatte eine große Tasse Kaffee vor sich stehen.

Evas Gruß erwiderte sie sehr freundlich.

»Schon ausjeschlafen, Fräulein? Jotte doch, so

zeitig stehen meine möblierten Herren und Damen alle nich auf. Nun wollen Sie jewiß Kaffee haben?«

Eva trat näher heran.

»Sie waren gestern abend so freundlich zu mir, Frau Krusemann. Ich nehme Ihr Anerbieten an und komme schon heute mit einer Bitte um Rat zu Ihnen.«

»Na, denn man los, Fräuleinchen, man nich ängstlich!«

Sie wischte mit ihrer Schürze über einen Küchenstuhl und stellte ihn Eva hin. Diese setzte sich nieder, um die alte Frau nicht zu verletzen.

»Ich bin hergekommen, um mir eine Anstellung zu suchen, als Gesellschafterin, als Stütze – gleichviel als was. Nur möchte ich Familienanschluß haben, da ich allein in der Welt stehe. Können Sie mir sagen, in welcher Zeitung ich da am besten annonciere und wo ich solche Angebote finde?«

»Kann ick, Fräulein, kann ick. Aber stellen Sie sich das man nich so leicht vor! Haben Sie jute Zeugnisse?«

»Gar keins. Ich war bis jetzt im Hause eines Verwandten und führte dort den Haushalt.«

»Hm, hm, ohne Zeugnisse – da is nich ville zu machen. Können Sie sich nicht 'n Zeugnis von Ihren Verwandten ausstellen lassen?«

»Das könnte ich wohl. Es würde aber einige Zeit darüber vergehen, und ich möchte doch sofort etwas unternehmen, da ich meiner – meiner Tante nicht lange zur Last fallen möchte.«

»Na ja, versuchen können Sie's immer. Und da – hjier is die richtige Zeitung vor Ihnen. Kieken Sie man rin! Sie können jeden Morgen hineinsehen. Der

Student, der sie kriegt, steht erst spät auf.«

Eva faßte zögernd danach.

»Ich möchte doch nicht – wenn die Zeitung nicht Ihnen gehört.«

»Na, was denn? Sie gucken ihr doch nischt ab. Braucht ja niemand von zu wissen. Jehen Sie man rin und nehmen sie ihr mit – ick bringe Ihnen dann gleich den Kaffee.«

Eva ging ins Zimmer zurück und las die Stellenangebote der Zeitung. Einige schrieb sie auf und legte dann die Zeitung wieder sauber zusammen. Als Frau Krusemann den Kaffee brachte, gab sie dieselbe dankend zurück.

Nachdem sie eine Tasse Kaffee zu sich genommen hatte, machte sie sich zum Ausgehen fertig. Draußen ließ sie sich von der alten Frau die Lage der Straßen erklären, die sie aufsuchen wollte. Diese gab ihr genaue Weisung, wie sie zum Ziel kam, nannte ihr die Nummern der Straßenbahnen und schärfte ihr ein, sich nur an Schutzleute um Auskunft zu wenden.

Eva bat, ihrer Tante zu bestellen, daß sie bis Mittag zurück sein würde. Dann ging sie.

Als Charlotte Garbow gegen elf Uhr erwachte, war sie verwundert, Eva nicht mehr vorzufinden. Frau Krusemann richtete ihre Bestellung aus, als sie ihr den Kaffee brachte. Charlotte fuhr ärgerlich auf.

»So ein Unsinn! Wie kann sie nur glauben, daß sie so ohne weiteres eine Anstellung findet – ohne Zeugnisse. Sie ist ja viel zu schön dazu – keine Frau nimmt sie ins Haus. Sie soll auch gar nicht, hat es gar nicht nötig«, schalt sie aufgeregt.

Frau Krusemann stemmte die Hände in die Hüfte.

»Na – zum Theaterspielen kriegen Sie ihr nich, das sieht 'n Blinder ohne Brille«, sagte sie sehr resolut.

»Ach was – wer spricht denn davon! Denken Sie nur, Frau Krusemann, dieses unglaubliche Mädchen könnte wie eine Fürstin leben. Ein steinreicher Mann will sie zur Frau, und deshalb läuft sie davon und will hier in Stellung gehen. Ist das nicht verrückt?«

Die ›Krusemann‹ blies die Luft pfeifend durch die Lippen.

»Aha – da liegt der Hund bejraben. Dacht ick mir doch, daß 'n Haken bei die Sache is. Na – ick hab' mal wieder recht jehabt mit meine Menschenkenntnis. Aber wissen Sie was: Die weiß, was sie will, die kriegen Sie nich rum – nich zu machen, so wahr ick die Krusemann bin.«

»Lassen Sie mich mit Ihren Rätselsprüchen in Ruhe, ich bin schon ärgerlich genug! So ein Unsinn, gleich heute in aller Frühe fortzulaufen! Als ob die Leute nur auf sie warteten. – Aber vielleicht ist das ganz gut. Sie wird merken, wie schwer es ist, anzukommen und sich im Leben durchschlagen zu müssen.«

Frau Krusemann sah mit gekniffenen Augen auf Charlotte.

»Sie sollten ihr aber wenigstens nich ihr Geld abnehmen; das finde ick nu nich nobel.«

Charlotte warf den Kopf zurück, jetzt wieder ganz ›Salondame‹.

»Bitte, das geht Sie nichts an. Das ist unsere Angelegenheit.«

»Stimmt, und ick kann ja nur froh sein, daß ick zu meinem Geld gekommen bin. Aber so'n armer, unerfahrener Wurm kann einem leid tun. Sagen Sie mal, Frau Grabow, Sie wollen ihr doch nich mit mang die lockere Gesellschaft nehmen, ins Metropol und so?«

»Ich muß sehr bitten, daß Sie sich nicht in Sachen mischen, die Sie nichts angehen! Übrigens verkehre ich mit Leuten aus den ersten Kreisen.«

»Na ja, Herrens, sogenannte Lebemänner. Die Damens sind doch alle nur vons Theater und so, nich eine von der Jüte wie Ihre Nichte. Ick kenne mir aus in die Verhältnisse.«

»Meine Nichte kann da eine erste Partie machen bei ihrer Schönheit.«

»Mir können Sie so was nich erzählen. Die Herren wollen doch alle nur so 'ne kleine Liebelei anzetteln. Heiraten is nich – das is doch klar.«

Charlotte zuckte die Schultern.

»Sie sprechen wie der Blinde von der Farbe. Das verstehen Sie nicht. Sie nehmen sich überhaupt sehr viel heraus. Ich werde in Zukunft jede Vertraulichkeit mit Ihnen unterlassen.«

»Na man zu, ick werde es ja überleben. Deshalb sage ick doch, was wahr is. Mir tut der arme, ahnungslose Wurm leid.«

»Sparen Sie sich Ihre Menschenliebe für andere Fälle! Sie sind ja sonst nicht so voll Mitgefühl, wenn es einem Menschen schlechtgeht.«

»Ach so, damit meinen Sie sich selber? Nee, gegen so 'ne Menschen, wie Sie sind, is Mitgefühl ooch nich am Platze. Wenn ick ungemütlich bin, daß Sie mir die Miete manchmal so lange schuldig bleiben, denn hat das seine Gründe. Ick kann ooch nich Sekt trinken und feine Leckereien und Schnuppereien knabbern, wenn ick keen Geld habe und borgen muß. Da stippe ich mir lieber 'ne trockene Stulle in' Kaffee und nähre mir vom Bewußtsein, 'n ehrlicher Mensch zu bleiben. So, das wollte ick Ihnen bloß jesagt haben. Solange Sie Geld haben, sind Sie ja immer so von oben herab. Bloß wenn es damit hapert, denn is die Krusemann jut zu ›Vertraulichkeiten‹.«

Damit ging die alte Frau, ungeknickt von Charlottes Größe, hinaus.

Diese stampfte wütend mit dem Fuß auf. »Unverschämte Person! So ist es, wenn man gezwungen ist, sich zu solchen Menschen herabzulassen, damit sie einen nicht vor die Tür setzen, wenn man mal nicht gleich bezahlen kann. Oh, diese ewige Geldnot! Und zu denken, daß man die Schwiegermutter eines der reichsten Männer hätte werden können! Diese Eva kann gar nicht verantworten, was sie mir damit angetan hat, daß sie davongelaufen ist. Wendenburg hätte entschieden anständig für mich sorgen müssen. Herrgott, und dazu mein Pech in letzter Zeit! Peinliche Geschichte, die Spielgeschichte neulich abends. Wenn man mir nur nicht nachträglich noch was am Zeug flickt! Zum Glück war ich gerade an diesem Abend nicht dort, als das Nest ausgehoben wurde – aber ob man mich nicht noch verrät? Verwünscht, daß ich mich damit eingelassen habe! Aber was hilft's? Verhungern kann man doch nicht. Und die Gimpel brauchen ja nicht ins Garn zu gehen!«

Während diese unerfreulichen Gedanken Charlottes Hirn kreuzten, ging sie unruhig auf und ab. Wie fast alle mäßig begabten Schauspieler hatte sie sich zu Großem berufen geglaubt, weil ihre Schönheit einigen Beifall errang. Sie glaubte an ihre Größe, und daß sie nur untergeordnete Rollen erhielt, führte sie auf Ungerechtigkeiten zurück. Statt, wie sie gehofft hatte, ein leuchtender Stern am Kunsthimmel zu werden, ging es Jahr um Jahr bergab mit ihr. In den letzten Monaten hatte sie sich in ihrer dauernden Geldnot dazu verleiten lassen, einer Spielhölle Opfer zuzuführen. Sie erhielt dafür einen kleinen Gewinnanteil. Nun war diese Spielhölle geschlossen worden. Namen von gutem Klang waren mit in den Klatsch gezogen worden, der dadurch entstand. Wie durch ein Wunder war Charlotte der Verhaftung entgangen. Gerade an diesem Abend war ihr so elend zumute gewesen, daß sie zu Haus geblieben war. Aber es liefen da noch so allerhand andere unsaubere Geschäfte mit – sie wußte selbst nicht mehr, wie sie da hineingeraten war. Eines war aus dem andern entstanden, und sie brauchte doch schließlich Geld, um zu leben.

Aber dennoch sehnte sie sich mit dem letzten Rest von Anständigkeit aus diesem Treiben heraus. So kam es, daß sie ihr Kind als Mittel zum Zweck benutzen wollte, um sich aus dem Sumpf auf festen Boden zu retten. Und mit der Zähigkeit einer Ertrinkenden klammerte sie sich an diese Hoffnung.

Als Eva gegen Mittag in die Wohnung ihrer Mutter zurückkehrte, hatte sie trübe Erfahrungen gesammelt. Sie hatte vergeblich an verschiedenen Türen geklopft. Meist hatte man sie nach einem Blick auf ihre vornehme Schönheit mit den Worten verabschiedet, daß die Stelle bereits besetzt sei, oder hatte achselzuckend nach ihren Zeugnissen gefragt.

Ganz elend kam sie zu Hause an. Ihre Mutter hörte ihren kurzen Bericht an und nickte mit dem Kopf.

»Ja, das denkst du dir viel leichter, als es ist. Du weißt noch nicht, wie der Kampf ums Dasein aussieht. Sei vernünftig, laß dir raten, und kehre zu Wendenburg zurück!«

Eva preßte die Hände an die Schläfen. »Schweig – bitte rede nicht davon! Du quälst mich nur unnütz.«

»Ich kann aber nicht mit ansehen, wie du einer dummen Einbildung wegen dein Glück aufs Spiel setzt. Ich kenne das Leben besser als du. Reich sein ist alles Gute und Schöne besitzen – arm sein ist Elend und häßliche Sorgen. Es wird sich bitter an dir rächen, wenn du nicht auf mich hörst!«

Eva trat mit bleichem, entschlossenem Gesicht vor ihre Mutter hin.

»Ich werde lieber in Not und Elend sterben und verderben, als dahin zurückzukehren, wo ich hergekommen bin. Bitte spar dir und mir Auseinandersetzungen über diesen Punkt!«

Charlotte kniff die Augen zusammen und zuckte die Schultern. Am Nachmittag schrieb sie jedoch an Wendenburg, daß Eva bei ihr sei, daß sie mit Bedauern gehört habe, wie unüberlegt diese gehandelt hätte. Sie habe aber die Überzeugung, daß ihre Tochter nur einer Grille gefolgt sei und bald von selbst einsehen werde, wie gut es Wendenburg mit ihr meine. Er möge sich nur auf sie verlassen: sie werde Eva schon den Kopf zurechtrücken.

Diesen Brief sandte sie sofort ab, ohne Eva davon

zu unterrichten. Sie war im übrigen bestrickend liebenswürdig zu ihr und plauderte unaufhörlich. Das junge Mädchen mußte zugeben, daß ihre Mutter, wenn sie gut gelaunt war, noch heute eine reizende Frau sein konnte. Nur das aufgesetzte Wesen störte diesen Eindruck.

Am Abend desselben Tages wollte Charlotte ihre Tochter um jeden Preis bewegen, mit ihr in ein Theater zu gehen und nachher mit ihren Bekannten zusammentreffen. Eva lehnte jedoch ruhig und bestimmt ab. Für das Theater habe sie jetzt kein Geld übrig, und nach dem Theater noch auszugehen vertrüge sich nicht mit ihren Ansichten.

»Mach dich doch nicht lächerlich, Eva. Du kannst dich doch hier nicht wie eine Nonne einspinnen. Eintritt ins Theater verschaffe ich uns ohne Geld; ich habe Verbindungen genug.«

Eva zog die Stirn zusammen. »Ich möchte mir nichts schenken lassen von fremden Menschen.«

»Du bist entsetzlich spießbürgerlich. Sei doch nicht kleinlich, komm mit! Du wirst sehen, du vergnügst dich ausgezeichnet! Brauchst nicht zu fürchten, daß du mit gewöhnlichen Menschen zusammenkommst. Ich verkehre mit Leuten aus der besten Gesellschaft.«

»Mag sein. Du meinst es sicher gut. Aber bitte, laß mich zu Hause! Ich bin es auch gar nicht gewöhnt, so lange aufzubleiben, und morgen muß ich zeitig wieder heraus, um weiter nach Arbeit zu suchen.«

»Hast du nicht von der heutigen Probe genug?«

»Das wäre schlimm. So schnell soll es mit meinem Mut nicht zu Ende sein. Ich muß etwas finden, ehe mein Geld zu Ende geht. Es wird doch Arbeit und

Unterhalt für einen Menschen zu bekommen sein, der sich ehrlich darum bemüht.«

Charlotte lachte spöttisch und schüttelte den Kopf. »Du heilige Einfalt, du wirst bald flügellahm werden. Mit dem ehrlichen Willen allein ist es nicht getan. Lieber Gott, wenn weiter nichts nötig wäre! Du hast ja nicht einmal Zeugnisse!«

»Schlimmstenfalls bitte ich Onkel Horst um ein solches.«

»Welcher Gedanke! Ich kann dir nur immer wieder raten: Sei vernünftig, werde Wendenburgs Frau!«

»Niemals!«

Es lag ein Ausdruck in diesem Wort, der ihre Mutter verstummen machte.

Jedenfalls sah Charlotte ein, daß vorläufig nichts mit Eva anzufangen war. So ging sie wieder allein aus.

Eva saß noch eine Weile am offenen Fenster und sah auf die Straße hinab. Dann kam Frau Krusemann herein und sprach Eva Mut zu.

Eva fühlte sich in ihrem Innern so einsam und verlassen, daß sie die Worte der alten Frau wie Balsam empfand. Sie drückte die grobe, verarbeitete Hand und sagte freundlich:

»Ich verliere den Mut nicht so schnell und danke Ihnen herzlich für Ihre guten Worte.«

Eva war wieder ausgegangen, um ihr Glück zu versuchen, nachdem sie einige Bewerbungsschreiben zur Post gebracht hatte. Frau Charlotte wurde heute früher geweckt als sonst, da der Geldbriefträger nach ihr fragte. Hastig erhob sie sich und warf den Morgenrock über.

Sie hätte fast aufgeschrien vor Freude, als sie erfuhr, daß sie tausend Mark erhalten sollte. Wendenburg schickte sie. Die Geldsendung war nur von wenigen Worten begleitet:

»Sorgen Sie dafür, daß es Eva an nichts fehlt! Brief folgt. Wendenburg.«

Als der Postbote gegangen war, streckte Charlotte glückstrahlend die Hand mit dem Geld empor.

»Diese Quelle soll mir nicht versiegen, solange ich's verhindern kann. Er ist also nicht unversöhnlich – mein Brief wird eine gute Wirkung haben«, sagte sie sich vergnügt. Und dann überlegte sie, was mit dem Geld anzufangen wäre. Ein anständiges Straßenkleid mußte sie haben.

Ob sie sich den entzückenden Hut leistete, den sie neulich im Schaufenster gesehen hatte? Er war zwar sehr teuer, aber was brauchte sie jetzt zu rechnen! Es war ja Geld da, und wenn es ausgegeben war, mußte neues kommen. Ah – man konnte nun endlich mal wieder aufleben. Wenn nur nicht noch ein Nachspiel mit der Polizei kam; das wäre – nein – daran um Himmels willen jetzt nur nicht denken, sich die Freude nicht trüben lassen!

Als Eva heimkam, jubelte sie ihr entgegen.

»Die Not ist zu Ende, Eva – wir haben Geld. Wendenburg hat tausend Mark geschickt.«

Eva erblaßte.

»Und sonst nichts?« fragte sie bang.

»Was denn noch?«

»Einen Brief!«

»Ach so – da, ein paar Worte. Brief folgt. Aber das ist Nebensache. Die Hauptsache ist das Geld.«

»Mir ist der Brief die Hauptsache.«

Charlotte lachte.

»Du – das ist ja beinahe wie zärtliche Sehnsucht.«

»Ja, ich sehne mich unbeschreiblich nach einem Wort der Verzeihung.«

»Ah bah! Der Tausender redet deutlich genug von Verzeihung.«

Eva schüttelte den Kopf. Sie verlangte nach einem anderen Beweis, daß ihre Flucht nicht wie krasser Undank erschienen war. Und sie fieberte nach einer Nachricht über die drei Menschen, die ihre Welt waren. Sie hörte kaum, welche Pläne Charlotte entwarf, sah nur stumm auf die wenigen Zeilen, die Horst geschrieben hatte.

Am Nachmittag ging Charlotte aus, um sich neu auszustatten. Frau Krusemann wurde nur von oben herab gegrüßt, als sie ihr auf dem Flur begegnete.

Eva schrieb noch einige Bewerbungsbriefe und lief eine Stunde in den Straßen herum. Natürlich hatte sie am Vormittag wieder vergeblich angeklopft. Ebenso erging es ihr am andern Tag. Sie schrieb wieder Briefe und hoffte auf eine Antwort.

Am Nachmittag traf dann ein ziemlich umfangreicher Brief von Wendenburg an ihre Mutter ein.

Charlotte war damit beschäftigt, ihr neues Kleid zu probieren, und wollte den Brief erst beiseite legen.

»Bitte öffne ihn sofort! Vielleicht ist eine Einlage für mich darin«, bat Eva.

Ihre Mutter riß nun den Umschlag auf. Es lag

wirklich ein Brief für Eva bei. Sie reichte ihr ihn lächelnd.

»Na, wenn dein Onkel Horst sehen könnte, wie fieberhaft du nach seinem Brief verlangst – er würde die Hoffnung nicht verlieren«, scherzte sie.

Eva setzte sich mit ihrem Brief ans Fenster, ohne zu antworten. Das Schreiben an Charlotte war kurz und bündig.

»Ihren Brief habe ich erhalten und danke für Ihren guten Willen. Ich wünsche jedoch, daß Sie Eva in keiner Weise beeinflussen oder beunruhigen. Für die nächste Zeit muß sie bei Ihnen bleiben – ich werde aber strenge Rechenschaft von Ihnen fordern über Evas Aufenthalt bei Ihnen. Sie soll ganz nach ihrem eigenen Wunsch und Ermessen leben, vor allen Dingen nicht zu Bekanntschaften gezwungen werden. Eva ist andere Verhältnisse gewöhnt als Sie. Wenn Sie ganz in meinem Sinne handeln, will ich zum Dank Ihre Zukunft sicherstellen, sobald Eva Sie verlassen hat. Ich werde sobald wie möglich für einen geeigneten Aufenthalt für Eva sorgen. Alles übrige enthält mein Brief an Eva.«

Charlotte zog eine Grimasse.

Sehr kategorisch und kommerzienrätlich, aber doch äußerst angenehm. Herrgott – sorgenlos – ich atme auf – ich lebe wieder. Endlich wieder festen Boden unter den Füßen. So dachte sie und sah dann forschend zu Eva hinüber.

Der rollten schwere Tränen über die Wangen.

Mein Gott, wie gefühlvoll! Es ist nicht die geringste Spur von Ähnlichkeit zwischen uns beiden. Sie ist ihrem Vater nachgeraten – Vergißmeinnicht in Milch – gräßliche Mischung!

Eva las inzwischen mit tiefer Bewegung Wendenburgs Brief.

»Mein armes, liebes Kind!

Untröstlich bin ich, daß ich nicht bedacht habe, Du könntest anders empfinden als ich. Verzeihe mir und suche zu vergessen, daß Dein alter, törichter Onkel Horst die Hände nach Dir ausstreckte! Und gräme Dich nicht um mich – ich werde fertig mit dieser Enttäuschung. Es wäre zu schön gewesen. Du sollst nun wieder in mir Deinen liebevollen Vater sehen. Vergib und vergiß, daß ich menschlich fehlte! Es quält mich sehr, daß ich Dich durch meine Werbung aus dem Haus trieb, mein armes Kind. Ja, ich würde Dich zurückholen, aber Dein Geständnis macht mir das unmöglich. Es schmerzt mich, daß auch Du leiden mußt, und doch kann ich Dir nicht helfen. Das Herz ist ein eigensinniges Ding und läßt sich nicht durch Vernunftgründe leiten. Bernhard konnte nur eine von euch lieben; seine Wahl ist auf Gabriele gefallen, und Du mußt verzichten. Ich beklage Dich von Herzen.

Nun glaube aber nicht, daß ich es dabei bewenden lasse! Glaube nicht, daß ich ruhig zusehen werde, wie Du Dich in kindlichem Unverstand abmühen wirst, den Kampf mit dem Leben aufzunehmen! Du bist und bleibst mein liebes Kind, und ich werde Dich schützen und hüten, so gut es aus der Ferne geht. Es beunruhigt mich sehr, daß Du Deine Mutter aufgesucht hast. Freilich – wo solltest Du hin in Deiner Not? Aber lange darfst Du nicht dort bleiben, und ich muß Dich dringend zur Vorsicht mahnen: Vermeide, so gut es geht, in der Gesellschaft Deiner Mutter zu verkehren! Ich habe triftige Gründe für diesen Wunsch. Sobald ich einen anderen Aufenthalt für Dich gefunden habe, mußt Du fort aus der Umgebung Deiner Mutter. Jede Stunde, die Du dort verbringst, vergrößert meine Schuld.

Und den Gedanken, irgendeine Stellung anzunehmen, gibst Du auf, nicht wahr? Du wirst mir Deine Verzeihung nicht besser beweisen können, als wenn Du Dich ganz als mein Kind, als Gabrieles Schwester fühlst.

Am liebsten wäre ich Dir sofort nachgereist, aber das Recht, zu Dir zu kommen, habe ich mir vorläufig verscherzt. Du mußt erst wieder Vertrauen zu mir fassen.

Deine Mutter werde ich, solange Du bei ihr bist, reichlich mit Geldmitteln versehen, und dann will ich ihr bis an ihr Lebensende ein festes Ruhegeld aussetzen.

Sorge Dich also um nichts, mein liebes Kind, und sende mir fleißig Nachricht über Dich, damit ich beruhigt sein kann! Gabriele läßt Dich herzlich grüßen. Sie hat bitterlich geweint, daß Du von uns gegangen bist. Sie wird Dir nächstens selber schreiben. Und nun alle Engel mit Dir.

Dein alter Onkel Horst«

Eva weinte heiße, befreiende Tränen über diesen Brief. Sie fühlte sich nun nicht mehr so schrecklich einsam und verlassen. Es war ihr ein süßer Trost, daß sie wieder mit der alten kindlichen Verehrung und Liebe an ihren Onkel Horst denken konnte. Sie glaubte, seine Leidenschaft sei nur eine vorübergehende Verwirrung seiner Sinne gewesen. Wie tief die Liebe zu ihr in dem Herzen des gereiften Mannes saß, wußte sie nicht. Sie setzte sich sofort nieder, um zu antworten.

»Mein lieber, lieber Onkel Horst!

Durch Deinen Brief hast Du eine schwere Sorge von meinem Herzen genommen, weiß ich doch nun, daß Du mich nicht undankbar nennst. Heißen Dank für jedes Deiner lieben Worte! Sie haben mich wunderbar gestärkt und aufgerichtet. Daß Du so treu weiter für mich sorgen willst, dafür danke ich Dir. Ich habe in den wenigen Tagen schon gemerkt, wie schwer es ist, auf sich selbst angewiesen zu sein. Dankbar nehme ich Deine Hilfe an, solange ich sie brauche. Aber ich möchte lernen, auf eigenen Füßen zu stehen. Ich brauche Arbeit, viel Arbeit und einen Pflichtenkreis, der meine ganze Zeit ausfüllt. Nutzlos will ich mein Leben nicht verdämmern, sonst wird es mir zu schwer. Laß mich also meinen eigenen Weg wandeln, und wenn Du mich stützen willst, bis meine Kraft allein ausreicht, dann will ich es dankbar annehmen.

Am liebsten möchte ich mich in einem Haushalt betätigen, in welchem Kinder meine Zeit und Aufmerksamkeit in Anspruch nehmen. Da ich nie heiraten werde, möchte ich mir auf diese Weise ein befriedigendes Dasein schaffen. Suchst Du also nach einem Aufenthalt für mich, so mache es mir nicht zu leicht! Bedenke, daß ich Arbeit und Pflichten brauche!

Daß ich nicht lange bei meiner Mutter bleiben kann, sehe ich ein. Wir verstehen uns so wenig, als ob jeder in einer fremden Sprache redete. Und ich kann nichts für sie empfinden, sosehr ich mich mühe. Vielleicht ist das ein Unrecht. Sie ist doch meine

Mutter. Und daß sie mir gegenüber ihre Pflicht nicht erfüllte, entbindet mich noch lange nicht von der meinen. Aber mein Herz ist ihr gegenüber wie zugeschnürt – ich kann nichts für sie fühlen und habe nur den einen Wunsch: Fort, so bald wie möglich!

Und nun noch einmal innigen Dank! Grüße meine liebe kleine Gabriele. Gott schenke ihr Glück!

In alter kindlicher Liebe und Verehrung!

Deine Eva«

# 10

Charlotte trat fertig angekleidet aus dem Schlafzimmer, als Eva ihren Brief beendet hatte. Das neue Kleid wsar sehr schön, nur für Evas Geschmack zu auffallend und jedenfalls nicht dem Alter ihrer Mutter entsprechend.

»So, Eva – ich bin fertig. Und du auch, wie ich sehe. Nun komm, nimm Hut und Handschuhe, wir wollen eine Ausfahrt machen! Zu sparen brauchen wir ja gottlob nicht mehr. Wir fahren durch den Tiergarten – ich zeige dir ein wenig Berlin. Dann speisen wir im Zoologischen Garten.«

»Wollen wir nicht lieber zu Hause bleiben?«

Charlotte machte ein böses Gesicht. »Nein, diesmal bestehe ich auf deiner Begleitung. Ich will dich abends gern unbehelligt lassen, aber am Tag kannst du doch wirklich nicht von Unschicklichkeit reden. Oder hältst du dich für zu vornehm, mich zu begleiten? Weshalb hast du mich dann aufgesucht? Ich habe mir extra ein neues Kleid gekauft, damit ich ›deiner würdig‹ bin. Und nun bin ich dir, wie es scheint, noch nicht vornehm genug!«

Eva erhob sich seufzend.

»Ich begleite dich«, sagte sie ruhig. Sie sah ein, daß

sie es nicht würde vermeiden können, sich mit ihrer Mutter zu zeigen.

Schnell machte sie sich fertig. Charlotte half ihr sogar. Da sie ihren Willen durchgesetzt hatte, fand sie schnell ihre gute Laune wieder.

»Du siehst entschieden zu blaß aus, Eva. Leg doch etwas Rot auf!«

»Danke – das mag ich nicht«, sagte sie hastig.

Charlotte lachte.

»Du kleines Provinzmädel! Das erscheint dir wohl ungeheuerlich?«

Eva erwiderte nichts. Sie streifte ihre Handschuhe über.

»Ich bin bereit«, sagte sie und ging mit ihrer Mutter hinaus.

Unten rief Charlotte eine Taxe. Anmutig warf sie sich dann in die Polster zurück, während Eva aufrecht sitzen blieb und den Blick geradeaus richtete.

Unter den Linden war lebhafter Verkehr. Wie Charlotte vorausgesehen hatte, flog mancher bewundernder Blick auf das schöne Mädchen an ihrer Seite.

Im Tiergarten kam ihnen zu Pferd ein Herr von vornehmem Aussehen entgegen. Er war noch jung und hatte ein hübsches, etwas gelangweiltes Gesicht. Als er Charlotte erblickte, kniff er die Augen zusammen und wollte zur Seite sehen. Da streifte sein Blick Eva. Er riß die Augen wieder auf, rückte sich unternehmend im Sattel hoch und grüßte dann sehr ausdrucksvoll. Charlotte dankte lebhaft, während Eva kaum den Kopf neigte. Der Gruß des jungen Mannes erschien ihr zu vertraulich.

»Das war Graf Tondern, Eva, ein sehr netter, vornehmer Mann.«

»Trotzdem scheint er nicht zu wissen, wie man eine Dame grüßt«, erwiderte Eva mit Unwillen.

»Aber ich bitte dich, er grüßte doch äußerst liebenswürdig.«

»Ja, zu liebenswürdig, da ich ihm fremd bin.«

»Ach, du bist kleinlich und spießbürgerlich! Das mußt du dir abgewöhnen.«

Eva schwieg.

Sie sah mit durstigen Augen in das grüne Laub ringsum und dachte an den Park in Hattenfelde. Er schien ihr, als sei eine Ewigkeit vergangen, seit sie dort gewesen war.

»Bitte, laß den Wagen halten und geh mit mir ein Stück in diesen herrlichen Laubengang hinein!« bat sie plötzlich.

Charlotte tat ihr den Willen. Nun gingen sie auf dem gutgepflegten Weg bis zum Landwehrkanal. Eva sog die Luft in vollen Zügen ein.

Schon am Eingang zum Zoologischen Garten hörten sie Konzertweisen herüberklingen, ein Potpourri aus Carmen. Charlotte steuerte auf die Weinabteilung zu. Sie fanden noch einen hübschen Platz, gleich vorn an der Rampe. Bewundernde Blicke folgten dem schlanken, schönen Mädchen. Einige Herren in der Nachbarschaft setzten sich so, daß sie Eva im Auge behalten konnten.

Charlotte entging nichts von alledem. Sie strahlte und bestellte nachlässig beim Kellner ein Essen.

Kurze Zeit darauf kamen zwei Herren in vornehmen Anzügen mit feinen, kostbaren Panamahüten vom Hauptweg herüber. Der eine von ihnen, ein schlanker, braungebrannter Dreißiger, dem man ansah, daß er erst kürzlich aus einem Seebad zurückgekehrt war, faßte plötzlich leicht den Arm des andern, eines etwas beleibten, untersetzten Herrn, der einige Jahre mehr zählen mochte.

»Halt, Seydell, ich sehe da die Grabow sitzen. Laß uns umkehren, ich möchte sie hier nicht grüßen!«

Sie blieben wie unschlüssig stehen.

Seydell sah angestrengt nach einer andern als der gefährdeten Richtung, während der Schlanke noch einmal verstohlen hinüberblinzelte.

»Donnerwetter!« entfuhr es plötzlich bewundernd seinen Lippen.

»Was ist denn, Wendlin?«

»Du, bei der Grabow sitzt ein entzückendes Geschöpf. Wie kommt denn die zu dem alten Scheusal?«

»Wahrscheinlich eine junge Schauspielerin.«

»Glaub ich nicht. Entschieden zu einfach – dabei feines Gesicht, wundervolles Haar von unbeschreiblicher Farbe, herrliche Augen und eine scheinbar vollendet schöne Gestalt.«

»Was denn noch? Komm, du schlägst sonst hier Wurzeln, und die Grabow entdeckt uns.«

»Soll sie, mein Lieber, soll sie! Die schöne Begleiterin ändert die Sache. Da pirsche ich mich an. Vor einer schönen Frau ist Fred Wendlin noch nie ausgekniffen. Komm mit – da muß ich ein paar schöne Augen loslassen.«

Seydell stieß einen seltsamen Ton aus.

»Na denn los – hier können wir doch nicht anwachsen.«

Die beiden schritten nun scheinbar unbefangen

plaudernd vorwärts, bis sie dicht vor dem Tisch der Damen haltmachten. Wendlin begrüßte Charlotte dann scheinbar sehr überrascht und fragte, ob er mit seinem Freund Seydell Platz nehmen dürfe. Erst als Charlotte strahlend die Erlaubnis erteilt hatte, gab sich Wendlin den Anschein, Eva zu bemerken. Er verneigte sich höflich und sah Charlotte fragend an. Diese verstand sofort und stellte vor:

»Baron Seydell, Herr von Wendlin – meine Nichte, Fräulein Grabow.«

»Die Nichte?« Wie kommt die Grabow zu so einer Nichte? dachten die Herren überrascht.

Sie nahmen Platz und plauderten sehr angeregt. Eva beteiligte sich nur wenig an der Unterhaltung. Wendlin begann, nachdem er etwas warm geworden war, Eva auf Tod und Leben den Hof zu machen. Sein schmales, scharfes Gesicht zeigte dabei einen Ausdruck, den Eva nicht enträtseln konnte. Es lag aber etwas in seinem Blick, was sie unruhig machte und ihr die Röte ins Gesicht trieb. Sie antwortete nur einsilbig auf seine Reden, während Seydell gefällig Charlotte beschäftigte.

Wendlin merkte, daß Eva mit Absicht sehr zurückhaltend war, aber das reizte ihn um so mehr. Er kannte seine Unwiderstehlichkeit bei Frauen zur Genüge, und leichte Siege galten ihm nichts. Je stiller und zurückhaltender Eva wurde, desto kühner ging er vor. Dabei war er Kenner genug, um zu merken, daß er da kein Durchschnittsgeschöpf vor sich hatte. Er fand Eva entzückend, anbetungswürdig und wollte auf jeden Fall Erfolg haben.

Eva warf bittende Blicke zu ihrer Mutter hinüber. Die schien jedoch mit Seydell so vertieft in ein Gespräch zu sein, daß sie scheinbar nicht sah und hörte, was auf der anderen Seite des Tisches vorging.

Und Wendlin wurde immer feuriger und faßte endlich mitten im Gespräch nach Evas Hand, um sie zu küssen. Eva entzog sie ihm hastig und richtete ihre Augen ernst und kühl auf sein Gesicht.

Dann erhob sie sich und wandte sich an ihre Mutter.

»Ich möchte nach Hause. Bitte laß uns sofort aufbrechen!« sagte sie bestimmt.

Charlotte hatte trotz ihrer angeregten Unterhaltung kein Wort überhört, welches zwischen Eva und Wendlin gewechselt wurde. Sie war wütend über Evas Verhalten. Aber sie dachte an die Rente, die ihr Wendenburg aussetzen wollte, und an die Bedingungen, die sich daran knüpften. So mußte sie sich fügen und suchte durch doppelte Liebenswürdigkeit Evas Verhalten gutzumachen. Sie verabschiedete sich wortreich von den Herren, während Eva kühl den Kopf neigte.

Die beiden Männer sahen einigermaßen betroffen aus.

»Mir scheint, du bist abgeblitzt, mein Lieber. Daß dir so etwas auch noch widerfahren kann, ist eigentlich spaßig«, sagte Seydell spöttisch.

Wendlin folgte mit den Augen der schlanken Mädchengestalt und stocherte nervös mit seinem Stock Löcher in den Sand. Er antwortete aber nicht.

Als Charlotte mit Eva außer Hörweite der beiden war, sagte sie empört:

»Wie konntest du die Herren so vor den Kopf stoßen, Eva? Ich bin außer mir!«

»Ich fand die Art ihres Betragens nicht tadellos genug, um länger in ihrer Gesellschaft bleiben zu können«, erwiderte diese mit Entschiedenheit.

»Du kommst eben aus Krähwinkel. Bei uns ist dieser Ton in jeder Hinsicht gesellschaftsfähig«, versetzte die Mutter.

»Ungezogenheiten können nie gesellschaftsfähig sein, weder in Krähwinkel noch hier, und ich bin nicht gesonnen, dergleichen zu ertragen.«

»Wenn du so überempfindlich bist, wirst du dir jeden Umgang verscherzen.«

»Ich verlange nicht nach solchem Umgang.«

»Aber ich brauche ihn und bin daran gewöhnt.«

»So suche ihn ohne mich, soviel du willst, aber gib es auf, mich daran teilnehmen zu lassen!«

Mit dieser Eva war aber auch gar nichts anzufangen. Charlottes schöne Pläne, sich mit Eva bewundern zu lassen und durch sie der gesuchte Mittelpunkt ihrer Gesellschaft zu werden, vereitelte den Starrsinn dieses Mädchens. Und leider mußte sie sich fügen, Horst Wendenburg hatte ihr geschickt die Hände gebunden. Was sie durch Überredung nicht zu erreichen vermochte, blieb eben unerreicht.

Verstimmt und schweigsam fuhren sie wieder nach Hause.

Am Abend desselben Tages, da Evas Brief eingetroffen war, besprach Horst Wendenburg mit Gabriele und Bernhard Evas Zukunft. Er teilte ihnen mit, was er über Evas Mutter wußte, und daß sobald wie möglich für seine Pflegetochter ein anderes Unterkommen gefunden werden müßte. Er las ihnen auch die Stelle in Evas Brief vor, die auf ihre Zukunftspläne Bezug hatte.

Bernhard, der innerlich schwer unter Evas Verlust litt und nur mit Anstrengung den liebenden Bräutigam zu spielen vermochte, lauschte mit brennender Aufmerksamkeit Wendenburgs Worten. Sein Herz klopfte unruhig in schmerzlicher Sorge um die Geliebte. Er sah sie von tausend Gefahren bedroht. Und da gab ihm die Angst einen rettenden Gedanken ein. Er richtete sich plötzlich auf.

»Ich glaube, ich kann dir die Sorge um ein passendes Unterkommen für Eva abnehmen, Papa.«

Horst sah ihn fragend an.

»Nun? Ich brauche dir nicht zu versichern, daß ich dir für jeden Hinweis dankbar bin.«

»Du wirst mir sicher zustimmen; ich hätte schon eher daran denken sollen. Onkel Fritz und Tante Maria werden Eva auf meine Bitten gern in ihr Haus nehmen. Dort findet sie sicher liebevolle Aufnahme und zugleich, wie sie wünscht, Arbeit und einen Pflichtenkreis. Tante Maria ist durch ihre zeichnerische Tätigkeit sehr in Anspruch genommen; sie klagt immer, daß sie keine ihr passende, vertrauenswürdige junge Dame für den Haushalt und ihre beiden lebhaften Kinder findet. Eva wäre für sie ein Schatz, und Tante Maria würde sie wie eine liebe Tochter aufnehmen. Dafür bürge ich.«

Horst atmete auf und schüttelte Bernhard die Hand.

»Das wäre ein wunderbarer Ausweg. Wenn du das verwirklichen könntest! Schreib sofort an deine Verwandten – nein, reise selbst zu ihnen, gesprochene Worte sind überzeugender! Bernhard, du würdest mir eine große Last vom Herzen nehmen.

Ich weiß so viel Gutes von deiner Tante, und deinen Onkel Fritz kenn' ich ja selbst. Ja, dort wär' Eva gut aufgehoben. Aber bald, sehr bald muß es geschehen. Jede Stunde, die sie bei ihrer Mutter bleibt, vergrößert meine Sorge.«

Er war sehr erregt, seine Stimme bebte. Bernhard war nicht minder unruhig. Die Herzen der beiden Männer begegneten sich in heißer Sorge um das geliebte Mädchen. Gerold sah hastig nach der Uhr.

»Ich kann den Nachtschnellzug noch erreichen, dann bin ich morgen früh zur Stelle und kann schon übermorgen zurück sein. Und ich glaube bestimmt, daß ich dir gute Nachricht bringen werde. Du, meine kleine Gabriele, mußt mich deshalb entschuldigen. Du bist nicht böse, daß ich gleich aufbreche?«

Sie sah ihn zärtlich an.

»Nein, so ungern ich dich auch fortlasse – du tust es ja für meine arme Eva. Bin ich doch in großer Sorge um sie. Geh, Bernhard! Grüße mir deine Verwandten herzlich und bitte sie auch in meinem Namen! Ich wünsche dir guten Erfolg.«

Wendenburg verabschiedete sich stumm mit einem festen Händedruck von Bernhard. Dieser eilte in seine Wohnung, um sich fertigzumachen, und eine Stunde später war er auf der Reise.

Fritz Herbig trat aus dem Haus, um zur Fabrik hinüberzugehen. Da blieb er plötzlich stehen und sah mit scharf spähendem Blick zur Eingangspforte des Gartens. Und dann lief er, helle Freude im Gesicht, auf den großen, schlanken Mann zu, der, Einlaß begehrend, draußen stand. Fritz öffnete selbst die Tür.

»Junge – du treibst mit Überraschungen Sport! Willst du dir den Glückwunsch zu deiner Verlobung selber holen? Alter, lieber Kerl, wie wir uns gefreut haben! Und deine Mutter? Sie ist wohl außer sich vor Freude darüber?«

»Ja, Mama war fassungslos, als ich ihr am Sonntag meine Braut brachte. Sie hat geweint vor Freude.«

»Das kann ich mir denken. Nun komm, mein Alter, du findest Tante Maria noch am Frühstückstisch. Die Gören sind gottlob in der Schule und stören uns so die Begrüßung nicht durch ihr Indianergeschrei.«

Maria empfing Bernhard in ihrer warmen, wohltuenden Herzlichkeit. Ohne Umstände bediente sie ihn sofort mit Tee und belegten Butterbroten, und Fritz setzte sich wieder zu ihnen. Auch Maria beglückwünschte Bernhard nochmals herzlich.

Fritz lachte.

»Du, Tante Maria hast du eigentlich mit deiner Verlobung einen Strich durch die Rechnung gemacht!«

»Warum?«

»Ich hatte ihr erzählt, daß ich dich im Verdacht hätte, du wärest in eine der beiden jungen Damen in Wendenburgs Haus verliebt. Natürlich mußte ich ihr beide ausführlich beschreiben. Und was kam dabei heraus? Sie behauptete eigensinnig: Die Eva ist's, ganz sicher die Eva. Als nun auf deiner Verlobungsanzeige Gabriele Wendenburgs Name prangte, war sie ungläubig erstaunt.«

Bernhards Gesicht umschattete sich.

Maria sah aufmerksam zu ihm hinüber, und auch Fritz betrachtete ihn scharf.

»Junge, du siehst schlecht aus. Das Glück scheint dich angegriffen zu haben«, sagte er forschend.

Bernhard fuhr sich über die Stirn.

»Ich sehe schon, euch kann ich nichts vortäuschen, und ich will es auch nicht. Ich komme mit vollem Herzen und einer heißen Bitte zu euch. Es ist gut, daß die Kinder nicht da sind. Ich brauche Ruhe zu meiner Beichte.«

Man sah ihn besorgt und betroffen an.

»Junge, das klingt so schwer. Aber heraus mit dem, was dich drückt! Du weißt, bei uns findest du für alles Verständnis.«

Und Bernhard beichtete, wie es gekommen war, daß Gabriele statt Eva seine Braut geworden war. Nichts verschwieg er den beiden treuen Menschen, auch nicht, daß er noch immer Eva liebe und in heißer Angst und Sorge um sie sei.

Fritz und Maria hörten ihm voll inniger Teilnahme zu. Als er fertig war mit seiner Beichte, drückte ihm Fritz die Hand. Dieser Händedruck sagte mehr als Worte. Und in Marias Augen standen Tränen.

»Siehst du, Onkel Fritz«, fuhr Bernhard fort, »und nun kam ich zu euch, um euch zu bitten: Nehmt Eva bei euch auf! Wendenburg schickt mich deshalb zu euch, aber noch mehr treibt mich mein eigenes bedrücktes Herz. Ich bin mit schuld, daß Eva die Heimat verloren hat, und ich weiß sie bei ihrer Mutter in einer unwürdigen Umgebung. Ihr Herz ist wund und zerrissen, sie bedarf der Liebe, der verständnisvollen Teilnahme. Seid ihr, was ihr mir gewesen seid; bei euch weiß ich sie gut aufgehoben! Du, Tante Maria, wirst ihr Freundin, Mutter sein können und mich dir damit tausendfältig zur

Dankbarkeit verbinden. Und gib ihr Arbeit, einen Pflichtenkreis! Ich weiß, du kannst den Haushalt und die Sorge um die Kinder ruhig in ihre Hände legen. Sie wird dein Vertrauen rechtfertigen. Nicht wahr, ihr nehmt sie auf?«

Maria umfaßte herzlich seine Schultern. »Das bedarf doch der Versicherung nicht, Bernhard. Selbst wenn es für mich nicht so ein großer Gewinn wäre – ich suche ja schon so lange nach einer Persönlichkeit, der ich meine Kinder und meinen Haushalt anvertrauen kann. Verlaß dich auf uns, Bernhard! Deine arme Eva soll von uns gehütet werden wie ein eigenes, liebes Kind.«

Bernhard küßte ihr inbrünstig die Hand. »Ich wußte, daß ich nicht vergeblich bitten würde. Ihr beiden lieben Menschen habt mir schon aus mancher Not geholfen, nun auch aus der schlimmsten, die mich je betroffen.«

Sie berieten nun die Ausführung des Planes. Maria erbot sich kurzentschlossen, Eva gleich selbst von Berlin abzuholen. Bei ihrem Charakter sei gar nicht sicher, daß sie einer brieflichen Aufforderung allein Folge leistete. Es gab da vielleicht allerlei Bedenken zu zerstreuen.

»Und kurz und gut, ich reise selbst hin und komme ohne sie nicht zurück«, sagte sie zum Schluß.

Fritz lachte über ihre kriegerische Haltung.

Die drei Menschen setzten nun fest, daß Maria am übernächsten Tag nach Berlin reisen würde, ohne daß man Eva zuvor davon Mitteilung machte. Sobald sie mit Eva die Heimreise antrat, sollte sie ein Telegramm nach Hattenfelde absenden, welches den glücklichen Ausgang ihrer Reise meldete.

Zum Schluß drückte Bernhard Onkel und Tante noch einmal die Hände.

»Ich bin euch schon so viel Dank schuldig und weiß nicht, wie ich das je wettmachen soll. Laßt euch von mir weiter lieben und verehren wie von einem dankbaren Sohn. Und wenn ich in der nächsten Zukunft nicht zu euch komme, so wißt ihr, daß es nur Evas wegen geschieht. Wir dürfen uns jetzt nicht wiedersehen, bis wir unsere Herzensruhe wiedergefunden haben«, sagte er bewegt.

So hatte Bernhard alles getan, um Eva eine gute Stätte zu bereiten. Er reiste ruhiger und befreiter wieder zurück. Es hatte ihm unendlich wohlgetan, sich einmal offen und rückhaltlos aussprechen zu können. Und Onkel Fritz' gute, verständige Worte waren auf fruchtbaren Boden gefallen.

# 11

Immer mehr fühlte sich Eva vom Wesen ihrer Mutter abgestoßen, und Charlotte nahm seit dem verunglückten Versuch, sich Evas Schönheit zunutze zu machen, nur wenig Notiz mehr von ihr.

Sie schlief bis mittags, lag dann stundenlang mit irgendeinem Roman auf dem Sofa, rauchte dabei eine Unmenge Zigaretten oder knabberte Zuckerfrüchte. Sie ließ von Frau Krusemann auserlesene Speisen herbeischaffen, und bei keiner Mahlzeit durfte der geliebte Sekt fehlen. Eva erhob keinerlei Einwendungen, obwohl es ihr unangenehm war, daß Charlotte auf Onkel Horsts Kosten so verschwenderisch lebte.

Abends ging Charlotte stets aus. Dann kam Frau Krusemann herein und umsorgte Eva in ihrer derben, aber gutmütigen Art, und diese ließ es sich lächelnd gefallen.

Eines Abends kam Charlotte gegen ihre Gewohnheit bald wieder nach Hause. Eva war noch nicht zu Bett gegangen und blickte erstaunt auf, als ihre Mutter sehr aufgeregt ins Zimmer trat.

Sie zerrte ungeduldig die Handschuhe von den Händen, warf den neuen Hut in weitem Bogen auf einen Sessel und zog so unruhig und nervös an ihrem

Kleid, daß der Besatz zerriß. Dabei sprach sie kein Wort, nur ihre Augen irrten unruhig umher. Sie sah entsetzlich schlaff und verfallen aus, trotz Puder und Schminke.

Eva betrachtete sie schweigend eine lange Zeit. Dann erhob sie sich.

»Ist dir etwas geschehen?«

Charlotte lachte gezwungen auf.

»Nein, warum denn?«

»Weil du so früh nach Hause kommst!«

Ihre Mutter verzog höhnisch den Mund.

»Vielleicht trieb mich die Sehnsucht nach dir heim.«

Das junge Mädchen blickte sie ernst und ruhig an.

»Ich weiß, daß dies nicht der Fall ist. Übrigens siehst du krank und elend aus.«

Charlotte funkelte sie zornig an mit ihren dunklen Augen. »Unsinn! Warum siehst du mich so neugierig an mit deinen großen, kalten Augen? Als wolltest du mein ganzes Inneres durchschauen. Ich habe nicht nötig, dir Rechenschaft abzulegen, ob ich früher oder später nach Hause komme.«

Eva setzte sich wieder in ihren Sessel.

»Ich frage nur, weil ich dich krank wähnte und dir helfen wollte.«

»Wie rührend«, höhnte Charlotte und fuhr fort: »Heuchle doch keine kindlichen Gefühle für mich! Bist jetzt hast du mir ja nie welche gezeigt.«

Eva zog die Stirn zusammen, ihr Gesicht wurde blaß.

»Du hast ja nie versucht, solche Gefühle in mir zu wecken. Heucheln liegt mir fern.«

»Nun also, dann tu auch nicht, als ob ich dir leid täte!«

»Wenn ein Mensch leidet, möchte man ihm helfen, gleichviel, ob er einem nahesteht oder nicht. Soll ich dir ein Glas Fruchtwasser bereiten? Oder brauchst du sonst meine Hilfe?«

»Nein, danke, ich gehe schlafen. Gute Nacht!« sagte Charlotte kurz und ging ins Schlafzimmer.

Eva folgte ihr bald. Sie lag schon mit geschlossenen Augen im Bett. Ihr Atem ging kurz und unruhig, und die Lider zuckten nervös. Eva merkte sehr wohl, daß sie nicht schlief.

Sie sah im flackernden Kerzenlicht hinüber zu ihr. Charlotte hatte die Schminke abgewaschen und sah in dem zuckenden Licht furchtbar elend aus. Der Mund war wie im Schmerz fest zusammengepreßt. Bei diesem Anblick stieg plötzlich warmes Mitleid in Eva auf. Sie sah, diese Frau litt heimlich irgendwelche Schmerzen. Sie trat ans Bett heran und strich mit ihren schönen, schlanken Händen leise über Charlottes Stirn.

»Mutter, ich sehe doch, daß du leidest. Kann ich denn gar nichts für dich tun? Ich möchte dir so gern helfen«, bat sie weich und herzlich.

In dem Gesicht ihrer Mutter zuckte es. Dann schlug sie die Augen auf und sah zu Eva empor. Der ungewohnte Ton klopfte doch wohl an ihr Herz. Plötzlich rannen zwei schwere Tränen über die eingefallenen Wangen. Eva beugte sich herab und wischte sie fort.

»Mutter, was fehlt dir?«

Da richtete sich Charlotte auf. Mit allen Anzeichen der Angst umklammerte sie Evas Arm.

»Du mußt fort – gleich morgen, hörst du, gleich morgen früh! Hier ist deines Bleibens nicht. Kehre zu Wendenburg zurück, laß dir raten! Du ahnst ja nicht, wie schwer das Leben ist. Meines ist verpfuscht – völlig verpfuscht. Es ist immer weiter abwärts mit mir gegangen, sosehr ich mich gesträubt habe. Und nun kommt das Ende.«

Eva strich ihr die wirren Haarsträhnen aus dem Gesicht. Die Angst, die aus den Augen ihrer Mutter funkelte, ließ sie erschauern.

»Beruhige dich doch, Mutter! Was fürchtest du? Du bist doch geborgen, Onkel Horst sorgt für dich. Und wenn du willst, bleib' ich bei dir; wir fangen ein neues Leben an.«

»Nein, du mußt fort. Versprich mir, morgen abzureisen!«

»Wenn es dir wieder bessergeht, ja, ich verspreche es dir. Nur sei jetzt ruhig und wehre den trüben Gedanken, die dich quälen! Sieh zu, daß du schlafen kannst, und denke daran, daß Onkel Horst gütig für dich sorgen wird!«

Charlotte bedeckte die Augen mit der Hand.

»Zu spät – zu spät!« murmelte sie.

Eva verstand sie nicht.

»Was willst du, Mutter?«

Charlotte drehte sich zur Wand.

»Nichts, nichts! Leg dich schlafen! Hör nicht auf mich – morgen sprechen wir weiter, und dann gehst du fort. Jetzt laß mich schlafen!«

Eva legte sich halb entkleidet auf ihr Sofa. Das sonderbare Wesen ihrer Mutter erschien ihr wie im Fieberwahn. Vielleicht wurde sie ernstlich krank. Dann durfte sie nicht von ihr gehen. Sie war so hilflos allein.

Besorgt lauschte sie im Dunkeln nach der Mutter hinüber. Die atmete lang und schwer. Oft entflohen tiefe Seufzer ihren Lippen.

Das junge Mädchen fand keinen Schlaf. Als der Morgen graute, merkte sie, daß ihre Mutter eingeschlafen war. Leise erhob sie sich, nahm fröstelnd ein warmes Tuch um die Schultern und setzte sich im Nebenzimmer ans Fenster. Mit übernächtigten, brennenden Augen starrte sie auf die Straße hinab. Wie schwer und trübe war das Leben für sie in der letzten Zeit geworden; ob ihr wohl je die Sonne wieder schien?

Das Leben der Großstadt begann zu erwachen; immer lauter drang es zu der Einsamen herauf.

Um acht Uhr brachte Frau Krusemann, wie jeden Morgen, den Kaffee und die Zeitung.

»Morjen, Fräuleinchen. Jut jeschlafen?« flüsterte sie, um Charlotte nicht zu wecken.

»Nein, ich bin wach geblieben. Tante ging es nicht gut.«

»Jotte doch, sie wird doch nicht krank werden! Hab' mir doch gleich gedacht, daß ihr was schiefgegangen ist, als sie gestern abend so zeitig eintrieb. Das ist doch sonsten ihre Art nicht. Na, hoffentlich verschläft sie allens! Det kann ooch die Influenza sin.«

Nachdem Frau Krusemann diese Weisheit zum besten gegeben, schwankte sie behutsam auf den Fußspitzen wieder hinaus. Es war ein unglaublich komischer Anblick, und bei aller Sorge huschte ein Lächeln um Evas Mund.

Sie trank dann schnell eine Tasse Kaffee, den Frau

Krusemann für sie immer besonders gut kochte. Er regte ihre Nerven an. Anschließend setzte sie sich mit einer Handarbeit ans Fenster.

Aus dem Schlafzimmer drang kein Ton herüber. Charlotte schlief tief und fest vor Erschöpfung.

Gegen neun Uhr mochte es sein, als draußen die Wohnungsklingel ertönte. Gleich darauf vernahm Eva die Stimme der Wirtin in aufgeregtem Gespräch mit einem männlichen Besucher. Sie achtete nicht weiter darauf. Aber dann kam Frau Krusemann mit erschrockenem Gesicht herein.

»Fräulein, Jotte doch, hab ick mir erschrocken! Da is 'n Krimineller, der die Frau Tante sprechen will«, flüsterte sie aufgeregt, und hinter ihr trat auch schon ein Herr ins Zimmer, der sich Eva als Kriminalbeamter vorstellte.

»Ich möchte Frau Charlotte Grabow sprechen«, sagte er ruhig und bestimmt.

Eva sah ihn groß und erstaunt an.

»Sie schläft noch und ist krank. Können Sie nicht später noch einmal wiederkommen, oder kann ich ihr etwas bestellen?«

Der Beamte hatte Eva scharf und prüfend angesehen. Ein flüchtiges Lächeln zuckte bei ihrer Frage um seinen Mund. Diese junge Dame schien keine Ahnung zu haben, was ein Kriminalbeamter war.

»Bedaure, meine Angelegenheit duldet keinen Aufschub. Bitte wecken Sie Frau Grabow sofort!«

»Aber mein Herr, sie ist doch krank.«

»Tut mir leid, ich kann darauf keine Rücksicht nehmen. Ich habe einen Haftbefehl und muß Frau Grabow mitnehmen.«

Eva faßte erschrocken nach der Lehne eines Stuhles.

»Sie irren sich wohl, mein Herr«, sagte sie erblassend.

»Rufen Sie Frau Grabow, sonst muß ich selbst nach ihr suchen.«

Eva sah verständnislos und hilfeflehend zu Frau Krusemann hinüber.

Die nickte mitleidig.

»Ja, Kindchen, denn müssen Sie die Frau Tante schon rufen. Die Polizei spaßt nicht mit so was.«

»Aber, um Gottes willen, warum wollen Sie meine Mutter verhaften? Was hat sie denn getan?« entfuhr es Eva in höchster Erregung.

»Ihre Mutter? Ich denke, es ist Ihre Tante?« fragte der Beamte mißtrauisch. Auch Frau Krusemann riß die Augen erstaunt auf.

Eva schien dies jetzt nicht von Wichtigkeit.

»Sie ist meine Mutter. Ich sollte sie nur nicht so nennen, weil sie als Schauspielerin nicht so alt sein darf. Aber nun sagen Sie mir doch, weshalb Sie meine Mutter verhaften wollen.«

»Es ist nicht meines Amtes, darüber Aufklärung zu geben. Bitte halten Sie mich nicht länger auf!«

Eva starrte ihn mit qualvollem Entsetzen an.

Frau Krusemann trat an Eva heran.

»Kindchen, sie soll mit Falschspielern was gehabt haben und Betrügereien und dergleichen. Wecken Sie ihr man, sonst kommen Sie ooch noch in Unannehmlichkeiten!«

Eva fuhr zurück, als hätte sie einen Schlag ins Gesicht bekommen.

»Das ist doch nicht wahr, mein Herr! Sagen

Sie, daß es nicht wahr ist!«

Der Beamte zuckte ungeduldig die Achseln und wollte auf das Schlafzimmer zugehen.

Da flog Eva bebend vor Angst an ihm vorbei und ging selber hinein. Sie trat ans Bett und rüttelte Charlotte an den Schultern.

»Mutter – Mutter – wach auf!«

Charlotte fuhr entsetzt hoch.

»Was ist – was willst du?«

»Mutter, um Gottes willen – sie sagen, du wärst eine Betrügerin. Da ist ein Polizeibeamter, der dich verhaften will!«

Charlotte sprang jäh aus dem Bett.

»Schon jetzt – schon heute!« rief sie angstvoll.

»Mutter, das ist doch nicht wahr? Nein, du hast nichts Unehrenhaftes getan, nicht wahr? Sie haben kein Recht, dich zu verhaften? Es ist ein Irrtum, eine Lüge, nicht wahr? Schnell, kleide dich an, sag dem Beamten selbst, daß er sich irrt.«

Sie half Charlotte in fliegender Hast in die Kleider. Ihre Hände zitterten vor Unruhe, denn obgleich sie es nicht glauben wollte, eine Stimme in ihr sagte, daß es stimmte. Sie wehrte sich nur dagegen, weil ihr diese Schmach zu ungeheuerlich erschien.

Charlotte zitterte an allen Gliedern. In ihren Augen lag der Ausdruck heißer Angst. Aber selbst in diesem schweren Augenblick war das Wesen der Frau unwahr. Mit einem lauten Schrei stürzte sie plötzlich auf das Fenster zu, öffnete es und schwang sich mit bühnenmäßiger Gebärde auf einen Stuhl, um von da auf das Fensterbrett zu steigen. Ehe jedoch Eva und Frau Krusemann begriffen hatten, daß Charlotte sich aus dem Fenster stürzen wollte, zog sie der Beamte wieder herab.

»Lassen Sie die Dummheiten!« rief er streng und schloß das Fenster.

Charlotte schlug die Hände wie schauernd vor Entsetzen über sich selbst vor das Gesicht und sank stöhnend und kraftlos zusammen. Sie wollte auf jeden Fall Mitleid erregen und war auch wirklich vor Angst von Sinnen. Vor dem Gefängnis schauderte ihr, zumal jetzt, wo ihr ein sorgenfreies Leben zuteil werden sollte.

»Ist es denn wirklich wahr?« rief Eva heiser vor Entsetzen.

Charlotte raffte sich auf.

»Ich war so in Not – es ging mir so schlecht. Da siehst du, wie weit man kommt, wenn man den Halt verliert. Ich wollte es dir ersparen, das mit anzusehen. Deshalb solltest du fort!« sagte sie wie gebrochen.

Eva rührte sich nicht. Wie zu Stein erstarrt sah sie zu, als der Beamte die Mutter abführte. Er mußte sie stützen, da sie haltlos taumelte.

Als sich die Tür hinter ihnen schloß, brach Eva mit einem ächzenden Laut zusammen.

Frau Krusemann machte sich im Wohnzimmer zu schaffen und sah zuweilen verstohlen zu Eva herein. Diese merkte es nicht. Sie lag wie leblos, wie zerschmettert auf den Knien und barg den Kopf in den Händen. Sie kam nicht los von dem einen furchtbaren Gedanken:

»Meine Mutter im Gefängnis!«

Endlich konnte es die alte Frau nicht mehr mit ansehen. Sie trat zu Eva heran.

»Kindchen, armes Fräuleinchen, nu kommen Sie man wieder zu sich! Da is doch nu mal nischt zu ändern. Stehen Sie man auf! Ick kann das nicht mehr mit ansehen.«

Langsam stand Eva auf und blickte ratlos um sich. Was wurde nun aus ihr? Der Boden war ihr unter den Füßen weggezogen; und so morsch er auch gewesen war, hatte er ihr doch einigen Halt verliehen. Sie sah die Wirtin verängstigt an. »Kann ich denn nun noch hier bei Ihnen bleiben, oder weisen Sie mich hinaus?«

»Aber Kindchen – die Krusemann is doch kein Unmensch! Nu nee – Sie können doch nischt vor so 'ne Mutter, das sieht 'n Blinder ohne Brille. Jotte doch, mit die Polizei kommt hier leicht einer ins Gemenge, das is nu mal so. Und ick hab' es schon immer jedacht, daß es mit ihr kein jutes Ende nimmt. Ein leichtes Huhn war sie schon. Aber davor können Sie doch nischt. Sie sind so 'n braves, anständiges Fräulein! Nu bleiben Sie man ruhig bei die Krusemann, bis sich was vor Ihnen findet! So wie die kann ick Ihnen noch allemal bemuttern!«

»Glauben Sie, daß meine Mutter bald zurückkommt?«

»Das is nu so 'ne Sache. Wen die Polizei mal beim Schlafittchen hat, den läßt sie so schnell nicht los. Na, und Ihre Mutter muß schon ordentlich was auf dem Kerbholz haben, sonst wäre sie nicht freiwillig mitjejangen. Wissen Sie, was ick mir denke? Sie hat schon jestern abend jewußt, daß man ihr was will. Das war wohl ihre Krankheit diese Nacht. Irgend'n juter Freund wird ihr das jestochen haben, und da hat sie 's mit die Angst jekriegt.«

Eva wußte, daß die Frau recht hatte.

Frau Krusemann schlich hinaus. Sie merkte wohl, daß es besser war, sie ließ Eva allein, damit sich ihr Schmerz austoben konnte.

»So 'n armer Wurm, die hat 'n Knax weg«, murmelte sie draußen vor sich hin.

Eva war nun allein. Stundenlang saß sie mit vergrabenem Gesicht am Tisch, ein Opfer der Verzweiflung.

Es war längst Mittag vorbei, da kam Frau Krusemann wieder.

»Fräuleinchen, eine Dame is draußen. Sie will Ihnen sprechen. Soll ick sie rinlassen?«

Eva richtete sich müde auf.

»Eine Dame? Hat sie ihren Namen genannt?«

»Nein, aber sie sieht sehr vornehm aus. Vielleicht is das eine, die für Sie 'ne Stelle hat. Sie sagte, sie hätte 'ne dringende Anjelegenheit und müßte Sie unbedingt selbst sprechen.«

»Lassen Sie die Dame eintreten!« sagte Eva matt und ordnete schnell ihr Äußeres vor dem Spiegel.

Gleich darauf trat Maria Herbig in das Zimmer. Sie trug ein feines, aber sehr schlichtes Reisekleid und ein englisches Hütchen. Ihr noch immer hübsches, blühendes Gesicht wandte sich erwartungsvoll auf Eva, und ihre schönen blauen Augen blickten voll Herzensgüte in das bleiche Mädchengesicht.

»Gnädige Frau, was verschafft mir die Ehre?« fragte Eva höflich.

Maria trat näher heran.

»Zuerst gestatten Sie mir, daß ich meinen Namen nenne! Ich heiße Maria Herbig.«

Eva verriet dieser Name nichts. Sie hatte zwar oft von Bernhard gehört, daß Tante Maria und Onkel Fritz ihm die liebsten Menschen nach der Mutter seien, hatte auch Onkel Fritz persönlich kennengelernt, aber sein Familienname war ihr im Augenblick nicht gegenwärtig. Sie verneigte sich und bat, Platz zu nehmen.

Die beiden Damen saßen sich nun gegenüber. Marias Herz schlug in warmer Teilnahme. Das süße, traurige Mädchenantlitz stahl sich ihr ins Herz.

»Ich bin gekommen, um Sie mit mir zu nehmen, Fräulein Grabow. Ich weiß, Sie suchen einen Pflichtenkreis und Arbeit. In meinem Haus finden Sie beides. Ich habe zwei lebhafte Kinder und einen großen Haushalt, und es fehlt mir an Zeit, mich selbst damit zu befassen. Sie könnten mir eine große Hilfe sein. Wollen Sie mit mir kommen?«

Eva, der die Fremde einen sehr ansprechenden Eindruck machte, sah sie traurig an.

»Ob ich will, gnädige Frau – ach, es wäre ein großes Glück für mich! Aber ich – ich fürchte, Sie werden mich nicht haben wollen. Ich besitze weder Zeugnisse noch Empfehlungen und...«

»Lassen Sie das doch! Sie sind mir sogar sehr warm empfohlen worden, und ich brenne darauf, Sie mit mir zu nehmen.«

Eva sah überrascht in das gütige Gesicht der Fremden.

»Darf ich wissen, wer mich Ihnen empfohlen hat?«

»Gewiß. Erstens Herr Kommerzienrat Wendenburg, und dann mein Neffe Bernhard Gerold.«

Das junge Mädchen fuhr auf und stand mit glühendem Gesicht kerzengerade neben ihrem Stuhl. Ihre Hand, welche die Lehne umfaßte, zitterte leise.

»Tante Maria – Sie sind Herrn Gerolds Tante Maria?« rief sie, mit Mühe ihre Aufregung beherrschend.

Maria lächelte.

»Ja! – Sie sehen also, daß ich gern auf weitere Empfehlungen verzichten kann.«

Eva ließ sich wieder in ihren Stuhl gleiten.

»Ja, das sehe ich«, sagte sie leise. »Aber ich sehe noch mehr. Sie wollen mir auf Onkel Horsts Bitte eine Stellung in Ihrem Haus beschaffen. Das ist sehr gütig von Ihnen. Um so undankbarer muß es scheinen, daß ich Ihr Anerbieten ablehnen muß.«

»Und warum müssen Sie?« fragte Maria ruhig und ernst.

»Eva schlug die Hände fest ineinander. »Ich brauche Arbeit, wirkliche Arbeit.«

»Die finden Sie reichlich bei mir. Im Ernst – ich brauche Sie nötiger als Sie mich.«

Eva starrte trübe vor sich hin. Dann richtete sie sich gewaltsam auf.

»Dennoch kann ich nicht mit Ihnen gehen!« sagte sie fest.

»Was hindert Sie noch daran?«

Das junge Mädchen erhob sich langsam und stellte sich hinter ihren Stuhl.

»Heute morgen hat man meine Mutter ins – ins Gefängnis gebracht, als Betrügerin und Mitglied einer Falschmünzergesellschaft«, sagte sie hart und tonlos.

Maria erschrak und blickte fassungslos in das Gesicht des Mädchens. Ein bitteres Lächeln, das in seiner jammervollen Pein ergreifend wirkte, umzuckte Evas Mund.

»Nicht wahr, für mich führt kein Weg unter Ihr ehrliches Dach.«

Es lag ein trostloser Ausdruck in der weichen Mädchenstimme. Maria erhob sich schnell, nachdem sie ihre Fassung wiedergewonnen hatte, und trat neben Eva. Ganz mütterlich legte sie den Arm um sie.

»Mein armes Kind, ich war fassungslos – gottlob, daß ich zur rechten Zeit gekommen bin! Nein, nicht abwehren, ich lasse mich nicht abweisen. Sie müssen mit mir gehen.«

Ein Zittern lief durch Evas Gestalt. »Sie sind so gut, aber bitte quälen Sie mich nicht, ich kann nicht.«

Nur fester umfaßte Maria das bebende Mädchen.

»Doch, Sie müssen kommen. Und keine Angst sollen Sie haben, Eva. Bernhard wird nicht zu uns kommen, solange Sie es nicht wollen. – Bernhard war bei uns. Er hat uns seine Herzensnot enthüllt und uns angefleht, Ihnen die Heimat zu ersetzen, die er Ihnen genommen hat. Eva, liebe Eva, wir wollen Sie so liebhaben – allein schon seinetwegen. Er ist so sehr in Angst und Sorge um Sie. Sie müssen ihm seine Ruhe wiedergeben. Erschweren Sie ihm die Entsagung nicht! Er leidet schwerer darunter als Sie. Ich weiß, Sie wollen nicht, daß er friedlos bleibt. Sie kommen mit mir, nicht wahr?«

Die warmen, gütigen Worte trieben Eva Tränen in die Augen. In haltlosem Schluchzen lag sie in

Marias Armen. Und zum erstenmal kam wieder etwas Ruhe und Friede über sie.

In den Herbstferien brachte Fritz Herbig der Schwester seine beiden Kinder. In fassungsloser Dankbarkeit drückte Bettina dem Bruder die Hand. Und dann sah sie auf den kleinen Jungen, dessen Leben sie in der finstersten Stunde ihres Daseins bedroht hatte.

Der kleine Schelm, der des Vaters freien, offenen Blick geerbt hatte, sah die neue Tante eine Weile erstaunt an. Dann reichte er ihr lachend die Hand.

»Aber du siehst mal spaßig aus, Tante Bettina. Was hast du für eine große Haube auf?«

Bettina brach weinend in die Knie, als sich das feste Knabenfäustchen in ihre Hand legte. Er sah sie betreten eine Weile an. Dann zog er schnell das Taschentuch aus ihren Händen und trocknete ihr unbeholfen die Tränen, genauso, wie es vor Wochen sein Vater getan hatte.

»Wein doch nicht! Was tut dir denn weh?« fragte er unbehaglich.

Und seine kleine Schwester drängte nun auch herbei und strich liebkosend Bettinas Wangen.

»Hast du ein ›Wehweh‹? Papa, warum weint die arme Tante?«

Fritz beugte sich herab.

»Fasse dich, Schwester, der Kinder wegen!« bat er. Und zu den Kindern gewandt, fuhr er fort: »Tante Bettina weint vor Freude. Ihr wißt, Mama weinte auch mal so arg, als Hella nach dem bösen Scharlach wieder gesund geworden war. Da freute sie sich auch so sehr, daß sie weinen mußte.«

»Ach so«, sagte der Junge verständig, und da nun Tante Bettinas Tränen ihren Reiz für ihn verloren, weil es eigentlich ›gar keine richtigen‹ waren, betrachtete er aufmerksam die Kupferstiche im Sprechzimmer. Hella aber plapperte so holdes, ungereimtes Zeug zum Trost der alten Tante, daß diese unter Tränen lächeln mußte.

Und darauf war die Kleine sehr stolz – wußte sie doch, daß sie zu Haus manchmal ›Sonnenscheinchen‹ genannt wurde von Tante Eva, die auch zuweilen traurig war und dann über die kleine Hella lachen mußte.

Die festen Kinderfüßchen trappten laut über den weißgescheuerten Fußboden, und weder das kleine Ledersofa, noch die mit Schutzdecken belegten Sessel nötigten ihnen Ehrfurcht ab.

Bettina sah mit strahlendem Gesicht dem frohen Treiben zu. Sie fühlte sich so leicht, so frei wie seit Jahren nicht und dankte dem Bruder mit bewegtem Herzen.

»Wirst du zu Bernhards Hochzeit nach Hattenfelde kommen, Bettina?« fragte Fritz, als die Kinder eine Weile Ruhe hielten.

»Ja, ich werde der Trauung beiwohnen, dann aber hierher zurückkehren.«

»Dann sehen wir uns ja bald wieder. Auch Maria wird dich dann endlich einmal wiedersehen.«

»Ja, auch Maria. Ach, Fritz, davor fürchte ich mich etwas. Ich fühle mich so schuldig ihr gegenüber.«

»Daran mußt du nicht mehr denken! Maria wird dich mit Freuden begrüßen.«

»Nehmt ihr die Kinder mit zur Hochzeit nach Hattenfelde?«

»Nein, sie bleiben bei Eva zu Hause. Ich schrieb dir doch, daß die junge Dame unsere liebe Hausgenossin geworden ist. Du weißt auch, daß Wendenburg um sie angehalten hat und sie ihm nicht angehören konnte. So bleibt sie der Hochzeit fern, um mit Wendenburg nicht zusammenzutreffen. Und unsere Kinder sind bei ihr so gut aufgehoben, daß wir besser ohne sie reisen. Da die Hochzeit nur im engsten Kreis gefeiert wird, ist es besser so.«

»Und Wendenburg will wirklich noch am selben Tag seine große Reise antreten?«

»Ja, so schrieb uns Bernhard.«

»Mir ist das alles noch wie ein Traum. Wenn ich bedenke, wie mühelos mein Sohn emporgestiegen ist, erkenne ich zitternd, wie kleinmütig ich gewesen bin. Ich glaubte ihn arm und gedemütigt seinen Lebensweg wandeln zu sehen, als du Maria zu deiner Frau machtest. Und nun ist er, ganz ohne meine Hilfe, vorwärtsgestürmt – und das Glück mit ihm.«

»Ja, der Erfolg war ihm treu vom ersten Tag an. Durch seine Verbindung mit Gabriele Wendenburg glauben wir ihn auf der Höhe des Lebens angelangt. Mag ihm das Schicksal auf dieser Höhe den freien, klaren Blick erhalten!«

»Das gebe Gott! Bitter empfinde ich nur, daß ich so gar nichts habe für ihn tun können.«

»Du gabst ihm deine Liebe. Glaubst du, sie ist ohne Einfluß auf seine Entwicklung geblieben? Jetzt hat ihn das Geschick an einen Platz gestellt, wo seine

Tüchtigkeit, seine Kraft tausendfältig Frucht tragen kann. Er wird das Leben meistern mit fester Hand.«

Den Kindern wurden diese ernsten Gespräche langweilig; sie zogen die Aufmerksamkeit wieder auf sich. Fritz sah zu, wie Bettina ihnen die Wandbilder erklärte, und hing seinen eigenen Gedanken nach.

Seiner Schwester schien Bernhards Glück gesichert; er selbst aber wußte, daß diesem Glück immer die höchste Vollendung fehlen würde. Erst seit er Eva besser kennengelernt, wußte er, was Bernhard an ihr verloren hatte. Nie konnte ihm die zarte, kleine Gabriele eine so vollwertige Lebensgefährtin sein, wie es Eva geworden wäre.

## 12

Monate waren vergangen. Eva hatte eine wirkliche Heimat im Hause Fritz Herbigs gefunden. Sie fühlte sich hier so glücklich, wie sie es ihrer Veranlagung nach sein konnte nach den schweren Schicksalsschlägen, die sie betroffen hatten. Maria hatte mit mütterlicher Liebe und Güte die wunden Stellen in Evas Herzen zu heilen versucht. Fritz in seiner heiteren Frische half ihr über manches Schwere hinweg, und die Kinder hingen mit Liebe an ihr. Klein Hella war stolz auf ihr Amt als ›Sonnenscheinchen‹ und litt nicht, daß ihre ›süßte Tante Evi‹ traurig war. Und Walter spielte sich als ihr Ritter auf, was ihn allerdings nicht abhielt, sich manchmal ungebärdig und wild wie ein echter Junge gegen sie aufzulehnen. Aber sie hielt bei aller Milde die Zügel fest in den Händen, und in der Regel kehrte er von selbst reumütig unter ihre liebevolle Herrschaft zurück.

Eine große, bleibende Sorge war ihr die Mutter. Nachdem diese eine dreimonatige Gefängnisstrafe verbüßt hatte, war sie in ihre Wohnung zurückgekehrt. Frau Krusemann hatte sie, weil sie es Eva versprochen hatte, wieder bei sich aufgenommen. Anfänglich lebte Charlotte still und zurückgezogen, aber dann fing sie doch nach und nach das frühere Leben wieder an. Wendenburg hatte ihr eine feste Rente von dreihundert Mark monatlich bis an ihr Lebensende ausgesetzt, die sie in halbmonatlichen Raten abheben konnte. So bekam sie nie mehr als hundertfünfzig Mark auf einmal in die Hände. Dadurch wollte Wendenburg sie zur Ordnung in ihren Verhältnissen zwingen.

Die erste Zeit nach ihrer Freilassung war sie auch zufrieden, zumal Eva gegen siebenhundert Mark für sie bei der Wirtin hinterlegt hatte. Damit stattete sie sich neu aus an Wäsche und Kleidern, und es blieb noch immer etwas übrig. Je länger sie aber in Freiheit war, desto anspruchsvoller wurde sie wieder. Sie schrieb Eva vorwurfsvolle Briefe. Ihre Rente nannte sie ›einen Bettelbetrag, zum Verhungern zu viel, zum Sattwerden zu wenig‹. Wendenburg habe sich schäbig benommen; bei seinem Reichtum wäre das Doppelte auch nicht zuviel gewesen. Sie wisse nicht, wie sie auskommen solle, könne sich nicht das kleinste Vergnügen leisten. Und Eva sei schuld daran. Wäre sie Wendenburgs Frau geworden, hätte er standesgemäß für sie sorgen müssen.

So ging es in allen Tonarten. Eva fürchtete diese Briefe; sie trafen sie wie ein körperlicher Schmerz.

Auch sonst bedrückte Evas Gemüt manche Sorge. Onkel Horst war seit dem Hochzeitstag Gabrieles auf Reisen. Ruhelos trieb es ihn in der Welt herum, und daß er nicht heimkehrte, zeigte Eva, daß er den Frieden seiner Seele noch nicht wiedergefunden hatte. Den Winter hatte er in Kairo verbracht, hatte Reisen in das Innere des Landes unternommen. Dann war er nach den Sunda-Inseln gefahren, und jetzt im Frühjahr hielt er sich in Italien auf. Nie blieb er lange an einem Ort. Eva erhielt nur kurze Postkartengrüße von ihm, herzlich gehalten und scheinbar wohlgemut. Aber die Sorge um ihn verließ sie nie ganz.

Äußerlich zwar schien sie ruhig, fast heiter. Sie schaltete unermüdlich in Haus und Kinderstube und schaffte der innig geliebten Tante Maria die ruhigen Stunden, die sie für ihre Arbeit brauchte. Noch immer lieferten Fritz und Maria vereint die schönsten Entwürfe und Zeichnungen, und die Stoffe aus der Firma Herbig erhielten Weltruf.

Die beiden Menschen taten alles, um Eva aufzuheitern, und das junge Mädchen fühlte innigen Trost in der Liebe, die sie hier umgab.

Dann kamen plötzlich schlimme Nachrichten aus Hattenfelde. Gabriele hatte sich erkältet. An einem heißen Sommertag war sie mit Bernhard durch den Wald bis zu den Werken gegangen. Auf dem Rückweg wurde sie von einem furchtbaren Unwetter überrascht. Völlig durchnäßt, war sie in atemlosem Lauf bis zu dem kleinen Gartenhaus gekommen und hatte hier das Unwetter abgewartet. In Sturm und Wind, mit den feuchten Kleidern auf dem Leibe, hatte sie sich eine bösartige Erkältung zugezogen. Sie war an einer heftigen Lungenentzündung erkrankt. Hohes Fieber hatte sich eingestellt, und bei ihrer zarten Gesundheit waren die Ärzte nicht ohne Bedenken.

Bernhard hatte sofort seine Mutter herbeigerufen. Bettina bekam Urlaub und traf noch am selben Tag ein.

Mit voller Hingabe ihrer Persönlichkeit pflegte

sie ihre Schwiegertochter. Sie rang mit nimmermüden Händen schließlich auch dem Tod sein Opfer ab. Gabriele überstand die Krise, und das Fieber fiel.

Alle, die um das zarte Leben gebangt und gezittert hatten, atmeten auf. Eva weinte Freudentränen, als die erste hoffnungsfrohe Nachricht eintraf. Hatte sie doch jetzt so recht deutlich empfunden, wie fest sie innerlich mit Gabriele verwachsen war.

Man hatte Horst Wendenburg Nachricht von der Erkrankung seiner Tochter gesandt. Da er aber seinen Aufenthaltsort gewechselt hatte und erst später darüber Nachricht gab, erhielt er die Kunde von Gabrieles Erkrankung zugleich mit der Mitteilung, daß sie die Krise überstanden und auf dem Weg der Besserung sei. So schob er seine Heimreise wieder hinaus.

Gabriele kam, trotz Bettinas opferfreudiger Pflege, gar nicht recht zu Kräften. Sie lag matt und teilnahmslos da, und nur solange Bernhard bei ihr war, leuchteten die Augen in inniger Zärtlichkeit auf. Ging er hinaus, dann erlosch das Leben in ihren Blicken. Bettina entging es nicht, daß die Ärzte mit dem Zustand der jungen Frau nicht zufrieden waren; sie sah auch selbst, daß Gabriele gar nicht den Eindruck einer Genesenden machte. Und endlich teilten ihr und Bernhard die beiden Ärzte mit, daß Gabrieles Lunge angegriffen sei. Die junge Frau müsse unbedingt sobald wie möglich in den Süden, wenn sich die Hoffnung auf völlige Heilung verwirklichen solle. Daß eine solche überhaupt fraglich sei, sagten sie zwar nicht, aber Bernhard fühlte es durch ihre Worte klingen.

Das Herz tat ihm weh, wenn er nun an Gabrieles

Bett saß und ihre kinderkleinen, schmalen Händchen in den seinen hielt. Sie war ihm so lieb geworden, die zärtliche Frau. Ihre hingebungsvolle Liebe hatte ihn gerührt; er brauchte sich nicht zu verstellen, wenn er liebevoll und zart zu ihr war. Wohl konnte er Evas Verlust nicht verschmerzen, aber seine junge Frau merkte nichts davon, daß sie nicht die Erste im Herzen ihres Mannes war. Ihr genügte die verhaltene Zärtlichkeit, die er ihr geben konnte.

Nun saß er Tag um Tag an ihrem Bett, sobald er die nötigen Geschäfte in den Werken erledigt hatte. Zum Glück war Direktor Schmalfeldt wieder tätig, und wenn dieser auch nicht so viel leisten konnte wie vor seiner Krankheit, wurde Bernhard doch etwas entlastet.

Gabrieles Aufenthalt im Süden sollte sich bis zum Mai des nächsten Jahres ausdehnen. So lange konnte Bernhard nicht abkommen, da Wendenburg nicht zu Hause war. Bettina hatte sich jedoch bereit erklärt, mit Gabriele zu reisen. Sie erhielt auch unbeschränkten Urlaub. Als Bernhard seiner Frau eröffnete, daß sie zur Herstellung ihrer Gesundheit schon in den nächsten Tagen mit Bettina nach dem Süden reisen sollte, wurde sie furchtbar unruhig. Sie wollte sich um keinen Preis von ihrem Mann trennen und verlangte, man solle ihren Vater heimrufen, damit Bernhard sie begleiten könne. Sie hörte auf keinen anderen Vorschlag. Auch die Aussicht, daß ihr Vater statt Bernhard zu ihr kommen solle, fand nicht ihren Beifall. »Wenn du nicht mit mir gehst, sterbe ich vor Sehnsucht nach dir«, rief sie weinend.

Man mußte ihr den Willen tun. Bernhard versprach, ihren Vater heimzurufen und ihr zu folgen, sobald er die Geschäfte in dessen Hände gelegt haben würde. Auf ihrer Abreise bestand er jedoch ebenso wie die Ärzte, die jede Verzögerung für eine Gefahr hielten.

Es war zufällig Gabrieles Verlobungstag, als sie ihre Reise antrat. Bernhard begleitete die Damen bis München, brachte sie gut unter in einem Abteil erster Klasse und fuhr dann mit schwerem Herzen zurück. Gabrieles blasses, weinendes Gesicht stand immer vor ihm. Zum ersten Male vergaß er Eva darüber.

Wendenburg hatte sich, als er hörte, daß Gabriele auf dem Weg der Besserung sei, mit einem befreundeten Herrn, den er zufällig getroffen hatte, nach Griechenland begeben. So erhielt er die erneute schlimme Nachricht erst dort. Und bald darauf traf Bernhards Brief ein mit der Bitte, daß Horst möglichst bald heimkommen möge, da er fürchte, die Sehnsucht ließe Gabriele nicht zur Ruhe kommen, und er müsse ihr folgen. Wendenburg empfing diesen Brief gerade, als er im Begriff war, vor seinem Gasthof in ein Auto zu steigen. Er hatte mit dem befreundeten Herrn eine Ausfahrt geplant. Erst wollte er die Beteiligung an der Fahrt aufgeben, um sofort abzureisen, aber schließlich gab er den Bitten des Herrn nach.

Auf einige Stunden wird es ja nicht ankommen, dachte er.

Aber gleich am nächsten Morgen reiste er ab, den kürzesten Weg einschlagend. Die Sorge um sein Kind ließ ihn alles andere vergessen.

Als er in Hattenfelde eintraf, empfing ihn Bernhard schon voll Unruhe.

Wendenburg trieb nun selbst zur Eile, und nachdem die beiden Männer geschäftlich das Nötigste besprochen hatten, reiste Bernhard ab.

Inzwischen war von seiner Mutter einige Male Nachricht gekommen. Gabriele habe die Reise sehr schlecht überstanden; ihr Zustand sei eher schlimmer als besser geworden. Der dortige Arzt habe mit Bestimmtheit eine bedenkliche Erkrankung der Lunge festgestellt. So furchbar es ihr sei, dem Sohn diese Nachricht zu senden, einmal müsse er sie doch erfahren. Die milde Luft des Südens habe ja schon manchen geheilt; er brauche die Hoffnung nicht zu verlieren, daß Gabriele wieder gesund werde. Nur möge er nicht länger als unbedingt sein Kommen verzögern. Ehe er nicht bei Gabriele sei, komme sie nicht zur Ruhe.

In einer mit dichtem Grün überwucherten Hauslaube lag Gabriele Gerold lang ausgestreckt auf einem Ruhebett, als Bernhard eintraf. Die Freude hatte ihr rote Wangen und glänzende Augen gezaubert; ihr Aussehen täuschte Bernhard eine Besserung vor. Erst als die Aufregung sich gelegt hatte, sah er voll Bestürzung, wie elend und abgemagert sie war. Das Herz tat ihm furchtbar weh, wenn sie mit matter Stimme ihm immer wieder zärtliche Worte zuflüsterte.

Gleich am nächsten Tag hatte er mit dem Arzt eine Unterredung. Er bat ihn, so ruhig und bestimmt er konnte, um die ungeschminkte Wahrheit über Gabrieles Krankheit. Jener verhehlte ihm nicht, daß der Zustand seiner Frau kaum Hoffnung auf völlige

Genesung zulasse. Das Leiden schreite schnell voran. Scheinbar sei von der Mutter erbliche Anlage vorhanden gewesen, und der mehr als zarte Körper der jungen Frau sei nicht dazu angetan, ein solches Leiden zu bekämpfen.

Es vergingen nun Wochen, die ihm zu qualvollen Ewigkeiten wurden. Während er äußerlich heiter und ruhig scheinen mußte, war sein Herz voll Kummer und Schmerz. Auch fehlte dem Schaffensfreudigen die liebgewordene Tätigkeit. Zwar bekam er täglich ausführliche Berichte von den Werken und konnte manches mit seinem Schwiegervater besprechen, aber die meiste Zeit mußte er tatenlos an Gabrieles Krankenbett verbringen.

Meist lag sie ganz zufrieden und glücklich da, ließ sich von Bettina verwöhnen und von Bernhard zärtlich die Hände streicheln.

Eines Tages sagte sie lächelnd:

»Die alten, garstigen Geschäfte! Sie nehmen dich daheim viel zuviel in Anspruch. Beinahe ist es für mich schöner, krank zu sein; jetzt habe ich dich doch immer bei mir.«

Er strich ihr sanft über das Haar.

»Liebes, kleines Frauchen – meine Arbeit ist mein Bestes!«

»Oh, mein Bestes ist meine Liebe zu dir!«

»Ein Mann kann nie so ganz wie eine Frau von seiner Liebe ausgefüllt werden.«

»Nein, das weiß ich und füge mich drein, Liebster. Ach, sieh nur, wie schön, wie die Sonnenlichter zwischen das dunkle Laub hineinspielen! Wie im Hattenfelder Park. Weißt du, manchmal sehne ich mich zutiefst nach Hause. Auch Papa möchte ich wiedersehen und Eva. Wie lange hab' ich meine liebe Eva nicht gesehen! Gestern nacht habe ich von ihr geträumt. Als ich aufwachte, wußte ich erst gar nicht, warum ich so traurig war, aber nun weiß ich's – ich hab' einfach Sehnsucht nach Eva. Bitte schreib ihr doch heute gleich, sie soll mir einen recht langen, ausführlichen Brief schicken.«

Bernhard schrieb an Tante Maria und bat sie, Eva zu veranlassen, Gabrieles Wunsch zu erfüllen. Seine Frau sei schwer leidend und sehne sich nach ausführlichen Berichten von Eva. Er war auf Bernhards Bitte heiter und unbefangen abgefaßt und berührte nichts Trübes und Schweres. Gabriele freute sich innig über den Brief, und Eva schrieb nun oft und viel.

Der Winter neigte sich dem Ende zu. Mit Gabriele ging es schlechter und schlechter, und je schwächer sie wurde, desto größer wurde ihre Sehnsucht nach Hause; sie wurde schließlich so stark, daß sie nicht aufhörte zu bitten, man möge sie heimreisen lassen.

Bernhard nahm endlich Rücksprache mit Doktor Ricardi, ob es möglich sei, seine Frau nach Hause zu bringen, ohne ihr zu schaden.

Der Arzt hatte am selben Vormittag Gabriele wieder einmal gründlich untersucht. Während er der jungen Frau lächelnd versicherte, es sei nun bald alles wieder gut, hatte Bernhard gemerkt, daß auf des Arztes Stirn zwei scharfe Falten erschienen. Als er ihm nun am Nachmittag diese Frage vorlegte, ging Ricardi eine Weile nachdenklich auf und ab. Dann blieb er vor Bernhard stehen.

»Reisen Sie – und schlagen Sie Ihrer Frau keine Bitte mehr ab!«

Bernhard erbleichte und trat erschrocken zurück.

»Steht es so schlimm?«

»Es kann nicht schlimmer stehen. Sie müssen sich auf alles gefaßt machen.«

Bernhard legte die Hand vor die Augen. Sie waren feucht und rot umrandet, als er nach einer Weile die Hand wieder sinken ließ. In diesem Augenblick merkte er, wie lieb er trotz allem die zarte, sanfte Frau gewonnen hatte.

Und Bernhard schrieb wieder an Tante Maria. Er teilte ihr mit, daß er Gabriele heimbringen wolle. Sie sei eine Sterbende, der man keinen Wunsch versagen dürfe. Und er bat, Eva mitzuteilen, daß sich Gabriele nach ihr sehne und sie in Hattenfelde zu sehen wünsche. Er legte die Entscheidung in Evas Hände; wenn sie einer Sterbenden den letzten Wunsch zu erfüllen vermöchte, wolle er es ihr danken.

»Mit meinem Willen sollen nur noch lichte und schöne Stunden an meine Frau herantreten. Könntet Ihr sie sehen, das Herz würde Euch weh tun, so hold und lieblich und doch so grausam verändert sieht sie aus. Wenn ich Mama nicht hier hätte, ich ertrüge es nicht«, schrieb er zum Schluß.

Nun war Gabriele wieder daheim.

Die weite Reise war unter Mühsalen ohnegleichen

zurückgelegt worden; die Kranke hatte ihre letzten Kräfte verbraucht. Aber sie lag glücklich lächelnd am Fenster des Zimmers und schaute durch die Scheiben in den Garten hinaus. Winzige grüne Rasenspitzen lugten aus der Erde, und auf den großen Beeten blühten Krokus und Tulpen.

Gabriele dünkten diese kargen Lebenszeichen des werdenden Frühlings tausendmal herrlicher als alle Schönheiten des Südens. Bernhard saß neben ihr und las ihr einen Brief von Eva vor. Sie meldete ihre Ankunft für den nächsten Tag.

»Wie ich mich freue, Liebster. Meine liebe Eva – wie wird sie zärtlich schelten, daß ich noch nicht wieder ganz gesund bin«, sagte sie leise, und ein Lächeln umspielte ihren Mund.

»Die Reise hat dich angegriffen, Gabriele. Das war vorauszusehen.«

»Ja, gewiß, aber ich bin doch so froh, so sehr froh, daß ich daheim bin.«

Am nächsten Tag kam Eva. Bernhard hatte ihr den Wagen zur Bahn geschickt, war aber selbst bei seiner Frau geblieben, da er sich und Eva ein Alleinsein ersparen wollte.

Wenngleich Gabriele seinem Herzen sehr teuer geworden war und er ihre Genesung unbedenklich mit seinem Lebensglück erkauft hätte – ruhig konnte er Eva nicht entgegensehen. Zu sehr hatte er sie geliebt, liebte sie noch, und das Herz ließ sich nicht gebieten.

Gabriele fieberte vor Erwartung, und endlich meldete Bettina, die wartend am Fenster stand, die Ankunft des Wagens. Kurze Zeit darauf öffnete sich die Tür, Eva stand im Rahmen derselben.

Als sie Gabriele so verfallen vor sich sah, mußte sie ihre ganze Selbstbeherrschung aufbieten, ihre Erschütterung zu verbergen.

»Meine Gabriele, mein Liebes, Kleines«, rief sie, ergriffen bis ins Innerste. Und dann umschlang sie die zarte junge Frau und legte ihre Wange an deren blasses Gesicht.

»Bist du endlich da, Eva – ich hab' so lange auf dich warten müssen.« – Alle Liebe, alle schönen Stunden der gemeinsam verlebten Jugend erwachten in den beiden Herzen.

Bernhard und Bettina gingen leise ins Nebenzimmer.

Lange hielt Eva die junge Frau umfangen, bis sie sich leidlich gefaßt hatte. Dann schüttelte sie selbst den Kopf.

»Ich wollte doch ganz ruhig sein und dich nicht aufregen. Aber hier stürmen so viele Erinnerungen auf mich ein – ich verlor alle Fassung. Nun wollen wir vernünftig sein. Wie geht es dir, mein liebes Kleines?« Gabriele lächelte.

»Gut geht es, Eva, sehr gut. Nun werde ich bald wieder ganz gesund. Wenn Papa zurückkommt aus England, muß ich schon viel kräftiger sein.«

Eva erblaßte trotz aller Selbstbeherrschung. Gabriele sah es und faßte kosend nach Evas Hand.

»Du kannst noch immer nicht ruhig an Papa denken, Eva. Verzeih, daß ich von ihm sprach! Ich kann dir ja so gut nachfühlen, wie schmerzlich es dir sein muß, an ihn erinnert zu werden. Daß du ihm hast weh tun müssen, quält dich noch immer; aber sei getrost, er wird es überwinden! Und hab' ich ihn nur erst wieder hier, dann will ich so lieb zu ihm sein, daß er ganz ruhig und glücklich wird. Du zürnst ihm nicht mehr, nicht wahr?«

So plauderte Gabriele mit ihrem dünnen Stimmchen weiter. »Wenn ich erst gesund bin«, so begann sie fast alle ihre Sätze. Eva zwang sich zur Heiterkeit, aber das Herz wollte ihr fast zerspringen.

Am andern Morgen reiste sie wieder ab. Sie ertrug es nicht länger, mit Gabriele scheinbar fröhlich Zukunftspläne zu schmieden, und gab vor, daß sie der Kinder wegen nicht länger fortbleiben könne. Auch fürchtete sie, Onkel Horst könne schneller zurückkommen. Und sie wollte ihm jetzt noch ein Wiedersehen ersparen. Es konnte von neuem die alten Wunden aufreißen.

Bernhard begleitete sie zum Wagen.

»Leben Sie wohl, Eva«, sagte er bewegt und reichte ihr die Hand.

Sie legte die ihre hinein.

»Gott mit Ihnen und mit Gabriele. Er gebe Ihnen Kraft, das Schwere zu ertragen«, sagte sie leise.

»Ich danke Ihnen! Grüßen Sie Onkel und Tante und die beiden Kinder!«

»Das will ich tun. Und haben Sie Dank, daß Sie mir diese Heimat verschafften! Ich konnte Ihnen das bisher nicht sagen.«

Er küßte ihre Hand.

»Haben Sie den Frieden dort gefunden, Eva?« fragte er leise.

Sie sah ihn ernst und fest an, und in ihren Augen lag ein feuchter Schein.

»Ja!«, sagte sie voll und klar, »ich habe ihn gefunden, dank Onkel Fritz und Tante Maria. Mein Leben ist dort wieder lebenswert geworden, und solange mir diese Friedensstätte bleibt, will ich mich glücklich preisen. Ich erwarte nichts Besseres mehr vom Leben. Aber nun ade – noch einen letzten Gruß an Gabriele!«

»Sie haben sie sehr verändert gefunden, nicht wahr?«

»Fragen Sie mich nicht – ich bin am Ende meiner Fassung!«

Und weinend fuhr sie davon; sie konnte sich nicht länger beherrschen.

Er ging langsam ins Haus zurück.

Wenige Tage später kam Horst Wendenburg aus England zurück. Bernhard hatte ihn brieflich gebeten, sich möglichst zu beeilen, und ihm alles über Gabrieles Zustand berichtet.

Trotz aller Selbstbeherrschung erblaßte Wendenburg jäh beim Anblick seiner Tochter und konnte nur mühsam eine ruhige Miene zeigen.

Die Kranke war sehr erregt durch das Wiedersehen mit dem Vater. Ihre Augen glänzten fieberhaft, und auf den Wangen brannte trügerische Röte.

»Wie schön, daß ich dich wieder habe, Papa! Nun sollst du sehen, wie schnell ich mich vollends erhole. Nun gehst du aber nie mehr von mir! Wenn ich mich immer nach jemand sehnen muß, kann ich ja nicht gesund werden«, sagte sie leise.

Dann kam ein feuchter, trüber Frühlingsabend. Die Kranke lag mit geschlossenen Augen auf ihrem Bett, das sie nicht mehr verlassen konnte.

Bernhard und seine Mutter saßen zu beiden Seiten

und sahen voll schweigender Sorge auf das verlöschende Leben. Horst Wendenburg stand am Fenster und starrte zum Himmel empor.

Plötzlich schlug Gabriele die Augen auf.

»Papa – wo ist Papa – er soll kommen, schnell – ich – ach Bernhard – Bernhard – hilf – Papa hilf doch –«

Sie umklammerte seinen Arm und bäumte sich auf. Ein dumpfer, gurgelnder Laut – dann sank sie zurück. Ein befreites Lächeln huschte über ihr Gesicht.

»Nun ist mir wohl – nun will ich schlafen«, sagte sie matt und sah die drei Menschen lächelnd an. Sie legte sich zurecht und schloß die Augen.

Nach einer Weile sah Gabriele zärtlich in Bernhards bleiches Gesicht.

»Mußt nicht erschrecken, Liebster! Jetzt ist die böse Krankheit fortgegangen. Nun schlaf' ich mich gesund, nicht wahr, Papa?« Er küßte ihre Stirn.

»Ja, mein Liebling! Nun schlafe süß!«

Sie schloß die Augen.

»Gute Nacht, Liebster! Gute Nacht, lieber Papa!« Sie lächelte ihnen noch einmal schattenhaft zu und wollte ihnen die Hand reichen. Sie fiel schwer und kraftlos zurück. Ihren Lippen entfloh der letzte Seufzer. Sie hatte ausgelitten.

## 13

Fast zwei Jahre waren seit Gabrieles Tod vergangen. Horst Wendenburg und sein Schwiegersohn hatten in angestrengter Arbeit Vergessen gesucht. Sie wohnten zusammen und hatten sich innig einander angeschlossen in der trüben Zeit. Fast ganz zurückgezogen hatten sie gelebt. Nun aber streckte das Leben verlangend wieder die Arme aus. Hauptsächlich in Bernhards Seele wuchs stetig die Sehnsucht nach Eva, die er doch nie vergessen hatte. Vielleicht hätte er sich ihr schon eher wieder genähert, aber die Rücksicht auf Wendenburg hielt ihn davon ab.

Eines Tages begann Horst selbst von Eva.

»Es ist so still und einsam hier für uns zwei Männer, Bernhard. Wenn wir Eva jetzt hier hätten, es würde uns wohltun.«

Bernhard sah forschend in sein Gesicht.

»Wünschtest du wirklich, daß Eva zurückkäme? Würde es dich nicht quälen, sie in deiner Nähe zu haben?«

Wendenburg lächelte wehmütig.

»Du glaubst mich noch nicht genesen von jenem Wahn, der mich einst befallen? Das ist vorbei und liegt hinter mir. Eva weiß das auch; ich habe ihr offen alles mitgeteilt. Sie selbst will jedoch nicht zurückkehren.«

»Vielleicht weil sie weiß, wie unentbehrlich sie sich Tante Maria gemacht hat«, sagte Bernhard.

Wendenburg sah ihn sonderbar an.

»Vielleicht – vielleicht aber auch aus einem anderen Grund«, fuhr Bernhard langsam fort.

»Kennst du vielleicht gar diesen andern Grund, Bernhard?« fragte Horst dringend.

Und da rang sich aus Bernhards Herzen das Geständnis seiner Liebe zu Eva. Er erzählte Horst alles und verschwieg ihm nichts. Wendenburg stützte den Kopf in die Hand und hörte zu, ohne ein Wort einzuwerfen. Als Bernhard zu Ende war mit seiner Beichte, seufzte er tief auf.

»Also auch dir habe ich Leid zugefügt mit meiner unseligen Leidenschaft! War ich denn blind?«

Bernhard faßte seine Hand.

»Mach dir darüber keine Vorwürfe, Papa! Was kann ein Mensch für seine Empfindungen? Wir alle waren vom Schicksal in menschliche Irrtümer verstrickt worden.«

Wendenburg nickte. Dann sagte er nachdenklich: »Ein Gutes ist doch dabei: Meine arme Gabriele hat wenigstens ein Scheinglück genossen auf kurze Zeit. Und daß du es ihr trotz allem verschafft hast, danke ich dir von Herzen.«

»Dafür danke zuerst Eva! Sie war es, die das größte Opfer brachte für Gabriele. Nur weil sie es wollte, ging ich diesen Weg!«

»Gleichviel, so danke ich euch beiden. Und – nun zögere nicht länger, dir dein Glück zu sichern! Geh und hole Eva heim, und gönnt mir ein warmes Plätzchen bei euch! Ich bin alt und müde geworden und sehne mich nach friedlicher Ruhe.«

Bernhard hielt es nun nicht länger. Schon in den nächsten Tagen reiste er ab und erschien unangemeldet bei Herbigs.

Eva war mit den Kindern ausgegangen. Das war Bernhard gerade recht. Er teilte Onkel und Tante mit, daß er gekommen sei, um sich von Eva das Jawort zu holen. Er bat sie, ihn nach Evas Rückkehr mit ihr allein zu lassen. Sie versprachen ihm das.

Er war so hoffnungsfroh und seines Glückes sicher, daß er von seiner Verlobung wie von einer feststehenden Tatsache sprach.

Maria schickte ihn in ein abgelegenes Zimmer, als sie Eva mit den Kindern kommen sah.

»Ich schicke sie dir, Bernhard. Sie soll gar nicht wissen, wen sie hier findet. Und die Kinder brauchen dich vorher auch nicht zu sehen; sie lassen euch sonst keine Ruhe. Und viel Glück!«

Bernhard wartete nun, unruhig auf und ab gehend. So nahe am Ziel, schien sich der Augenblick zur Ewigkeit auszudehnen.

Aber endlich trat sie ein. Sie sah Bernhard erst, als sie die Tür hinter sich zuzog. Sie erschrak und sah ihn fassungslos an.

»Sie hier?« rief sie leise mit gepreßter Stimme.

Er faßte ihre beiden Hände.

»Ja, Eva – ich. Und weshalb ich komme, weißt du!«

Sie stand wie erstarrt, nur die Augen blickten voll brennender Qual in sein Gesicht.

»Ja, ich weiß es und habe diese Stunde seit langem gefürchtet«, sagte sie tonlos.

Er blickte sie voll dringlicher Zärtlichkeit an. »Gefürchtet, Eva? Weshalb gefürchtet? Liebst du mich nicht mehr? Ich glaube es nicht, wenn du mir das sagst!«

Sie schüttelte den Kopf.

»Nein – das wäre Lüge. Du weißt, ich habe dich immer geliebt. Und ich werde dich lieben, bis ich den letzten Atemzug getan. Aber angehören kann ich dir nicht.«

Er zog ihre Hände an sein Herz.

»Das ist nicht dein Ernst, meine Eva. Ist es denn noch immer nicht genug der Entsagung? Wir haben beide mehr getan als unsere Pflicht. Nun laß uns glücklich sein! Gabrieles Schatten wird nicht zwischen uns stehen; sie würde selbst unsere Hände zusammenfügen, könnte sie es tun. Und Onkel Horst weiß alles. Er schickt mich selbst zu dir.«

Sie zog ihre Hände zurück.

»Nicht Schatten sind's, die ich fürchte; sie trennen mich nicht von dir. Auch der Gedanke an Onkel Horst nicht.«

»Was aber dann?«

Sie sah schmerzlich bewegt zu ihm auf.

»Du mußt es doch wissen. Umsonst hast du dich doch nicht so lange besinnen müssen, zu mir zu kommen und mir deine Hand zu bieten. Hättest du es mir doch erspart!«

Bernhard hatte sie verständnislos angesehen.

»Was sprichst du da? Ich verstehe dich nicht.«

Sie hob abwehrend die Hand.

»Bleib doch ehrlich! Denkst du, ich weiß es nicht,

daß der Gedanke an die Schande meiner Mutter dich abhielt, früher zu mir zu kommen? Es hat dich Überwindung gekostet – ich verstehe es –, obwohl du mich liebst.«

»Das hast du von mir geglaubt?« sagte er vorwurfsvoll. »Eva – was geht mich deine Mutter an? Was hat sie mit unserem Glück zu tun?«

Sie ließ sich müde in einen Sessel gleiten.

»Sehr viel«, erwiderte sie leise. »Hast du vergessen, daß sie im Gefängnis war?«

Er faßte ihre Hände.

»Und du hast geglaubt, das könnte mich beeinflussen? Mein goldiges Mädchen – auch ich liebe dich. Seit jenem Tag, da ich dich kennenlernte. Schon immer träumte ich sehnsüchtig von deinen goldschimmernden Augen, schaffte und arbeitete nur für dich. Und da ich dich an mein sehnsüchtig verlangendes Herz nehmen wollte, gingst du mir verloren. Nun endlich darf ich dich halten, und da sprichst du zu mir von deiner Mutter. Willst du mit Gewalt eine neue Scheidewand zwischen uns aufbauen? Du hast nichts mehr gemein mit dieser Frau, die sich an dir versündigt hat, und brauchst keine Notiz von ihr zu nehmen.«

Eva seufzte.

»Um so mehr nimmt sie welche von mir. Schon jetzt komme ich nicht mehr los von ihr. Denk an deinen ehrlichen Namen! Du wirst an der Spitze eines großen Unternehmens stehen; viele Augen sehen auf dich. Da darf sich kein Makel an dich heranschleichen. Und glaube mir, meine Mutter würde sich damit brüsten, daß du ihr Schwiegersohn bist; sie würde sich dir aufdrängen, maßlose Forderungen an dich stellen – nein, es wäre ein Qual, nicht auszuhalten für mich!«

Sie barg ihr Gesicht in den Händen. Bernhard hatte ihr ruhig zugehört. Sein Gesicht war ernst und bleich geworden. Nun zog er ihr die Hände vom Gesicht.

»Eva – Eva – du hast wirklich eine hervorragende Befähigung, dich selbst zu quälen. Meinst du, das alles könnte mich schrecken? Mädchen, dann weißt du nicht, was du mir bist, wie groß und unwandelbar meine Liebe zu dir ist!«

»Quäl mich doch nicht, mach es mir doch nicht zu schwer! Weißt du nicht, was es mich kostet, dich von mir zu weisen? Doch, Bernhard, ich muß so handeln – einst wirst du mir recht geben.«

Er erhob sich und sah ernst und entschlossen in ihr Gesicht.

»Nein – niemals! Aber ich sehe ein, daß ich jetzt nichts bei dir erreichen kann – ich gehe also und lasse dich allein. Aber ich komme wieder. In vier Wochen frage ich dich noch einmal, ob du meine Frau werden willst. Nütze die Zeit gut und werde ruhig und klar! Beharre nicht auf deinen kleinlichen Bedenken. Sie sind meiner großdenkenden Eva unwürdig. Du hast eine wahre Sucht, dich selbst zu opfern. Bedenke aber eins: Opferst du dich, so opferst du auch mich. Ohne dich wird mein Leben Stückwerk bleiben. Bedenke das – und wenn du dann noch den Mut hast, mich abzuweisen – nein, du wirst ihn nicht haben. Leb wohl!«

Damit ging er still aus dem Zimmer.

Sie blieb in trostloser Stimmung zurück und wußte nicht, welches der rechte Weg für sie war.

Bernhard fand Fritz und Maria mit erwartungsvollen Gesichtern im Wohnzimmer. Sie sahen betroffen in sein blasses Gesicht.

»Du kommst allein – und verstimmt?« fragte Maria besorgt.

Bernhard warf sich seufzend auf einen Sessel.

»Da denke ich mir in meiner Selbstherrlichkeit, ich brauche nur zu kommen und die Arme auszustrecken – dann liegt mir das Mädchen am Herzen. Und nun? Sie weist mich ab.«

»Nicht möglich!« rief Maria ungläubig.

»So hätte ich vor einer Stunde auch behauptet. Aber es ist doch so – sie will meine Frau nicht werden.«

»Aber sie liebt dich doch – ich weiß, sie liebt dich noch immer«, sagte Maria bestimmt.

»Ja, das leugnet sie auch nicht. Aber hört nur, was sie sich ausgegrübelt hat, um sich und mich von neuem zu quälen.«

Er erzählte ihnen seine Unterredung mit Eva.

Maria unterbrach ihn oft mit ungeduldigen Zwischenrufen.

»Das ist ja Unsinn«, rief sie zum Schluß seines Berichtes. »Gleich gehe ich hinüber zu ihr und setze ihr den Kopf zurecht.«

Sie sprang auf und wollte gehen. Da hielt Fritz sie am Arm fest. Er hatte ernst und ruhig zugehört. Auf seinem Gesicht erschien ein eigenartiges Leuchten.

»Bleib hier, Maria! Bei Evas Wesensanlage war solch ein Verhalten vorauszusehen. Bernhard hat ihr gesagt, was zu sagen war. Nun laßt sie erst innerlich zur Ruhe kommen! – Es ist wirklich das beste, mein Junge, du fährst wieder nach Hause. Wenn wir jetzt auf Eva einreden, zwingen wir sie, sich unserer Meinung anzupassen. Das hätte nichts Gutes im Gefolge und würde dein Glück bedrohen. Die Frauen haben alle einen Punkt, wo die Vernunft zu Ende geht – jawohl, Maria, auch du! Ich will dich nur daran erinnern, wie du mir eines Tages durch deine Kündigung den Stuhl vor die Tür setztest und mir einfach im Groll davonlaufen wolltest. Also laßt Eva selbst zu der Überzeugung kommen, daß die mühsam aufgebaute Scheidewand von Pappe ist!«

»Wenn aber nicht?« rief Bernhard im zornigen Schmerz. »Sie hat es wahrlich zur Meisterschaft gebracht, sich selbst den Weg zum Glück zu versperren. Herrgott, wenn ich das Mädel nicht so unaussprechlich lieb hätte! Was soll denn solcher Kleinkram zwischen zwei Menschen, wie wir es sind?«

»Frauen sind oft kleinlich im Großen und groß im Kleinen – auch die besten. Aber Eva ist ein vernünftiger Mensch, sie besinnt sich schon, mein Junge. Verlaß dich darauf! Und laß den Kopf nicht hängen! In vier Wochen feiern wir fröhliche Verlobung – mein Wort darauf. Schau dir meine Maria an! Die macht mir ein bitterböses Gesicht, weil ich sie in ihrem Geschlecht beleidigt habe. Aber sie ist eine kluge und prächtige Frau, die schnell mit solchen Torheiten fertig ist. Gib acht – gleich fällt sie mir um den Hals und ist wieder gut.«

Maria mußte lächelnd seine Prophezeiung erfüllen.

»Nun sei nur getrost, Bernhard! Was Onkel sagt, ist schon recht. Und er weiß, was er spricht. Ich müßte doch meinen Tyrannen nicht kennen, wenn ich nicht wüßte, daß er sich schon ganz heimlich vorgenommen hat, ein wirksames Wort mit Eva zu sprechen. Und so überzeugend wie er kann es keiner.«

Fritz lachte. »Was für ein kluges Frauchen bist du, Maria! Man muß sich hüten vor dir.«

»Wenigstens du, mein Alter – für meine Augen bist du aus Glas. Du willst es nur deshalb nicht dulden, daß ich mit Eva spreche, weil du selbst ein Kraftwort kennst, das sie zur Vernunft bringt«, sagte Maria zärtlich.

Er küßte sie andächtig auf die Augen. »Du Hellseherin. – Aber nun holla, mein Junge! In einer halben Stunde geht dein Zug – ich kann dich jetzt hier gar nicht brauchen. Schleich dich durch die Büsche, daß dich die Gören nicht erwischen! Wenn sie dich auf ihrem Kriegspfad wittern, gibt es Kampf und Geschrei. Und danach ist dir jetzt schwerlich zumute. Also ade, und sei guten Mutes, es wird alles gut!«

Bernhard schüttelte ihm die Hand.

»Onkel Fritz, aus mancherlei Nöten hast du mich schon herausgehauen – ob es dir aber diesmal glükken wird?«

»Es wird!«

Sie schüttelten sich die Hände.

Als Fritz kurze Zeit darauf durch den Garten zur Fabrik hinüberging, blieb er stehen und sah lächelnd einem Käfer zu, der wieder und wieder an einem Grashalm emporkletterte, um immer wieder damit umzufallen.

Warum tut er das wohl? dachte er. Will der Wicht von der erhabenen Höhe eines Grashalms Ausschau halten über seine kleine Welt? Warum klettert er dann nicht lieber an einem Baum empor?

Warum?

Da richtete er sich auf und sah mit nachdenklichem Ernst ins Weite.

»Diese Frage will ich mir doch in Zukunft abgewöhnen. Habe ich in jener grauenvollen Nacht nicht auch gefragt: Warum ließ Gott zu, daß so finstere Gedanken in Bettinas Herzen erwachten? Da war ich auch so ein dummer Käfer, der sich mühte, auf den Grashalm zu kommen. Nun hab' ich den Baum erwischt und schaue von oben herab. Wie weit ist nun mein Gesichtskreis geworden? Ich weiß nun, warum. Und Bettina wird denn doch durch diese finstere Stunde das Glück ihres Sohnes gerettet haben.«

Man ließ Eva in den nächsten Tagen gewähren; nur doppelt lieb und gut waren Herbigs zu ihr.

Das junge Mädchen kämpfte einen schweren Kampf. Gewaltig zog es sie zu dem Geliebten. – War sie aber schwach und gab nach – nie würde sie ein volles reines Glück an seiner Seite finden. Und diese Gewißheit quälte sie unsagbar, weil sie wußte, daß sie nur voll und ganz beglücken konnte, wenn sie selbst glücklich war. Fritz und Maria erwähnten Bernhard mit keinem Wort.

Einige Tage nach dessen Besuch sagte Fritz zu seiner Frau, als sie allein waren:

»Morgen früh reise ich, um Bettina zu besuchen. Entweder bringe ich sie gleich mit, oder sie besucht uns in den nächsten Tagen.«

Maria sah überrascht auf, gerade in ihres Mannes ernste, entschlossene Augen hinein.

»Es ist gut, Fritz«, erwiderte sie leise.

Er zog sie an sich.

»Und du fragst nichts weiter?«

Sie lächelte.

»Ich hab' meinen Stolz, Fritz, und will nicht, daß du klein von mir denkst. Über Bettina hab' ich mir das Fragen abgewöhnt. Ich weiß, zu einem winzigen Schrein in deinem Herzen ist der Zutritt verboten.«

»Liebe, kluge Seele! Aber ich will dir offen sagen, daß ich Bettina holen will, damit sie mit Eva spricht. Ihre Mutterliebe wird einzig und allein die rechten Worte finden, um Eva nicht nur umzustimmen, sondern auch um ihr die eigene Ruhe und Glückssicherheit ins Herz zu legen. Nur wenn Eva selbst an ihr Glück glaubt, wird sie Bernhard ganz beglükken.«

Schwester Bettina war nach dem Tod ihrer Schwiegertochter wieder in ihr Amt eingetreten.

Bernhard wollte seine Mutter gern bei sich behalten, aber sie ließ sich nicht überreden.

»Ich habe es verlernt, in und mit der Welt zu leben. Laß mich in meine liebgewordene Tätigkeit zurückkehren! Ich kann sie nicht mehr entbehren«, sagte sie.

Und Bernhard mußte sie ziehen lassen.

Nun kam sie wieder wie sonst ihren schweren Pflichten nach. Bernhard besuchte sie jeden Sonntag, und auch Fritz kam ab und zu. Das war ihr jedesmal eine große, innige Freude.

Auch heute eilte sie mit beschwingten Schritten in

das Sprechzimmer, als man ihr Fritz Herbig meldete. Sie begrüßte den Bruder in der demütig innigen Art, mit der sie ihm jetzt immer begegnete.

»So bald schon besuchst du mich wieder und so überraschend? Ich denke, Bernhard ist bei euch?«

Er zog sie neben sich auf das Sofa.

»Wohl war er bei uns, er ist aber sofort wieder abgereist, obwohl er einen längeren Aufenthalt geplant hatte.«

»Wie kam das, Fritz? Es ist ihm doch nichts Unangenehmes widerfahren?«

»Diese Frage kann ich dir nicht kurz und bündig beantworten. Da muß ich ein bißchen ausholen. Du hast doch Zeit?«

»Gewiß, ich bin bis zum Abend frei. Aber nun bitte, sag mir schnell, was geschehen ist! Ich fühle, es ist etwas Schlimmes für meinen Bernhard.«

»Vielleicht, Bettina. Aber in deine Hand ist es gegeben, dieses Unheil abzuwenden und für ihn in Glück und Segen zu verwandeln.«

Sie faßte seine Hand.

»Sprich schnell: Was muß ich tun?«

Er legte den Arm um sie und nickte.

»Gleich sollst du alles hören. Du kennst doch Eva Grabow?«

»Gewiß. Ihr alle sprecht so viel von ihr, und ich lernte sie ja auch an Gabrieles Krankenbett kennen.«

»Und wie gefiel sie dir?«

»Sehr gut. Aber was soll das?«

Er lächelte.

»Geduld ist noch immer nicht deine Stärke, Bettina. Also höre: Eva ist Bernhards erste und einzige Liebe, und er möchte sie nun zur Frau haben.«

Sie sah ihn erstaunt und betroffen an.

»Das ist doch nicht möglich. Bernhard liebte seine Frau.«

Er schüttelte den Kopf und erzählte der unruhig Lauschenden, wie es geschehen war, daß Gabriele Bernhards Frau wurde, und daß dieser nun endlich gekommen war, um sich Evas Jawort zu holen.

»Und nun?« fragte sie zum Schluß seiner Erzählung atemlos.

»Eva wies ihn ab.«

»Sie liebt ihn nicht mehr?«

»Doch, mehr denn je.«

»Aber warum, warum?«

»Du kennst ja durch uns Evas Geschichte, hast von uns gehört, daß ihre Mutter ein ehr- und pflichtvergessenes Weib ist und sogar im Gefängnis gesessen hat.«

Bettina wurde bleich bis in die Lippen.

»Alles das weiß ich!« sagte sie heiser vor Erregung.

Fritz nickte.

»Also, nun weiter: Eva weigert sich, Bernhards Frau zu werden, weil sie fürchtet, die Unehre, die ihre Mutter ihrem Namen gemacht, könne ihm Schaden bringen. Sie kann den Mut zum Glück nicht finden, weil sie dieses Glück durch die Schuld der Mutter bedroht sieht. Lieber verdammt sie sich und Bernhard von neuem zur Entsagung. Der Junge ist außer sich; er liebt Eva mit der heißesten, innigsten Liebe und will nicht von ihr lassen. Er hat ihr vier Wochen Bedenkzeit gegeben und will sie dann noch einmal fragen. Nun kämpft sie still für sich einen schweren Kampf. Ihr Herz zieht sie zu ihm, aber sie fürchtet, ihm Unglück ins Haus zu bringen. Schließlich wird sie nicht widerstehen können und wird ihm ihr Jawort geben. Aber glücklich wird sie nicht sein und in ihrer inneren Unfreiheit und Zerrissenheit auch nicht beglücken können. So wird das Glück dieser beiden uns so teuren Menschen immer von Schatten bedroht sein. – So, Bettina, nun weißt du alles.«

»Und du kommst nun zu mir, weil ich die einzige bin, die hier helfen kann?« fragte sie tonlos.

Er sah sie ernst und gütig an.

»Ja, Bettina, jetzt ist deine Stunde gekommen. Jetzt kannst du durch eine große Tat deines Sohnes Glück begründen.«

Sie lehnte sich mit geschlossenen Augen in ihren Stuhl zurück. »So soll ich Bernhard meine Schuld beichten? Tue du es für mich, Fritz! Ich könnte es nicht ertragen, das Grauen und Entsetzen in meines Kindes Augen zu lesen.«

Er faßte ihre Hand.

»Nein, Bettina, so meine ich es nicht. Das wäre zu grausam und nicht halb so wirksam, wie ich es mir ausgedacht habe.«

Sie richtete sich auf und sah mit erwachender Hoffnung in sein Gesicht.

»Sprich – alles andere wird mir leichter sein als dies. Was soll ich tun?«

»Du sollst einem dritten Menschen beichten, was in jener Nacht geschah. Ich bürge für diesen Menschen, der lieber sterben wird als dich verraten.«

Bettina fuhr auf. Ihre Augen glänzten.

»Ja, jetzt verstehe ich dich. Eva – Eva soll es wissen. Ach, mein Gott, jetzt weiß ich doch, warum ich schuldig werden mußte. Ja, Fritz, ja – oh, wie dank' ich dir, daß du mir diesen Weg zeigst, etwas zum Glück meines Sohnes beizutragen! Ja, tausendmal ja. Das muß ja all ihre Bedenken zerstreuen, wenn ich ihr sage: Was deine Mutter auch getan – ich habe mich eines größeren Verbrechens schuldig gemacht, wenn auch ein gütiges Geschick die Folgen meiner Tat von uns abwendete. Du kannst ohne Bedenken meines Sohnes Frau werden. Nicht wahr, Fritz – so meinst du es?«

Er drückte ihre Hand fest zwischen den seinen.

»Ja, Schwester – so meine ich's. Und noch wirksamer wird dein Bekenntnis sein, wenn du ihr sagst: Gibt dir auch das noch nicht den Mut zum Glück, dann gehe ich zu Bernhard und bekenne ihm alles. Er wird sehr unglücklich sein, die Mutter schuldig zu finden, aber nicht so unglücklich, wie wenn du ihm nicht angehören willst. – Glaub' mir, Eva wird lieber sterben, als es zulassen, daß Bernhard deine Beichte hört. Sie wird stolz und glücklich sein, daß sie ihm etwas ersparen kann.«

Bettina war aufgestanden und sah mit verklärtem Gesicht vor sich hin. Fritz trat zu ihr und umfaßte sie.

»Das Schicksal führt uns sonderbare Wege, Schwester.«

Sie legte ihren Kopf an seine Brust.

»Mein Fritz – mein lieber Bruder, du vergiltst Böses mit Gutem. Deine Worte machen mich frei. Ich danke dir! – Aber nun entschuldige mich einige Minuten! Ich will zur Oberin und sie um Urlaub bitten. Ich begleite dich sofort, wenn ich freikommen kann.

# 14

Fritz hatte telegrafisch seine und Bettinas Ankunft gemeldet. Nun eilte Maria der Schwägerin entgegen, und ergriffen gaben sie sich die Hände.

Fest umschlungen von Marias Armen, betrat Bettina zum ersten Mal wieder das Haus ihres Bruders. Ein Zittern flog über sie hin, als sie die Schwelle überschritt, über die sie damals als Verbannte hatte gehen müssen. Wußte auch Maria nicht, was damals vorgefallen, so verstand sie doch unbewußt, welche Gefühle Bettina jetzt beherrschen mußten. Liebevoll führte sie die wankende Gestalt ins Haus. Drinnen stürmten die Kinder herbei und erneuerten mit viel Lärm die Bekanntschaft mit Tante Bettina. Eva saß stumm und abseits und sah nach Bernhards Mutter hinüber. Die löste sich schließlich aus der Gruppe und trat auf Eva zu, um ihr die Hand zu reichen.

»Liebe Eva – wollen Sie mich nicht begrüßen?« sagte sie weich.

»Ich wollte nicht stören. Grüß Gott, Schwester Bettina.«

Ihre heißen, jungen Lippen brannten auf Bettinas Hand. Lächelnd strich diese über Evas Wangen.

»Sie sehen bleich aus, mein liebes Kind. Am Ende

komme ich gerade recht, um Ihnen rote Wangen zurückzuzaubern. Das schlägt in mein Fach«, sagte sie leise.

In den ersten Stunden gab es keine Gelegenheit für Bettina, mit Eva zu sprechen. Erst nach Tisch schob sie ihren Arm unter den des jungen Mädchens.

»Sie begleiten mich ein Stündchen in den Garten, liebe Eva! Es hat sich da so viel geändert in all den Jahren – da muß ich Umschau halten«, sagte sie lächelnd und zog Eva mit sich fort.

Fritz sah zu Maria hinüber und nickte ihr bedeutungsvoll zul.

»Jetzt setze ich eine Drahtnachricht an den Jungen auf, damit er schnell kommt«, sagte er, als die beiden Frauen im Garten verschwunden waren.

Maria sah ihn an.

»So sicher bist du, daß Bettina überzeugende Worte findet?«

Er nickte.

»Eine Mutter kann alles für ihr Kind – ich glaube, sie lenkt Sterne aus ihrer Bahn. Warum soll sie nicht einem verzagten Mädchenherzen Mut einflößen können?«

Maria lächelte fein.

»Wußte ich doch, daß mein Fritz Rat schaffen würde, auch in dieser verzwickten Angelegenheit.«

»Ich nicht – Bettina soll's tun.«

Maria nickte.

»Du bist der Arzt – Bettina die Arznei, die du verschrieben hast.«

Bettina saß neben Eva unter den schattigen Kastanien. Mit inniger Freude blickte sie in das schöne, ernste Mädchengesicht.

»Liebes Kind, ich habe Sie mit besonderer Absicht hierhergeführt. Hier sind wir ungestört, und ich habe Ernstes und Wichtiges mit Ihnen zu besprechen. Ganz offen – mein Besuch hier gilt zuerst Ihnen.«

Eva sah mit Herzklopfen zu ihr auf. Sie ahnte, daß sie von Bernhard mit ihr sprechen wollte. Vielleicht hatte dieser seine Mutter darum gebeten.

»Sie wollen mit mir von Ihrem Sohn sprechen, Schwester Bettina?«

»Ja, Eva! Ich weiß alles.«

Eva sah traurig zu ihr hinüber.

»Ach, dann wissen Sie auch, in welch verzweifelter Lage ich bin. Mein Herz zieht mich zu ihm und bittet für ihn und mich, aber die Pflicht verbietet mir, ihm anzugehören. Ich würde ihn hinabziehen.«

Bettina faßte ihre Hand.

»Kind, Sie sind doch nicht dafür verantwortlich, was Ihre Mutter getan hat. Ich habe es immer als grausam und der Güte Gottes so unwert gefunden, daß er gesagt haben soll: Ich will die Sünden der Väter heimsuchen an den Kindern. Nein, so ungerecht und kleinlich kann ein allgütiger, allbarmherziger Gott nicht sein. Vielleicht kann er die Eltern verantwortlich machen für die Fehler und Sünden der Kinder, aber doch nicht umgekehrt. Wie klein machen wir unsern Gott durch solchen Glauben! Er weiß in seiner Güte, daß wir alle arme, irrende Geschöpfe sind und straucheln, sobald er seine Hand von uns läßt. Sie dürfen auch Ihre Mutter nicht verdammen.«

»Nein, das tue ich nicht. Es tut mir leid, daß sie nie Ruhe und Genügen finden wird. Und sie ist trotz allem meine Mutter. Aber daß sie es ist, bindet mich an sie; ihr Vergehen haftet auch an mir. Und mit diesem Bewußtsein soll ich meine Hand in die eines Mannes legen, dessen ganzes Leben rein und makellos ist, der nie mit Schmutz und Niedrigkeit in Berührung kam? Ich käme nie los von dem Gedanken, daß ich ihn zu mir herabgezogen habe.«

Bettina seufzte schwer.

»Kind, wenn alle Vergehen und Verbrechen vor den Richter kämen, es blieben wenig Menschen rein und makellos.«

»Dieses Bewußtsein hilft mir nur leider nicht.«

Bettina richtete sich entschlossen auf.

»Nein – aber ich will Ihnen helfen, Eva. Diese Hilfe wird mir nicht leicht, aber mit Ihnen helfe ich meinem Sohn.«

Sie strich mit der Hand an den Falten ihres Kleides herab und sah ernst in Evas fragende Augen.

»Dies Kleid trage ich nun viele Jahre, liebes Kind. Es ist mir lieb und teuer geworden, und ich werde es bis zu meinem Ende nicht mehr ablegen. Aber als ich es zuerst anzog, da sah es furchtbar in meinem Herzen aus. Denn es war mein Bußkleid. Früher hatte ich nie daran gedacht, es zu tragen, denn ich liebte das heitere Leben und hatte bei meinem Bruder hier im Hause ein schönes, sorgloses Heim. Aber ich wollte mehr. Für meinen Sohn trachtete ich nach dem Erbe meines Bruders. Er blieb lange unvermählt, und ich hoffte, Bernhard werde einst sein Erbe werden. Aber ganz plötzlich verlobte sich Fritz und heiratete. Da gewannen finstere Mächte über mich Gewalt. Ich will es kurz machen. Um meinem Sohn das Erbe zu erhalten...«

Sie machte eine Pause und strich mit zitternden Händen über die Augen. Und dann beichtete sie noch einmal alles, was sie einst gefrevelt und unsagbar gebüßt hatte.

Als sie endlich erschöpft schwieg, saß Eva totenblaß und erschüttert neben ihr. In ihren Augen standen Tränen. Sie fühlte, was dieser Frau die Beichte gekostet hatte, und trotz des Grauens erfüllte sie ein tiefes Mitleid. Aus allzu großer Liebe für den Sohn hatte sie gesündigt, nicht aus Eigennutz, wie ihre eigene Mutter.

Bettina sah die Tränen in Evas Augen.

»Sie weinen, Kind. Ach, wenn Tränen fähig sind, im Schuldbuch eines Menschen Vergehen auszulöschen – meine Tränen hätten es getan; ich vergoß unzählige in der Not meines Herzens. – Und nun, Eva, nun wissen Sie, daß Bernhards Mutter schuldiger ist als die Ihre. Nun werden Sie den Mut finden, sich an seine Seite zu stellen, ohne Furcht, ihn herabzuziehen. Nun hat er nichts vor Ihnen voraus. Oder zögern Sie noch immer? Muß ich den Kelch bis zur Neige leeren und mich selbst bei meinem Sohn anklagen?«

Eva fuhr auf und streckte abwehrend die Hände aus.

»Nein, o nein, er darf es nie – niemals erfahren. Es tut so weh, verurteilen zu müssen, wo man lieben möchte.«

»Nicht wahr, mein Kind, das haben Sie an sich selbst erfahren? Sehen Sie, mein Bruder Fritz – er ist ein so herrlicher Mensch –, der hat gleich erkannt, wie Ihnen und Bernhard zu helfen ist. Deshalb holte er mich herbei. Ich lege nun mein Geheimnis in Ihre jungen Hände und weiß, Sie werden es hüten. Nicht wahr, meine Beichte war nicht vergebens? Jetzt finden Sie den Mut zum Glück?«

Evas Augen verströmten heiße Tränen. Sie warf sich in die Arme der alten Frau.

»Mutter, liebe Mutter, wie soll ich dir danken?«

»Mach meinen Sohn glücklich, liebes Kind! Du kannst es, wenn du frei und froh dein Haupt hebst und dich aufrecht neben ihn stellst. Gott ist allgütig. Er hat dir gezeigt, daß die Schuld der Mütter auch zum Segen werden kann für die Kinder. Glaube daran und sei glücklich und voll Vertrauen zur Güte Gottes!«

Sie zog das junge Mädchen fest an sich.

»Jetzt fürchte ich mich nicht mehr, liebe, teure Mutter. Du hast mir den Mut zum Glück gegeben.«

Bald darauf gingen sie innig umschlungen ins Haus zurück. Maria sah sie kommen. Sie wandte sich zu Fritz, der hinter ihr im Zimmer bei seiner Zeitung saß.

»Jetzt schick dein Telegramnm ab, Fritz! Schau dir Evas Gesicht an! Es leuchtet vor Glück. Was doch eine Mutter vermag!«

»Komme sofort – Eva erwartet dich sehnsüchtig.«

Wieder und wieder las Bernhard diese Worte, als er im Nachtzug keine Ruhe finden konnte. So hoffnungsvoll und sicher klangen sie; er wußte, wenn Onkel Fritz so drahtete, war alles gut.

Und endlich war er am Ziel. Niemand außer Eva empfing ihn am Eingang. Und da öffnete er jauchzend die Arme, denn ihre Augen leuchteten ihm entgegen wie goldene Sonnen.

»Endlich mein, ganz mein?« sagte er leise.

Sie sah zu ihm auf. »Bernhard!«

Er lachte glücklich und küßte sie auf den roten Mund – wieder und wieder, bis sie atemlos war.

»Wie ein holdes Wunder ist's. Ich fürchtete, du würdest vor lauter Gewissenhaftigkeit dich und mich unglücklich machen. Und nun bist du so lieb. Evi, süße törichte Evi, warum quältest du mich so? Ich hätte es nicht ertragen, wenn du auf deinem Eigensinn beharrt hättest. Wie ich dich liebe! Wer hat denn das Wunder vollbracht und diesen holden, törichten Kopf zurecht gerückt? Onkel Fritz?«

»Nein, er wußte besseren Rat – deine Mutter.«

»Meine Mutter? War sie denn hier?«

»Sie ist es noch. Drinnen warten sie alle im Frühstückszimmer, heimlich, wie Verschwörer. Sie wollen unsere Verlobung feiern, und bis das geschehen ist, bleibt deine Mutter bei uns. Nun laß uns zu ihnen gehen!«

Er hielt sie fest.

»Am liebsten trüg' ich dich jetzt hier hinaus in den lachenden Sommermorgen hinein, weit weg von allen Menschen. Ich hab' so viel nachzuholen, hab' so viel Durst nach deinen roten Lippen. Liebste, jetzt begreif' ich es nicht mehr, wie ich es all die Jahre ertragen habe, ohne dich zu leben. Jetzt mußt du ganz schnell meine Frau werden – am liebsten nähme ich dich gleich mit nach Hattenfelde.«

Sie sah ihn glückstrahlend und übermütig an. Es

waren klare, freie Augen, die sich tief in die seinen senkten.

Es dauerte noch eine Weile, ehe sich Bernhard entschloß, Eva aus den Armen zu lassen und mit ihr ins Zimmer zu treten, wo sie von Bettina, Maria und Fritz lächelnd empfangen wurden.

Schon acht Wochen später wurde Eva Bernhards Frau.

Sie wurden sehr glücklich miteinander, und Wendenburg sonnte sich neidlos an ihrem Glück.

Bettina blieb allen Bitten zum Trotz in ihrem Amt. Aber jedes Jahr kam sie auf einen kurzen Urlaub nach Hattenfelde.

Fritz und Maria waren dort auch oft und gerne zu Gast, und Walter und Hella tobten mit Wonne in dem großen Hattenfelder Park herum.

Charlotte Grabow bezog von Horst Wendenburg in Zukunft eine größere Rente als vorher. Da er ihr sehr nachdrücklich versichert hatte, daß diese Rente sofort und unweigerlich zurückgezogen werde, falls sie ein einziges Mal mehr als diese verbrauchte, so gab sie sich Mühe, damit annähernd auszukommen.

Die Gräber von Tante Anna und Gabriele blieben Sommer und Winter mit Blumen bedeckt. Eva pflegte sie in treuem Gedenken.

Bernhard erfuhr nie, welchem Umstand er sein Glück zu danken hatte. Eva hütete Bettinas Geheimnis.

Auch Frauen können schweigen.